U0008856

BEN AARONOVITCH

倫·敦·探·案

3

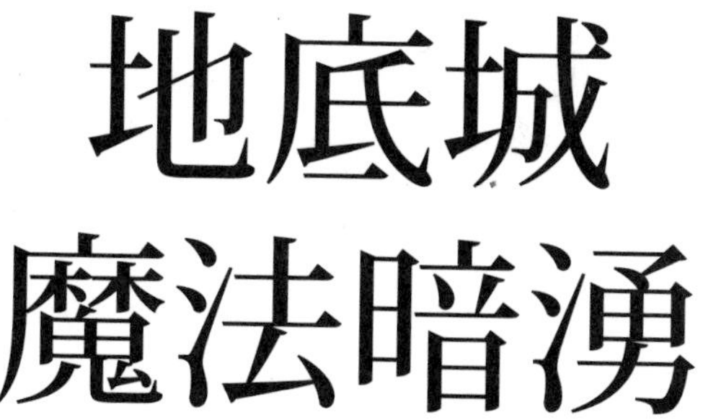

班恩·艾倫諾維奇——著

韓宜辰、林詔伶——譯

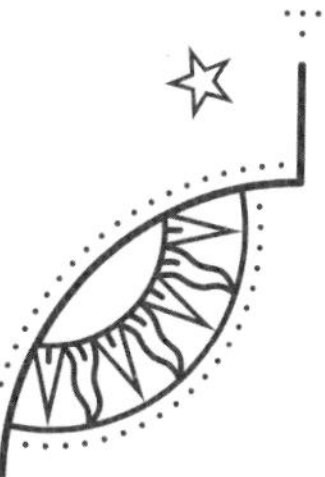

各方推薦與媒體書評

不論是喜愛現代都會設定的奇幻小說粉絲、英國犯罪推理擁護者、或是對倫敦歷史深感著迷的讀者，這本小說加上系列前兩集作品，肯定讓你願意從第一頁緊追到最後一頁！

——Book Zone's Big Brother 書評網站

《地底城魔法暗湧》讀來令人極其興奮。文字是風趣的，情節是巧妙的，角色超有魅力，呈現出倫敦各個行政區域的繽紛樣貌，讓居住其中的人們感到自豪。一場驚心動魄的閱讀之旅，讓你行走在倫敦街頭時，不免揣想每個路口轉角後頭是否潛伏著什麼。

——《Time Out》雜誌

新奇有趣、原創力十足的美妙閱讀滋味，我超愛這個系列！

——《南方吸血鬼》（噬血真愛）系列作者莎蓮・哈里斯

大抵是長大後的哈利波特加入倫敦警隊調查魔法犯罪的故事吧。非常熱鬧、想像力極度活躍的冒險。

——《異鄉人》作者黛安娜・蓋伯頓

作品中充滿了巧妙的細節與奇想……班恩・艾倫諾維奇是個值得關注的未來之星。

——《北方大道》作者彼德・漢彌頓

《CSI犯罪現場》與《哈利波特》的完美結合。

——專業科幻網站io9

艾倫諾維奇創造了一個歡樂的角色葛蘭特，這傢伙幽默風趣、思路敏捷，營造出再好不過的開場，足以預見這系列冒險故事能長長久久地寫下去。

——SFrevu.com

機智聰慧、情節流暢，書寫生動且一讀就上癮！

——《泰晤士報》

紀念布萊克．史奈德（一九五七－二〇〇九），

他不僅拯救了貓咪[1]，而且是位作家，

更奉獻了自己，以此作為一生的志業。

1 出自史奈德的著作《先讓英雄救貓咪：你這輩子唯一需要的電影編劇指南》，「救貓咪」自此成為電影編劇的代名詞。

當他們陷溺恐懼，我會對他們說，
「現在，你們微不足道的認知，
或是像菲迪亞斯知曉落鎚的鑿點
讓大理石有了它的外貌，
對於我們這頭待對付的怪物，年歲深埋在
想像地球的深處，
直到我們滿懷歡呼與叫喊將他帶離，
然後給予重生的錘擊？」

——〈引擎〉亞歷山大．安德森

星期日

1 圖夫尼爾公園站

回首今年夏天我犯下的最大錯誤，就是不該告訴我母親我從事什麼工作。並非指當警察這件事，自我從亨頓警察學院畢業以來，這她當然已經知道了；而是指我為倫敦警察廳處理超自然現象的分部工作一事。我母親在腦中把這份差事解釋為「獵巫人」，她覺得這樣很好，因為我母親就像大多數西非人一樣，認為獵巫人是比警察更體面的職業。被意外爆發的母性自豪沖昏了頭，她就這樣向她的親朋好友大概描述了我的新事業發展。我估計這群人至少占了目前居住在英國的獅子山共和國社區僑民的百分之二十。其中包括跟我母親住在同個地區的艾弗列．卡馬拉，以及透過他知道此事的十三歲女兒艾比蓋爾。在聖誕節前最後的星期日，艾比蓋爾決定要我去看她發現的鬼魂。為了得到我的注意，她一直糾纏我母親，直到我母親屈服，然後打手機給我。

為此我不是很高興，因為星期日是少數幾天我不用到靶場做晨間練習的日子，而且我原本計畫要好好睡個懶覺，接著到酒吧看足球賽的。

「妳說的鬼在哪裡？」當艾比蓋爾打開她家樓下大門時，我問。

「怎麼來了兩個人？」艾比蓋爾問。她是個瘦小的混血女孩，有著冬天時看起來面色灰黃的淺膚色。

「這是我同事，萊斯莉．梅。」我說。

艾比蓋爾疑惑地盯著萊斯莉看，「妳為什麼戴面罩？」她問。

「因為我的臉掉下來了。」萊斯莉說。

艾比蓋爾想了一下，點點頭。「了解。」她說。

「好吧，它在哪裡？」我問。

「它是男生。」艾比蓋爾說。「他在學校那邊。」

「那走吧。」我說

「什麼，現在就走？」她說。「可是外頭很冷耶。」

「我們知道。」我說。今天是個陰沉灰暗的冬日，伴隨不斷設法鑽進衣服縫隙的邪惡冷風。「妳來不來？」

她以十三歲女孩特有的挑釁眼神盯著我，但我不是她的母親或老師。我不想命令她做事情，只想回家看場足球賽。

「隨妳便。」我說，接著轉身就走。

「等等，」她說，「我要去。」

我轉身時，大門正好在我面前砰地關上。

「她沒有請我們進去。」萊斯莉說。沒被邀請進屋是「可疑行為」賓果表上的其中一格，每個警察腦中都會隨身攜帶，其他選項還有「過度強壯的蠢狗」和「太快提供不在場證明」。只要填滿賓果表，你就能贏得一趟免費造訪當地警局的旅程。

「現在是星期日早上，她父親可能還沒起床。」我說。

我們決定待在樓下，躲進車子裡等艾比蓋爾，並翻遍一年來累積的各種監視補給包打發時間。我們找到一整管水果糖錠，正當萊斯莉叫我別過頭，好讓她拉起面罩吃一顆的時候，艾比蓋爾敲了敲車窗。

跟我一樣，艾比蓋爾的頭髮遺傳到父母親「不太好」的那部分。身為男生，我只要把捲髮剃掉就好；但她父親從前常叫她去美髮沙龍報到，親戚和熱心的鄰居會試圖讓她的頭髮聽話一點。每當她的頭髮被拉直、編成辮子或離子燙時，艾比蓋爾就會開始抱怨、扭動，不過她父親十分堅持，認為他的小孩絕對不能讓他當眾丟臉。直到艾比蓋爾十一歲那年，這一切才停止，她平靜地宣布，自己已經將兒童求助專線存入快速撥號鍵，日後有誰再拿接髮片、化學直髮劑——希望這不會發生——或熱梳子靠近她的頭髮，就等著向社會服務處解釋他們的行為。從那時候起，她將恣意生長的爆炸頭攏到腦後綁成丸子頭，體積大到連她粉紅色厚夾克的兜帽都塞不進去，所以她戴著一頂特大號牙買加雷鬼帽，這讓她看起來像是個七〇年代的刻板種族主義者。我母親說，艾比蓋爾的頭髮是件丟臉的醜聞，我卻忍不住注意到，那頂帽子幫她擋住了臉上的毛毛雨。

「那輛捷豹怎麼了？」當我讓艾比蓋爾坐進後座時，她問。

我的上司有一輛正統 Mark 2 捷豹，配備直列式三點八公升引擎，由於我有時會將它停在國宅前，使得這輛車成了此處的街坊傳說。像這樣的古董捷豹，即使是3G世代的小孩都覺得酷，而我現在開的這輛亮橘色 Focus ST I，只不過是眾多福特 Asbo 的其中一款。

「他被禁止駕駛捷豹，」萊斯莉說，「直到他通過進階駕訓課程。」

「是因為你把救護車撞進河裡的關係嗎？」艾比蓋爾問。

「我沒有把救護車撞進河裡。」我說。我將 Asbo 開上雷頓路，並把話題轉回鬼魂上頭。「它在學校哪裡？」

「它不在學校內，」她說，「是在學校下面——就是火車鐵軌那裡。而且它是男生。」

她提到的學校是指當地的阿克蘭伯利綜合學校，佩克沃特國宅的無數代小孩都曾在此處接受教育，包括我和艾比蓋爾。或者，依照納丁格爾的堅持，正確的文法應該是艾比蓋爾和我。雖然我說「無數」，由於學校建造於六〇年代末期，所以最多不會超過四個世代。

學校位於往達茅斯公園丘約三分之一路程上，這裡顯然是由德國建築師亞伯特·史佩爾的狂熱崇拜者所設計，尤其效法他晚期所建造、號稱大西洋鐵壁[1]的巨大防禦工事。學校裡有三座高塔和厚實的混凝土牆，可以輕易掌控圖夫尼爾公園最具戰略關鍵的五岔路，並防止任何伊斯林頓輕步兵突擊隊從主幹道挺進。

我在校園後方的印傑斯特路上找到停車位，於是我們踩著嘎吱作響的腳步，走向學校後方橫越鐵道的人行陸橋。

那裡有兩組雙軌鐵道，南側軌道陷入了比北側軌道至少低兩公尺的山路中。這表示要穿越這座老陸橋，有兩條有著滑溜階梯的不同路線，這樣我們才能看到鐵絲網外頭。

學校的運動場和體育館都建造在連接起兩組鐵道的混凝土平臺上。從陸橋上望過去，運動場和體育館看起來就像是德軍U型潛艇的修造船塢入口，應該是為了維持建築整體設計的搭配。

「就在下面那邊。」艾比蓋爾說，並指向左手邊的隧道。

「妳走在鐵軌上？」萊斯莉問。

「我很小心的。」艾比蓋爾說。

這讓萊斯莉和我都不是很高興。鐵路是很危險的。每年有六十個人因踏上鐵軌而丟了他們的小命——唯一的優點是，當這種事發生時，那些人會歸英國鐵路警察所管，而不會變成我的問題。

在做出某些愚蠢至極的事情前，例如走上鐵軌，身為訓練有素的警員就需要進行風險評估。正確的程序是呼叫英國鐵路警察，請他們派出安全合格的搜索團隊，他們可能會、也可能不會，為了進一步預防意外而封閉鐵路線，然後准許我和艾比蓋爾去找鬼。

---

1 Atlantikwall，又稱為大西洋壁壘或大西洋長城，二戰期間德國為防止盟軍登陸歐洲蓋建的軍事設施，防線總長達兩千七百公里。亞伯特·史佩爾是建造者之一。

不驚動英國鐵路警察的壞處是，萬一艾比蓋爾出了任何事，我的職業生涯將會迅速終結，加上她父親是個觀念守舊的西非家長，我的性命也同樣堪憂。打給英國鐵路警察還有個壞處，就是得解釋我在尋找什麼，再讓他們取笑我。就像自古以來的年輕人們，我決定選擇冒生命危險，總比一定會丟臉要好。

萊斯莉說我們至少應該查一下火車時刻表。

「今天是星期日，」艾比蓋爾說，「他們整天都要施工。」

「妳怎麼知道？」萊斯莉問。

「因為我查過了。」艾比蓋爾說。「妳的臉為什麼會掉下來？」

「因為我嘴巴張得太開了。」萊斯莉說。

「我們要怎麼下去那裡？」我立刻接著問。

軌道兩側廉價的鐵路土地建造了社會住宅，北邊那棟五〇年代的高樓後方是一小塊溼草地，兩旁是灌木叢，在那之後有一道鐵絲網柵欄。灌木叢處有條寬度可供小孩穿越的通道，一路通往柵欄上的洞口以及後方的軌道。

我們屈身跟著艾比蓋爾穿越通道。兩根溼樹枝啪地砸向我的臉，令萊斯莉忍不住暗笑。她停下來查看柵欄上的洞。

「沒有切割的痕跡，」她說，「看起來像是穿破或扯破的——也許是狐狸。」

散落的潮溼薯片包裝袋和可樂罐被沖到柵欄線邊界——萊斯莉用鞋尖把這些東西踢開。「毒蟲還沒發現這個地方。」她說。「沒有針頭。」她看著艾比蓋爾，「妳怎麼知道這裡有個洞？」

「從陸橋上就可以看到了。」

我們盡可能遠離軌道，走在陸橋下，往學校下方的水泥隧道口前進。與頭部等高的牆面上布滿了塗鴉。仔細噴上的氣球狀字母原本的顏色已經褪去，被粗魯的塗鴉留名者以噴漆到氈尖筆的各種工具覆蓋。就算畫了幾個納粹黨徽，我也不認為這會令德國海軍總司令鄧尼茨印象深刻。

雖然在隧道中讓我們免於淋雨，不過裡頭有股尿騷味，刺鼻得不似人的尿味——我想是狐狸吧。平坦的頂部、混凝土牆和其涵蓋的十足寬闊度，比起隧道，讓人感覺此處更像一座廢棄的倉庫。

「它在哪裡？」我問。

「就在黑暗處的中間。」艾比蓋爾說。

當然了，我心想。

萊斯莉問艾比蓋爾，她最初走下來這裡是想做什麼。

「我想看霍格華茲特快列車。」她說。

不是真的那種，艾比蓋爾接著解釋。這只是小說虛構的東西對吧？當然不會是真正的霍格華茲特快列車。但她的朋友卡拉住在能俯瞰鐵軌的公寓，說每隔一段時間就會看到一輛蒸氣火車——大家應該是這樣稱呼它們的——她覺得這一定是被當作霍格華茲特快列車的那種火車。

「妳知道吧？」她說。「電影裡的。」

「妳不能從橋上看嗎？」萊斯莉問。

「它開太快了，」她說，「我需要算輪子的數量。電影裡是一輛 GWR 4900 Class 5972，是4－6－0輪式。」

「我不知道妳是火車迷。」我說。

「才不是。」艾比蓋爾說，還朝我的手臂打了一拳。「為了要證實我的推測，所以才去觀察計算。」

「妳看到火車了嗎？」萊斯莉問。

「沒有，」她說。「結果我看到鬼魂。這就是我來找彼得的原因。」

我問她在哪裡看到鬼，她讓我們看她之前畫的粉筆線。

「妳確定它出現在這裡？」我問。

「**他**出現在這裡。」艾比蓋爾說。「我不斷告訴你它是個男的。」

「他現在不在這。」我說。

「他當然不在。」艾比蓋爾說。「如果他一直都在這裡，早就有人去報案了。」

說得有道理，我在心裡記下這件事，等回到浮麗樓後去查查報告。我在一般圖書室旁發現一間工作間，裡頭有一些檔案櫃，裝滿了二戰之前的文件。在那之中，就有寫滿目擊鬼魂的筆記本——據我所知，追逐鬼魂一直是不成熟的準巫師會選擇的愛好之一。

「妳有拍下來嗎？」萊斯莉問。

「我本來準備好手機要拍火車的。」艾比蓋爾說。「可是等我想到要拍照的時候，他已經不見了。」

「有感覺到什麼嗎？」萊斯莉問我。

當我踏上那個鬼曾經站過的地方，一股寒意襲了上來，還有一絲穿透狐狸尿和潮溼混凝土的煤氣味、一聲狗兒馬特利[2]般的竊笑，以及巨大柴油引擎所發出的空洞低鳴。

魔法會在周遭事物上留下印記。我們使用的專門術語稱為**感應殘跡**。石頭的吸收力最好，生物的吸收力最差。混凝土的吸收力幾乎與石頭一樣優秀，但即便如此，痕跡可能很微弱了，幾乎難以辨別那是否只是出於自己的想像。如果你要練習魔法，學會分辨兩者的不同是一項關鍵技巧。那股寒意大概是天氣的關係，而那聲竊笑，無論是真實或是想像，有可能是艾比蓋爾發出來的。至於煤氣味跟柴油引擎的轟鳴，也許暗示的是一樁常見的災難。

「如何？」萊斯莉問。我對分辨**感應殘跡**比她在行，不只是因為我成為學徒的時間比她還久。

「這裡有東西。」我說。「妳要不要弄點光出來？」

萊斯莉取出她手機裡的電池，並叫艾比蓋爾跟著照做。

2　一九八六年上映的美國動畫《Wacky Races》中反派主角Dastardly的愛犬，一手遮嘴發出奸詐的笑聲是牠的招牌動作。

「因為，」我在艾比蓋爾猶豫時說，「如果手機接通電源，魔法會破壞裡頭的晶片。這是妳的手機，妳不想拿掉也沒關係。」

艾比蓋爾取出去年款的Ericsson，熟練地將它打開、取出電池。我向萊斯莉點點頭——我的手機有個手動開關，是我一個從十二歲起就會拆解手機的表兄弟幫我加裝的。

萊斯莉伸出手，唸出魔法字詞，召喚了一個高爾夫球大小的光球，飄浮在她攤開的掌心上方。

她所使用的魔法字詞是**現光**，咒語的口語名稱是**擬光**——這通常是你學到的第一個咒語。萊斯莉的擬光投射出珍珠般光芒，在隧道的混凝土牆上映照出輪廓柔和的陰影。

「哇！」艾比蓋爾說。「你們會魔法！」

「他在那裡。」萊斯莉說。

一個年輕人出現在牆邊。他是白人，約二十歲上下，有著一頭以髮膠抓成尖刺狀的不自然金髮。他穿著便宜的白色運動鞋、牛仔褲和防寒夾克。手拿一罐噴漆，正用它仔細描繪混凝土牆上的一道弧形。幾乎沒聽見噴嘴發出的嘶嘶聲，牆上也沒有新的油漆記號出現。當他停下來搖晃噴漆罐時，喀喀的聲響像是悶住一般。

萊斯莉的擬光暗了下來，變成紅色。

「再加強一些。」我對她說。

她集中注意力，她的擬光在完全暗淡之前再度亮了起來。嘶嘶聲越來越大，現在我能看出他在噴些什麼了。他十分具有野心——從接近入口的地方開始寫一個句子。

「當傑出的……」艾比蓋爾讀出聲來。「那是什麼意思？」

我把手指放在脣上，示意大家噤聲，並看了萊斯莉一眼，她歪歪頭，表示有需要的話她可以一整天維持魔法——但我不會讓她這麼做。我拿出標準的警察筆記本，準備好我的筆。

「不好意思，」我盡可能以警察的口吻說，「能否跟你談談？」在亨頓，他們會實際教你如何掌握那種口吻。目的是為了塑造出一種語氣，以便攻破任何酒精充腦、逞凶鬥狠或隨機犯罪的民眾心防。

那個年輕人絲毫不理會我。他從夾克口袋拿出第二罐噴漆，開始描繪大寫字母E邊緣的陰影。我又試了幾次，他似乎只想把EACH這個字詞完成。

「嘿！親愛的。」萊斯莉說。「把罐子放下，轉過來跟我們說話。」

嘶嘶聲停止，噴漆罐回到口袋裡，那個年輕人轉過身。他的臉龐蒼白且瘦削，雙眼隱藏在一副重金屬音樂教父奧茲．奧斯本的墨鏡後方。

「我很忙。」他說。

「我們看得出來。」我說，接著對他亮出我的證件。「你叫什麼名字？」

「麥基。」他說，轉身繼續他的工作。「我很忙。」

「你在做什麼？」萊斯莉問。

「我要讓這世界變得更好。」麥基說。

「他是個鬼耶。」艾比蓋爾無法置信地說。

「是妳帶我們到這裡來的。」我說。

「對。不過我看到他的時候，他比較瘦。」艾比蓋爾說。「比現在更瘦。」

我解釋那是由於他以萊斯莉製造出的魔法為食，卻因此引導出我最恐懼的問題。

「那，什麼是魔法？」艾比蓋爾問。

「我們不曉得。」我說。「我只知道，這並非任何形式的電磁輻射。」

「也許是腦波。」艾比蓋爾說。

「應該不是。」我說。「腦波屬於電化學。如果要把腦子投射出來，仍得涉及某種物理表現。」所以將之記錄為小精靈粉或量子纏結——除了「量子」這個詞以外，它跟小精靈粉其實是一樣的東西。

「我們要不要跟這個人說話？」萊斯莉問。「否則我要熄滅光球了。」她的擬光在掌中跳動著。

「喂，麥基！」我叫他。「我想跟你談幾句。」

麥基回到他的創作中，完成了 EACH 字母 H 的陰影。

「我很忙，」他說，「我要讓這世界變得更好。」

「你打算怎麼做呢？」我問。

麥基完成了令他滿意的字母 H，他向後退了退，欣賞自己的成品。我們都小心地待在盡可能遠離軌道的地方，但麥基要不是正在冒險，就是很可能只是忘了注意安全。當艾比蓋爾明白即將發生什麼事時，她無聲地說出**喔，天啊！**

「因為——」麥基說，然後他就被幽靈火車撞上了。

幽靈火車無聲無影駛過我們身邊，卻帶來一陣熱風和柴油味。麥基被撞出軌道，癱倒在EXCELLENT的X下方。一陣咕嚕聲傳來，他的腳抽搐了幾秒鐘後靜止不動。接著，他和他的塗鴉一起逐漸消失。

「現在可以停止了嗎？」萊斯莉問。擬光依舊暗淡——麥基仍在吸收擬光的能量。

「再等一會兒。」我說。

我聽到一個微弱的喀啷聲，轉頭朝隧道口望去，只見一個模糊又透明的人影開始噴出氣球狀的字母B輪廓。

循環，我在筆記本上寫下，**重複**——**毫無知覺**？

我對萊斯莉說她可以熄滅擬光了，麥基也隨之消散。一直小心翼翼讓自己貼緊隧道牆壁的艾比蓋爾，看著我和萊斯莉沿軌道旁的地面迅速搜索了一番。

走回隧道口的半途中，我從沙子和散落的碎石中拉出麥基那副滿是灰塵、破裂的眼鏡殘骸。我將它拿在手裡，閉上眼睛。以**感應殘跡**而言，金屬和玻璃都不容易察覺，但我卻捕捉到了，隱約的、幾個小節的搖滾吉他獨奏。

我記下關於眼鏡的事——這是鬼魂存在的物理性證明——並猶豫著是否把它帶回去。從事發地點取走屬於鬼魂一部分的物品，會對它產生影響嗎？如果移動物品會傷害或毀滅鬼魂，有關係嗎？鬼魂算是人嗎？

一般圖書室裡關於鬼魂的書籍，我連十分之一都沒看完。事實上，我差不多只讀了納丁格爾指定我看的教科書，以及我在調查過程中接觸到的事物，像是沃夫和波利達利。從我所讀過的資料看來，有一點很明顯，就是正統巫師對於鬼魂的態度已隨著時間而改變。

現代魔法的創始人艾薩克·牛頓爵士，似乎認為在他美好純潔的宇宙裡，鬼魂是一種令人惱怒且分心的事物。十七世紀時期，人們突然瘋狂地把鬼魂分類為植物或動物；在啟蒙時代，有許多「鬼魂是否擁有自由意志」的認真爭論。維多利亞時代則清楚地分成兩派，一群人視鬼魂為靈魂的留存，另一群人覺得它們是靈魂汙染的一種形式，必須將之驅除。到了一九三〇年代，相對論和量子理論的出現，使浮麗樓內部變得混亂不已，各種推測四起，已經死去的可憐老靈魂被抓住，成為所有魔法實驗的方便測試對象。最後的共識是，鬼魂只不過是過往生命的留聲機錄音，因此它們占有的倫理地位與遺傳學實驗室中的果蠅相同。

我問過納丁格爾這件事，當時他已隸屬浮麗樓，但他說那陣子他不是很常待在這裡，幾乎都外出到國內外各地。我問他都在做些什麼。

「我記得自己寫了非常多報告。不過我從未十分確定用途為何。」

我不認為鬼魂算是「靈魂」，但在我弄懂它們是什麼之前，我決定違反一下道德行為。我在艾比蓋爾先前做出標記的地方，於碎石中挖出一個淺坑，再將眼鏡埋進那裡。我記下時間和位置，以便轉移到浮麗樓的檔案。萊斯莉則記下柵欄上的洞口位置。由於她理論上仍在休病假，必須由我來呼叫英國鐵路警察。

我們買給艾比蓋爾一條特趣巧克力和一罐可樂，希望她能答應，無論有沒有霍格華茲特快列車，她都會遠離鐵軌。我希望麥基幽靈般的死亡足以讓她自行遠離危險。然後我們送她回到公寓，再開車前往羅素廣場。

「那件夾克對她來說已經太小了。」萊斯莉說。「而且，有什麼樣的青少女會去尋找蒸氣火車？」

「妳認為她家裡有狀況？」我問。

萊斯莉將食指伸進面罩下緣抓了抓。「這東西癢死人了。」

「妳可以拿掉它。」我說。「我們快到了。」

「我覺得你應該多關注社會服務這一塊。」萊斯莉說。

「妳記錄下妳的分鐘數了嗎？」

「正因為你認識她的家人，」萊斯莉說，「不代表你忽視問題就是在幫她。」

「我會跟我母親提這件事。」我說。「用了幾分鐘？」

「五分鐘。」她說。

「比較像是十分鐘吧。」

萊斯莉每天能使用魔法的時間是有限制的。這是當初瓦立醫生批准她當學徒時所制定的條件之一。此外，她必須記錄自己使用過哪些魔法，每週得到倫敦大學學院醫院一趟，把自己的頭放進核磁共振成像掃描儀裡，好讓瓦立醫生檢查她大腦的損害程度，也就是超奇術衰退的早期徵兆。過度使用魔法的代價是嚴重的中風，這還算是幸運；如果不幸的話，就是一個致命的腦部動脈瘤。在核磁共振成像掃描儀問世之前，過度使用魔法的第一個警告徵兆便是暴斃，這也是魔法為何無法成為一種嗜好的許多原因之一。

「五分鐘。」她說。

我們達成協議，決定是六分鐘。

偵緝督察長湯瑪斯．納丁格爾是我的上司、長官和導師——純粹指教師，學生之於老師意思的名稱，你懂得的。每個星期日，我們通常會在所謂的私人餐室裡吃一頓較早的晚餐。他比我矮一些，身材瘦削、棕髮灰眼，看起來約莫四十歲，但其實非常非常老了。儘管他並不常為了晚餐穿上正式裝扮，我總覺得他只是發自好意才忍住不這麼做。

今天的晚餐是梅子醬豬肉，雖然因為某種理由，茉莉覺得理想的配菜是約克郡布丁和糖炒甘藍。一如往常，萊斯莉選擇在自己房間用餐——我不怪她，要有尊嚴地吃約克郡布丁並不容易。

「我明天替你安排了一趟鄉間小旅行。」納丁格爾說。

「哦，是嗎？」我問。「這次要去哪裡？」

「泰晤士河畔的亨里。」納丁格爾說。

「那裡有什麼？」我問。

「可能有小鱷魚。」納丁格爾說。「波斯特馬丁教授替我們挖掘了一下，發現一些另外的成員。」

「每個人都想當偵探。」我說。

然而波斯特馬丁身為檔案管理員和牛津元老這件事，的確相當適合追蹤那些我們認為可能非法習得魔法的學生。其中至少有兩個在畢業後成了混蛋的邪惡魔法師，一個活躍於六〇年代後期，另一個則活得好好的，夏天時還試圖把我轟下屋頂。當時我們身處五層樓高的地方，這件事讓我耿耿於懷。

「我相信波斯特馬丁一直想像自己是個業餘偵探。」納丁格爾說。「特別是大量蒐集大學內的情報這種事。他認為他在亨里找到一個，另一個住在我們的藝術表演都區——就在巴比肯。我要你明天開車去亨里，四處打探一下，看他是不是術士。你知道該怎麼做。萊斯莉和我會去拜訪另一個。」

我用僅剩的約克郡布丁將梅子醬抹光。「亨里在我的管轄區外。」我說。

「那你就有更多理由拓展視野了。」納丁格爾說。「我認為你可以趁這趟旅行順便下鄉拜訪貝弗莉．布魯克。我相信她目前就住在那一段泰晤士河上。」

是在泰晤士河上，還是在河裡？我不禁懷疑。

「我很樂意。」我說。

「我知道你會的。」納丁格爾說。

出於某些難以理解的原因，倫敦警察廳並沒有鬼魂專用的制式表單，我只好用Excel空白表格克難做了一張。在以前，每間警局都會有一位整理員——這名警官的工作就是維護資料卡檔案箱，裡頭裝滿本地罪犯、舊案件、小道消息和各式信息，讓身穿藍色制服的正義維護者一腳踹開正確的門。或者至少是正確地區內的某扇門。事實上，亨頓警察學院仍保存著一間整理員的辦公室，灰塵滿布的房間內，從上到下、整個地板都是索引卡盒。警校生們會被帶來參觀這個房間，嚴肅地告知他們在上個世紀的遙遠日子，那時所有資訊都記錄在一頁頁的紙張上。現在，你只要有存取權限，就可以登入AWARE終端機，造訪整合犯罪報告的CRIS（犯罪報告資訊系統）、整合刑事情報的Crimint+、數位學習課程NCALT（國家應用學習技術中心），或者處理犯罪預防以及與兒童相關的MERLIN（英國緊急醫療人道援助組織），幾秒鐘內就可以取得想要的資訊。

而浮麗樓，做為想法正經的警察人員不願談論之事物的官方資料庫，最重要的是它有別於一般人或《每日郵報》記者都能找得到的電子報告系統；浮麗樓獲得資訊的方式很老派——透過口頭傳遞。大部分都告知了納丁格爾，他再寫到紙上——容我補充，他的筆跡很好辨認——接著由我將重點轉寫在一張五乘三大小的卡片上，放進一般圖書室索引卡片目錄的適當位置歸檔。

與納丁格爾不同，我用筆電打報告，利用電腦表格形式把報告列印出來後再歸檔到圖書室。據我估計，一般圖書室中有三千個以上的檔案，不包括三〇年代留下、未經核對的所有關於追逐鬼魂的書籍。總有一天，我要把全部的檔案都存進資料庫——或許得教茉莉打字。

處理完文書工作，我花了半小時——我只能忍受這麼久——在老普林尼上。老普林尼之所以聞名許久，是因為他撰寫了第一本百科全書《博物志》，還有在維蘇威火山爆發當天，因為航行得有點太靠近了，結果吸入毒氣一命嗚呼。然後我帶托比到羅素廣場繞了一圈，在伯里酒吧迅速喝了一杯，便回到浮麗樓上床睡覺。

在一個只有一名督察長和一名警員組成的單位中，半夜負責接電話的不會是督察長。意外燒壞三支手機後，當我人在浮麗樓裡就得徹底關掉手機。這代表如果有工作相關的來電，茉莉就會在樓下接聽，接著默默地站在我的臥室門口通知我，直到我毛骨悚然地驚醒。在門上掛一塊「請敲門」的牌子並沒有用，牢牢鎖上門或拿椅子卡住門把也一樣。我喜歡茉莉的料理，不過她曾經差點把我吃下肚。想到她趁我小睡時未經邀請溜進房間，我就無法好好睡上一覺。因此，靠著幾天來的努力工作，以及一位科學博物館管理員的幫忙，我接了一部同軸電纜傳輸的電話分機到我的臥室。

現在，當正義的威武之師、也就是倫敦警察廳需要我的專業服務時，就會發送信號到一條被覆銅線，進而觸發老式轉盤電話內的電磁鈴。這部電話還是我父親出生前五年製造的。雖然感覺像被一具有音樂的手提電鑽叫醒，還是比另一個選擇好多了。

萊斯莉稱它為蝙蝠電話。

今天早上，電話在凌晨三點剛過的時候叫醒了我。

「起床，彼得。」偵緝督察史蒂芬諾柏斯說。「是時候做點傳統的警察工作了。」

星期一

2 貝克街站

我想念與其他警察一起搭檔的日子。別誤會，被分派到浮麗樓，已經讓我晉升為探員的進度至少提早了兩年，不過本單位的全體人員只有我和偵緝督察長納丁格爾，或許警員萊斯莉·梅不久之後會加入，不像我之前的勤務得面對民眾。有些事情在它消失之前，你是不會懷念的，例如更衣室裡潮溼的雨衣味、星期五早晨衝進警員文件室搶終端機查看被丟上系統的新工作、對凌晨六點的簡報咕噥抱怨跟開玩笑。那裡充滿了歸屬感，跟你在同一個地方的人，大家都關心著同一件事。

這正是為什麼當我看見貝克街地鐵站外那片藍色燈海時，感覺有點像回到了家。燈光中矗立著一座三公尺高的夏洛克·福爾摩斯雕像，搭配獵鹿帽與大麻菸斗，在此監督我們的刑偵工作，並確保一切維持在最高的虛擬標準。入口的金屬柵門已經拉開，有幾名隸屬英國鐵路警察的員警縮在裡頭，彷彿想躲開福爾摩斯嚴厲的目光，也可能只是外頭太冷了。他們草草看了一下我的警察證件就揮手放我通行，基本上除了警察以外，沒有人會笨到一大早出門。

我走下樓梯來到售票大廳，那裡的自動驗票閘門全都鎖定在「緊急」的開啟狀態。一群穿反光夾克和厚重靴子的傢伙正站在附近喝咖啡、聊天，玩手機遊戲。那天晚上的例行檢修工作絕對完成不了——等著延遲吧。

貝克街站於一八六三年啟用，但主體是翻新過的奶油色瓷磚、木頭鑲板，以及二〇年代留下的裝飾鐵件，上頭布滿層層電纜、分線箱、揚聲器與監視攝影鏡頭。

在重大犯罪現場要找到屍體並不困難，即使是像地鐵站這種複雜的地點，你只要尋找傻瓜裝最密集的地方，朝那裡走去就行。當我踏上三號月臺，月臺遠端的盡頭看起來有如爆發炭疽熱般，擠滿穿著防護衣的人。這應該是樁謀殺案，如果只是自殺，或是每年一到兩成的地鐵失足意外，不會得到這麼多關注。

三號月臺以古老的明挖回填法建成，由幾千名工人挖出一條極為巨大的溝渠，將鐵軌放置在底部，然後再填土回去。那時行駛的是蒸氣火車，因此車站有一半範圍是露天的，好讓蒸氣排出，空氣流動。

進入犯罪現場就像進入俱樂部——保鑣只管你是否在名單上，沒在上頭就會被拒之門外。以目前的狀況而言，名單就是犯罪現場的工作日誌，保鑣則是一位看起來十分嚴肅的英國鐵路警察。我告訴他我的姓名和位階，他瞥了一眼頂著不太合適的平頭髮型的矮胖女人，對方正從月臺遠處怒視著我們。她就是新上任的偵緝督察米麗安・史蒂芬諾柏斯，我意識到這是她就任偵緝督察的第一樁案件。我們曾經有過合作，或許因為如此，她遲疑了一下才對那名員警點點頭。這是另一種進入犯罪現場的方法——認識管理階層。

我在工作日誌本上簽到，拿起一件掛在折疊椅上的傻瓜裝，穿戴就緒便走向史蒂芬諾柏斯督導證物員之處，證物員也正在指導月臺盡頭遠端的鑑識小組。

「早安，老大。」我說。「妳找我？」

「彼得。」她說。倫敦警察廳裡流傳著一則謠言，說她在床上放著一罐她蒐集的人類睪丸——是那些對她的性向發表幽默意見的愚蠢男性留下的禮貌紀念品。不過，我也聽說她在北環路外有棟大房子，和她的同居人在那裡養雞，但是我從未鼓起勇氣問她這件事。

橫臥死在三號月臺盡頭的那個男人，帥氣的容貌已不復存在。他側躺著，臉靠在伸出的手臂上，背部微微蜷縮，雙腿屈膝彎曲。這不太算是病理學家說的拳擊姿勢，反而比較像我在急救課時學到的復甦姿勢。

「他被移動過嗎？」我問。

「站長發現他的時候就是這樣。」史蒂芬諾柏斯說。

他穿著刷色牛仔褲、藏青色西裝外套，內搭黑色喀什米爾翻領衫。外套是高級布料，剪裁得很好——絕對是訂製的。奇怪的是，他腳上穿了雙馬汀大夫鞋，一四六〇經典款，而且是工作靴，不是皮鞋。靴子從底部到第三個鞋帶孔都被泥巴完全覆蓋，但泥巴處以上的皮革仍帶著啞光，柔軟、毫無裂紋，幾乎是全新的。

他是個白人，面色蒼白，鼻梁筆直，下巴堅挺。正如我所說，應該算得上英俊。金色的頭髮修剪成蓋住眼睛的長瀏海垂散在前額，雙眼闔起。

這些細節已經全被史蒂芬諾柏斯和她的組員記錄下來。連我蹲在屍體旁邊，都有六個鑑識人員等著採集尚未標記過的樣本，他們後方還有另一組帶著切割工具的技術人員，以便把所有標記好的樣本取下。我的工作則有些不同。

我戴上面罩和護目鏡，讓臉盡可能靠近屍體而不碰觸到它，然後閉上眼睛。人體保存**感應殘跡**的效果很糟，但任何強大到足以直接殺人的魔法──如果這個人真的是死於魔法，就會留下痕跡。只是使用正常的所有感官，我就能察覺出血液、塵土還有尿液的味道，這次肯定不是狐狸留下的。

在我看來，這具屍體上並沒有與魔法相關的**感應殘跡**。我直起身，轉頭看向史蒂芬諾柏斯。她皺了皺眉。

「妳為什麼叫我來？」我問。

「這案子就是不太對勁。」她說。「我認為現在先讓你看看總比之後再叫你要好。」

比如等我起床、吃過早餐之後。我沒說出口，也不能說。全天候出勤幾乎是警察這職業的工作定義。

「我沒發現什麼。」我說。

「你能不能──」史蒂芬諾柏斯擺擺手。我們通常不對倫敦警察廳的其他人說明我們如何調查──別的不說，我們大部分的做法都是視狀況而定。因此，像史蒂芬諾柏斯這樣的資深警官知道我們在進行調查，卻不是十分清楚在查些什麼。

我離開那具屍體，等在一旁的鑑識人員從我旁邊蜂擁而過，趕著要去完成現場的處理工作。

「他是誰？」我問。

「我們還不知道。」史蒂芬諾柏斯說。「他下背部有一道刺傷，血跡通往隧道裡。我們無法斷定他是被拖出來的，還是自己搖搖晃晃走出來的。」

我朝隧道望去。明挖覆蓋隧道的鐵軌都是並行的，就像戶外鐵路一樣，這表示警方在搜查時兩條軌道都必須封鎖。

「那是哪個方向？」我問。我在某個地方轉身掉頭，回到月臺和鐵軌之間的平臺。

「往東。」史蒂芬諾柏斯說。通往尤斯頓和國王十字站。「還有比那更糟的。」她指著隧道往左彎的地方。「那個彎道過後，就是這一區與漢默史密斯的交會處，所以我們得封閉整段匯合區。」

「倫敦通勤族一定會愛死這件事。」我說。

史蒂芬諾柏斯噗哧一笑，「他們已經夠愛了。」她說。

地鐵原本該在三小時內重新開放，恢復當日正常運作，如果貝克街站的鐵軌關閉，那麼整個運輸系統將在聖誕節前最後一個購物週的星期一早晨癱瘓。

不過，史蒂芬諾柏斯是對的——現場有些不對勁。不僅僅是個死人而已。我往隧道望去時，一陣感覺閃過。不是**感應殘跡**，而是某種更古老的東西，那種我們在樹木生長到發明棍棒之間，從進化的差距中都繼承到的本能。始於當我們只是一群瘦小的二足步行猿，站在充滿頂級掠食者的世界；追溯到當我們是會走路的午餐的時代。這種警覺告訴你的是，有東西正在看著你。

「要我進隧道看看嗎？」我問。

「我還以為你不會問呢。」史蒂芬諾柏斯說。

人們對警察的想法很有趣。例如，他們似乎認為我們心甘情願應付任何緊急狀況，絲毫不顧及自身安全。話是沒錯，我們就像消防隊員和軍人，常常自找麻煩，但不代表我們不會思考。其中一件我們會考慮的事就是通電的第三軌，以及走在上頭有多容易丟掉小命。一位笑臉迎人、名叫賈傑．庫瑪的英國鐵路警察巡佐，向我和那群等待的鑑識人員發表了有關導電樂趣的安全簡報。他是完成五週鐵路安全課程的英國鐵路警察中，即使在鐵軌通電時仍能漫步在重型工程之間的稀有人種。

「並不是說你會想那麼做。」庫瑪說。「面對通電鐵軌最重要的安全祕訣是：一開始就別站上軌道。」

雖然鑑識小隊的其他人躊躇不前，我仍跟在庫瑪身後。他們可能不確定我到底想做什麼，至少懂得不汙染犯罪現場的原則。而且，他們還能看看自己深入危險之前，庫瑪和我會不會被電死。

一直等到沒有人聽得見我們說話時，庫瑪才問我是否真的來自電影《魔鬼剋星》的單位。

「什麼？」我問。

「經濟與特殊犯罪部第九小組啊。」庫瑪說。「就是些鬼里鬼氣的事。」

「算是吧。」我回答。

「那你們真的會調查——」庫瑪頓了頓，找出合適的用詞，「不尋常的現象？」

「我們不負責飛碟和外星人綁架。」我說。通常那是接下來的問題。

「那誰負責外星人的事？」庫瑪問。我瞥了他一眼，發現他正在小便。

「我們可以專注在工作上嗎？」我問。

血跡很好追蹤。「他都靠邊走。」庫瑪說。「遠離中間的鐵軌。」他把手電筒的光照向碎石路上一個清晰的靴印。「他避開了枕木，我覺得他受過某些安全訓練。」

「你為什麼這麼認為？」我問。

「如果要走通了電的鐵道，就得避開枕木。枕木很滑。你一滑就會摔倒，然後手伸出來就吧滋了。」

「吧滋。」我說。「這是專業術語吧？那你怎麼稱呼被吧滋的人？」

「酥脆先生。」庫瑪說。

「這是你們最好的形容了？」

庫瑪聳聳肩。「又沒什麼大不了的。」

當我們抵達血跡開始的地方，已經靠近彎道，看不見月臺了。到目前為止，碎石和鐵軌底部的泥土吸收鮮血的效果還不錯，但在這裡，我的手電筒照到一灘發亮、不規則的深色鮮血。

「我要去查看更深處的鐵軌，看看能否找出他從哪裡進來的。」庫瑪說。「你在這裡沒問題吧？」

「別擔心。」我說。「我可以。」

我蹲下來，用手電筒的光線有條理地分區查看那灘血的四周。在往月臺方向不到半公尺處，我發現一個棕色皮革的方形物品，燈光還反射出一支損壞或已關機的手機光亮表面。我差點撿起手機，幸好忍住了。

我戴起手套，口袋裡滿是證物袋和標籤，假使這是一起攻擊、搶劫或其他任何較輕微的犯罪，我就會自行將證物裝袋和貼標籤了。不過這是一起謀殺案調查，任何打斷證據鏈的警察都會大難臨頭，因為有人會請他們坐下，把O. J.辛普森殺妻案審判出錯之處鉅細靡遺地解釋給他們聽，搭配投影片播放。

我從口袋取出空波，摸索著把電池裝回去，然後呼叫證物員，說我找到了一些證物。在等待的時候，我又仔細檢查了一次這個區域，注意到那灘血有些奇怪。血液比水還濃稠，特別是開始凝固時，因此這灘血不該像水那樣鋪展開來。接著我察覺到有東西被血掩蓋住了。在不讓呼吸汙染那灘血的風險下，我盡可能彎下身靠近。就在此刻，我感覺到一股熱氣、煤灰和熏得人流淚的屎味閃現，就像在農場跌個狗吃屎。我真的打了個噴嚏。這一定就是**感應殘跡**。

我壓低身體，看能否辨認出這灘血下面是什麼。這東西是三角形、淡褐色的。起初我以為是石頭，當我看到尖銳的邊緣，才意識到這是一塊陶器碎片。

「還有東西嗎？」一個聲音從我上方問——是鑑識人員。

我指出自己發現的東西，在攝影師走過來記錄物證的原始位置時退到一旁。我把手電筒的光照向隧道，見到庫瑪的反光夾克在三十公尺外閃了閃。他打光回應，我小心翼翼地走向他。

「有發現嗎？」我問。

庫瑪用他的手電筒照出一組現代化鋼製門，嵌在明顯是維多利亞風格的磚造拱門中。「我認為他可能是從這個舊施工入口進來，不過門是關上的——雖然你們可能還是想採個指紋。」

「我們現在在哪裡？」

「馬里波恩路往東的下方。」庫瑪說。「不遠處還有幾個舊通風井，我想去檢查一下。要來嗎？」

這裡距離下一站大波特蘭街還有七百公尺。我們沒有走完全程，只走到看得見月臺之處。庫瑪查了查那幾個入口位置，說我們這位神祕男孩要是從那裡走下月臺，就會被警覺性高的監視器操作員發現。

「媽的，他到底是從哪裡走上鐵軌的？」庫瑪說。

「或許有其他辦法可以進來這裡。」我說。「某些不在設計圖上、某些我們忽略掉的地方。」

「我要找駐守的巡邏員下來。」庫瑪說。「他會知道。」巡邏員晚上都在隧道裡走動找故障——而且據庫瑪的說法，巡邏員是地下鐵的祕密知識者。「之類的。」他說。

我留庫瑪在那裡等待他的地陪，並回頭往貝克街站走去。半路上，一顆有點鬆動的碎石子讓我滑了一跤，撲倒在地。我伸出手想避免跌倒，每個人都會這樣做，卻免不了注意到我的左手掌就要拍在通電的中間鐵軌上。酥脆油炸的警察——好極了。

爬回月臺的時候，我滿頭大汗。我擦了擦臉，發現自己的臉頰上有一層薄薄的黑灰。我的雙手都被弄黑了。我猜是碎石上的灰吧。或者是古老的煤灰，當蒸氣火車頭拉著軟墊列車、上頭載滿可敬的維多利亞時代人通過隧道時所留下的。

「看在老天的份上，誰來給那男孩一條手帕。」一個有著北方口音的宏亮聲音說。「然後誰能他媽的告訴我他為什麼在這裡。」

偵緝督察長席沃是個來自曼徹斯特外某個小鎮的高大男子。史蒂芬諾柏斯曾說，那種地方解釋了史密斯合唱團主唱莫里西的熱情生活態度。我們之前有過合作——他試圖把我吊在皇家歌劇院的舞臺上，我則插了他一管五毫升大象專用鎮靜劑——相信我，一切在當時都是有意義的。我會說我們打成了平手，除了他得請四個月的病假，大多數有自尊心的警察會把這種事當成額外津貼。

席沃顯然休完了病假，回來掌管他的凶案調查小組。他站在月臺上可以隨時看見鑑識小隊、又無需換下他的駝絨大衣和手工 Tim Little 鞋的位置。他招了招手，要我和史蒂芬諾柏斯過去。

「很高興看到你好多了，長官。」我心直口快地說。

席沃看著史蒂芬諾柏斯。「他來這裡幹嘛？」

「這案子感覺有些不對勁。」她說。

席沃嘆了口氣。「你把我的米麗安引上了邪路。」他對我說。「現在我回來了，我希望我們將看見優良的、老式的、以證據為本的警務回歸，並大幅減少無稽怪談的數量。」

「是，長官。」我說。

「話雖如此——這一次，你又把我捲進哪種無稽怪談了？」他問。

「我不認為這裡有任何魔……」

席沃突然伸手示意我閉上嘴。「我不想從你口中聽到『魔』字開頭的詞。」他說。

「我不認為這個人的死亡方式有任何奇怪之處。」我說。「除了……」

席沃又打斷我的話。「他怎麼死的？」他問史蒂芬諾柏斯。

「下背部嚴重刺傷，可能破壞了內臟，但他是死於失血過多。」她說。

接著席沃問起凶器，史蒂芬諾柏斯招了招手，證物員便舉起一個透明塑膠證物袋讓我們檢視。裡頭就是我在隧道裡發現的淺褐色三角形。

「那他媽的算是什麼東西？」席沃問。

「一小塊破盤子。」史蒂芬諾柏斯說。她把袋子轉過來，我們看出那的確是一個破盤子的三角形部分——上面有裝飾性邊緣。「看起來像陶器。」她說。

「他們確定那就是凶器嗎？」席沃問。

史蒂芬諾柏斯說，病理學家非常確定這個部分的驗屍結果。

我真的不想告訴席沃關於沾附在凶器上那一小簇集結的**感應殘跡**，不過要是沒提出來，我認為之後只會帶來更多麻煩。

「長官。」我說。「這就是無稽怪談的……來源。」

「你怎麼知道？」席沃問。

我考慮解釋何謂**感應殘跡**，可是納丁格爾曾經警告過我，有時候最好給一個他們能理解的簡單說明。「上面有一種光芒。」我說。

「光芒？」

「對，光芒。」

「就只有你能看到。」他說。「想必是用你特別的神祕力量。」

我直視他的眼睛。「是的。」我說。「我特別的神祕力量。」

「你說了算。」席沃說。「所以我們的受害者在隧道內被一小塊魔法陶盆刺傷，踉踉蹌蹌走上鐵軌尋求幫助，他爬上月臺、虛脫倒地，然後失血過多而亡。」

我們知道確切的死亡時間是凌晨一點十七分，因為我們在監視錄影畫面上目睹了一切。一點十四分，當他將自己拉上月臺時，連續鏡頭顯示出他蒼白臉龐的模糊影像，試圖讓自己站穩的踉蹌腳步，還有最後嚴重的虛弱不支，他側摔倒地——放棄了一切。

只要發現月臺上有人出事，站長在三分鐘內就會趕到，可是正如站長所言，當找到受害者時，他已經回天乏術了。我們不知道他是如何進入隧道的，也不知道凶手如何逃走，至少等鑑識人員處理過皮夾之後，我們便會曉得他是何方神聖。

「噢，慘了！」席沃說。「他是美國人。」他遞給我一個證物袋，裡面有張護貝過的卡片。卡片上方寫著紐約州，下方寫著駕照，然後是姓名、地址和出生年月日。他的名字是詹姆斯．葛拉格，來自紐約某個叫奧爾巴尼的小鎮，現年二十三歲。

在席沃派出一位家庭聯絡官聯繫奧爾巴尼警局之前，我們爭論了一下紐約目前究竟是幾點。而奧爾巴尼就是紐約州首府，這還是史蒂芬諾柏斯告訴我才曉得。

「彼得，你無知的程度，」席沃說。「真的很可怕。」

「我們的受害者卻渴求知識。」史蒂芬諾柏斯說。「他是聖馬丁學院的學生。」皮夾裡有一張英國全國學生聯合會發行的優惠學生卡、幾張印有詹姆斯．葛拉格名字的名片，以及我們希望是他的倫敦住址——就在波特貝羅路上的一間馬廄改建房。

「很好，有了這些東西讓調查方便多了。」席沃說。

「你怎麼看？」史蒂芬諾柏斯問。「住家、親戚、朋友——哪個先？」

在這之前，我大多時候都保持沉默，而且老實說，我還寧可開溜回家。但我不能忽略詹姆斯．葛拉格已經做出一件魔法武器的事實——呃，是魔法盆的碎片啦。

「我想去他的屋子看看。」我說。「說不定他是個術士。」

「術士，呃？」席沃問。「你都這樣稱呼他們嗎？」

我繼續乖乖閉嘴，席沃讚許地看了我一眼。

「那好。」席沃說。「先去住處。查清楚他有哪些朋友家人，把他的生平大小事列出來。鐵路警察會派一些人來這裡徹底搜查隧道。」

「倫敦通勤族不會喜歡這件事的。」史蒂芬諾柏斯說。

「對他們來說可真不幸，不是嗎？」

「我們應該告訴鑑識人員，凶器可能是件古物。」我說。

「古物？」席沃問。

「有可能。」我說。

「那是你的專業意見嗎？」

「是的。」

「跟往常一樣，」席沃說。「這意見大概和巧克力茶壺同樣有用。」

「你需要我請我的上司過來嗎？」我問。

席沃努著脣，我震驚地意識到他真的在考慮是否該叫納丁格爾來。他的舉動惹惱了我，這表示他不信任我做這份工作；同時也讓我感到擔憂，因為我原先有些慶幸，席沃是反對任何一種「魔法謬論」來干涉他調查的人。假設他開始認真看待我的意見，那麼我就得承受隨之而來的壓力。

「我聽說萊斯莉加入了你那一夥。」他說。

談話方向九十度大轉彎——標準的警察手法。可惜沒用。自從納丁格爾和總監達成另一項「協議」後，我已經排練過**這個**問題的回答了。

「不算正式加入。」我說。「她無限期請病假。」

「簡直浪費。」席沃搖搖頭說。「真夠令人感嘆的。」

「長官，你打算怎麼處理這個案子？」我問。「阿貝負責謀殺，而我負責……其他……部分？」阿貝是席沃凶案小組所屬貝爾格拉維亞警局的無線電簡稱。當可以使用難以理解的某些行話代替時，我們警察向來不喜歡用真正的用語。

「在搞得像上次那種結果之後嗎？」席沃問。「媽的休想。你要以調查小組成員的身分進行工作，但不得進入小組的案件討論室。這樣我可以他媽的盯緊你。」

我看著史蒂芬諾柏斯。

「歡迎加入凶案小組。」她說。

3 蘭僕林站

倫敦警察廳對凶案調查有種極為直接的方式，靠的不是警探的直覺本能，也不是偵查專家抽絲剝繭的邏輯推論。不，倫敦警察喜歡的做法是在問題上投入大量警力，追查每一條可能的線索，直到凶手落網或資深的調查員老死為止。正因為如此，凶案調查不是由有酗酒毛病或人際關係惡劣或精神有問題的古怪偵緝督察指揮，就是由一群野心驚人、在警察生涯中首次得意主事的探員帶領。所以你可以看得出來，我適應得非常好。

那天早上五點二十分之前，至少已經有三十位員警在貝克街集合，於是我們所有人一同從蘭僕林出發。幾名探員搭我的便車，史蒂芬諾柏斯則駕駛一輛車齡五年的飛雅特Punto跟在後頭。我認識我車上的一位探員，她名叫薩菈．古歷，我們先前因蘇活區的一具屍體結識。她也是參與突襲莫洛博士脫衣舞俱樂部的員警之一，要處理任何怪異事件，她是個好選擇。

「我是家庭聯絡官。」她爬進副駕駛座時說。

「幸虧是妳不是我。」我說。

一位棕色頭髮、穿著縐巴巴D&C西裝的胖探員，坐進後座時介紹了他自己。

「大衛．卡利。」他說。「也是家庭聯絡官。」

「說不定是個大家庭。」古歷說。

迅速通知受害者家屬向來是很重要的，一部分原因是，在他們從電視上看到消息之前先行告知，只是基本的禮貌；另一部分原因是，這讓我們顯得很有效率，但主要是想在他們聽見消息時，能夠直視他們的臉。真正的意外、震驚和悲傷是很難假裝的。

幸好是古歷和卡利，而不是我。

諾丁丘在貝克街以西三公里，我們十五分鐘內就抵達了，假如我沒有在波特貝羅路附近轉彎，還會更早到達。我得辯解一下，那些維多利亞晚期的偽攝政時期排屋，在晚上看起來簡直該死的一個樣，再加上除了嘉年華會以外，我從未在諾丁丘待太久。雖然古歷和卡利的手機都有ＧＰＳ，他們輪流導航卻給了完全相反的方向，一點忙也沒幫上。我終於看到認得的地標，才在諾丁丘社區教會外停好車。裡頭有一場聖靈降臨節的集會，只是這種嘈雜熱鬧的地方，是當我母親偶爾記起自己應該是個基督徒時才會覺得喜歡。

我父親只在評價教會樂團時才會上教堂，你可以想像這種事多久發生一次。很小的時候，我喜歡穿上好衣服盛裝打扮，那裡通常會有其他小孩一起玩，不過情況從來沒有持續過。幾個月之後，我母親會找到一個星期日的清潔工作，或是跟牧師吵上一架，或只是不再感興趣了。接著我們就會回到星期日整天待在家看卡通、過著看父親的唱盤變換唱片的日子。

我下了車，走進一片詭異的寂靜。空氣靜止，聲音滯悶，在街燈單調黃光的照射下，商店櫥窗看起來晦暗無光，彷彿人造的電影布景。雲層很低，在反射的光線下顯得陰沉。潮溼的空氣讓關上車門的聲音成了悶響。

「快下雪了。」卡利說。

氣溫的確夠冷。我可以把手插進口袋裡，但耳朵卻快凍僵了。古歷將一頂毛絨絨、附有耳罩的大帽子，套在她的穆斯林頭巾上，打趣地看向光著頭、快凍僵的我和卡利。

「實用又得體喔。」她說。

我們誰都沒答話，不想讓她稱心如意。

我們往馬廄改建房走去。

「妳從哪弄來這頂帽子的？」我問。

「從我哥那裡偷來的。」她說。

「我聽說在很冷的沙漠裡，」卡利說，「的確需要一頂那樣的帽子。」

古歷和我互看了一眼，不然還能怎麼做？

幾十年來，諾丁丘一直在打一場英勇的後衛戰，對抗持續蔓延的貨幣漲潮，梅費爾區現在已經完全受大企業主和財團老闆控制[1]。我看得出這座馬廄的改建者融入了地方精神，因為這裡與充滿活力的當地社區格格不入，就像在街道入口裝設了一道該死的巨

1 梅費爾區是倫敦地價最高的地方，與諾丁丘都是這幾年來國外富豪最愛置產居住的地區之一。

大安全門。古歷、卡利和我彷彿維多利亞時代的小孩，透過柵欄盯著裡頭看。

此處是典型的諾丁丘馬廄改建房，一條鋪設鵝卵石的死胡同兩旁排列著由過去富人的馬車屋改建成的房屋和公寓。這裡也曾是具同志身分的內閣大臣發生醜聞時藏匿男朋友的地方。現在，這一區大概住滿了銀行家與他們的小孩。每一扇窗戶都不見燈光，但狹窄的車道上卻停滿ＢＭＷ、Range Rovers 和賓士。

「你們覺得應該等史蒂芬諾柏斯來嗎？」卡利問。

我們仔細思考了一會兒，但也沒想太久，因為我們當中經常不照規矩來的那個人，覺得大夥的耳朵已經凍僵了。一具灰色對講機焊在大門上，於是我按下葛拉格家的號碼。無人回答。我又試了幾次。同樣毫無反應。

「對講機可能壞了。」古歷說。「找鄰居試試？」

「我還不想跟鄰居打交道。」卡利說。

我檢查了一下大門。門的頂端有鈍鈍的尖刺，間距頗寬，有個白色的護柱就位在剛剛好近得給我一個踏步點的地方。金屬握在手裡凍得難受，幸好不到五秒鐘我的腳就成功跨上頂部的欄柵，身子一擺便跳了下去。我的鞋子在鵝卵石上滑了一下，我站穩腳步，沒有摔倒。

「妳認為呢？」卡利問。「九點五分。」

「九點二分。」古歷說。「他在落地時失分了。」

牆上有個開門鈕，就在大門後面手臂搆得到的地方，我按下鈕，低聲叫他們進來。

由於我們三個都是倫敦人，大家停了一會兒，接著進行「房產估價」的儀式。有鑑於此區的行情，我猜這裡至少要一百萬，甚至更多。

「絕對有一百五十萬。」卡利說。

「不止。」古歷說。「假如這裡是永久產權的話。」

前門旁邊裝有一盞古老的馬車燈，彰顯出金錢買不到的品味。我按下門鈴，聽見鈴聲從樓上響起。我的手指仍按住門鈴不放——這就是當警察的好處，你不必在清晨五點表現體貼。

我們聽到下樓梯的匆促腳步和大吼大叫的聲音。「來了，他媽的別那麼急躁……」接著門打開了。

他很高，是個白人，二十歲出頭，沒刮鬍子，一頭亂糟糟的棕髮，全身上下只穿一條內褲。他雖瘦卻並非營養不良，肋骨突出但六塊肌若隱若現，肩膀、手臂和雙腿也都有肌肉。他瘦削的臉上有張大嘴，看見我們的時候張得老大。

「喂。」他說。「他媽的你們是誰啊？」

我們對他亮出了各自的警察證件。他盯著看好一陣子。

「先給我五分鐘把東西藏起來如何？」他終於說。

我們三個一起衝了進去。

一樓顯然是由車庫改建，大致上分成兩區：後半區是偽鄉村風的廚房，前半則是採開放式布置的「接待區」，左側靠牆有一道通往樓上的單側樓梯。這種開放式房子很不錯，少了傳統的走廊阻擋，熱血警察三人組要繞過人掌控狀況實在簡單得可笑。

我擋在他和樓梯之間，古歷越過我上樓查看屋內是否有其他人，卡利則站在那傢伙面前，故意讓自己處在他的視線範圍內。

「我們是家庭聯絡官。」他說。「依照正常的辦案程序，我們不會太擔心你的娛樂性藥物使用，不過這樣的偵查方式完全取決於你是否全心全意跟我們合作。」

「以及提供咖啡。」我說。

「你有咖啡嗎？」卡利問。

「我們有咖啡。」男人說。

「是好的咖啡嗎？」古歷從樓上某個地方喊道。

「是真正的咖啡，和你在咖啡館喝到的一樣。不是毒品。」

「你叫什麼名字？」卡利問。

「查克。」男人說。「查克．帕莫。」

「這是你的房子嗎？」

「我住這裡，但房子是我夥伴的，我的朋友詹姆斯．葛拉格——他是美國人。其實這房子是某公司的，不過他可以使用，我跟他住在這裡。」

「你和葛拉格先生在交往嗎？」卡利問。「公民伴侶、彼此有所承諾……都不是？」

「我們只是朋友。」查克說。

「既然如此，帕莫先生，我建議我們一起去廚房喝個咖啡。」

我讓出路讓查克通過，他看起來有些憤怒，由卡利帶往廚房。卡利會要他說出詹姆斯．葛拉格朋友們的姓名和地址，可能的話還包括家人，以及謀殺案發生時他自己的行蹤。在每個人有機會自圓其說之前，這種事情必須快速進行。古歷會在樓上找出任何有用的日記、電話簿、筆電，還有任何能讓她擴大詹姆斯．葛拉格交友圈的資料，填補他最後行蹤的時間缺口。

我環顧整個客廳。我猜這房子一定是一開始就裝潢好的，它有種依照型錄裝設的感覺。不過，從耐用度和不使用塑料材質來判斷，這個型錄的家具很可能比我母親用過的還要昂貴。電視是大尺寸平面電視，可惜是兩年前的產品。藍光播放器、Xbox 遊戲機，但沒裝第四臺或衛星頻道。我檢查了電視旁邊的仿橡木書架，收藏品是帶點賣弄的外國貨，有重製的高達、楚浮、塔可夫斯基的電影。黑澤明的《大鏢客》褻瀆地躺在它的外盒上，從放在電視旁地板上的那個外盒判斷，是為了看《奪魂鋸》的其中一集才從播放器退出來的。

原本的壁爐——以一樓曾經是馬車屋而言，這很罕見——已用磚封起、抹上灰泥，但壁爐臺仍保留著。上頭放了一套昂貴的 Sony 家庭音響組合，沒有連接 iPod——我在找別的東西——一個未上色的小雕像、一副撲克牌、一包 Rizla 手捲菸紙和一個沒洗的杯子。

廚房那邊，卡利要查克乖乖坐在餐桌旁，好讓他慢條斯理地煮真正的咖啡，還很有技巧地翻遍了所有的櫥櫃及架子。

如果你像我母親一樣是個專業的清潔工，確定你能清除角落灰塵的方法之一，就是拿支溼拖把沿著踢腳板旋轉，所有的汙垢會被捲成潮溼的小球，稍待片刻等它們乾掉後，再用吸塵器吸起。這樣做會留下一道明顯的旋轉痕跡，我在電視後面的地毯上看到了。這表示詹姆斯和查克不會自己打掃家裡，我也不可能在客廳找到任何有用的線索。於是我往樓梯走去。

浴室清潔得閃閃發光。我希望那位不知名的清潔工懂得在臥室前止步。從兩間臥室中較小的那間飄散混合舊襪子與大麻的味道來看，清潔工果然這麼做了。我猜那是查克的臥室。散落在地板上的衣服是英國牌子，床底下藏有高科技大麻煙槍噴霧器，加裝了轉換用的烙鐵和透明玻璃管。我只找到一點行李，一個背帶破舊、底部有汙漬的大健身包。我仔細嗅了嗅。包包最近才洗過，但在洗潔劑下還有一股不知什麼的臭味。我父親會說是流浪漢的味道。

不管它是什麼，那並沒有魔法，所以我走了出去。

古歷和我在樓梯口相遇。

「沒有日記或通訊錄，一定都在他的手機裡。」她說。「有幾封航空信，我想是他母親寄來的，地址跟駕照上的一樣。」她說她準備打給美國警方，請求他們聯繫。我問她是如何找到電話號碼的。

「這就是網路的功能。」她說。

「這可不是唱首歌那麼簡單。」我說，但她沒聽見。「我認為上頭會想要仔細盤問查克，特別是他沒有不在場證明的話。」

「為什麼？」

「我覺得他不是學生，」我說。「他甚至可能曾經露宿街頭。」古歷偏頭對我笑了一下。「那一定是個壞人了。」

「妳上全國警察系統調查過了嗎？」

「別管我的工作了，彼得。你應該要查魔法什麼的。」她笑了笑，表示她是半開玩笑，但只有一半。我讓她繼續她的工作，自己走進詹姆斯的臥室，看看能否發現任何無稽怪談。

結果似乎乏善可陳。

牆上看不見海報這點令我很驚訝。詹姆斯・葛拉格才二十三歲，或許他長大了不需要貼海報，也或許他想把牆壁空間留給更嚴肅的作品。一疊油畫倚牆而放，內容大多是城市景觀，我想應該是倫敦，我認出了波特貝羅市集。這些畫看起來不像賣給觀光客的廉價貨品，我認為可能是他自己的作品——雖然以現代藝術學校的學生來說，畫風有點復古了。

床很凌亂，不過床單最近才換過，羽絨被攤開，整件翻了過來。床頭櫃上有一堆書——藝術書籍，都是嚴肅的學術類型而非消遣讀物。有社會主義、寫實主義、三〇年代的宣傳海報、古典倫敦地鐵海報和一冊《現在就對了——一九九〇年代以來的藝術與理論》。唯二的非藝術類書籍是一本記者兼小說家科林．麥金尼斯的《倫敦三部曲》選集版本，和一本關於心理健康的參考書《五十種精神疾病的徵兆》。我拿起那本醫學書，搖晃它的書脊，可是書頑固地沒有洩漏任何祕密隱私的漏洞。

是為了找資料嗎？我懷疑。是擔心自己或是其他人？相較於其他書，這本書還很新。他有可能擔心查克嗎？

我環顧整個房間，沒有關於魔法、或能與神祕沾上邊的書籍，甚至察覺不出絲毫超出正常範圍的**感應殘遺**。這正是我近來稱之為「魔法效用的反比定律」的經典例子——換句話說，發現魔法現象的機會與找到它之後會多有用，兩者往往成反比關係。

非常有可能的是，這起謀殺案的任何魔法層面都在於凶手而非受害者。或許我應該跟庫瑪巡佐與搜查小組一起待在隧道裡。

因此，非常理所當然地，五分鐘後，就在我們為查克做筆錄時，我在樓下找到了要找的東西。

我還在樓上的時候，查克已經穿上運動褲和T恤，現在他半彎著身體坐在桌前，讓卡利做他的筆錄。古歷則在查克的眼角餘光中滿不在乎地斜靠在仿鄉村風的廚具上。她細看他的臉，皺起眉頭。我猜她也注意到那本心理健康書籍了。

桌上有杯咖啡是給我的。我坐在卡利旁邊，維持放鬆的姿勢，拿起咖啡，啜飲了一口並輕輕往後靠。當我們詳述他過去二十四小時的行蹤時，查克的手在發抖，身體不自覺來回晃動。讓你的證人有點緊張不安向來很有用，但你可以見好就收。

廚房桌上有個陶盆，盆裡有兩顆蘋果、一條有點發黑的香蕉，以及幾張出租汽車的名片。這和我在地鐵發現的碎片有同樣的淡褐色，可是花紋太多了，不是同一件陶器。

我又喝了一大口咖啡，這確實是好東西，手指隨意地沿盆緣拂了拂。就是這個，比那塊碎片還要微弱，熱氣和木炭、我認為像是豬糞的氣味，以及……我不知道是什麼。

我取出盆裡的水果和名片，手指沿盆內平滑的曲線追蹤著。盆的形狀感覺很美，我卻說不出理由。畢竟圓形就只是圓形。可是這個盆就如同萊斯莉的微笑般美麗。至少，是萊斯莉從前的微笑。

我意識到其他人都沒出聲。

「這東西哪來的？」我問查克。

他像是看著瘋子似地看著我，古歷和卡利也一樣。

「你說盆子嗎？」他問。

「對，這個盆子。」我問。「它是從哪裡來的？」

「這只是個盆子而已。」他說。

「我知道。」我緩慢地說，「你曉得它是從哪裡來的嗎？」

「我想他是從市集買來的。」

查克驚愕地看著卡利，顯然懷疑我們是否使出罕見的好警察、瘋警察訊問技巧。

「波特貝羅市集嗎？」

「對。」

波特貝羅市集至少有一公里長，而且肯定有上千個攤位，更別提波特貝羅路兩旁林立和蔓延到旁邊馬路的上百間商店了。

「你有可能說得更明確一點嗎？」我問。

「我想，在最前端吧。」查克說。「不是昂貴的那一端，是普通攤位的那端。我只知道這麼多。」

我用雙手捧起盆子，舉到自己眼前。

「我需要打包這個。」我說。「誰有氣泡紙？」

4 拱門站

令人驚訝的是，這個問題的答案居然是「有」。顯然藝術系學生必須經常攜帶容易損壞的作品到處移動，所以廚房的櫥櫃裡竟然不只裝滿了陳年的義大利麵條、包裝不明的杯湯，還有氣泡紙、衛生紙和膠帶。

這裡也是查克藏匿東西的地方，一只密封塑膠袋裡裝黃色外觀的葉子，卡利暗示那應該是拿來做成調味料而非某種管制藥品。儘管如此，卡利仍非正式地沒收它，直到我們決定是否把它當成逮捕查克的藉口。

陶盆裝進貼白色標籤的證物袋，標籤上寫有我的名字、職位和警員編號，並用它密封袋口。接著我又克難地以極小的字寫下時間、地址和扣押情況。我一直覺得亨頓的基本訓練中，缺少書法課程是一項重大疏忽。

我陷入兩難。我想找出這個盆子是從哪裡來的，也想去查看詹姆斯・葛拉格在聖馬丁學院的置物櫃、或是工作室，或是其他藝術系學生都在使用什麼，看看他是否有更多魔法玩意兒。我選擇先去聖馬丁學院，因為現在才剛過早上八點，市集的攤位不太可能在十一點前全部就位。以路邊市集而言，清晨主要是賣水果和蔬菜而非陶器——觀光客得花好幾個小時通過諾丁丘地鐵站和彭布里奇路交叉口之間的複雜路段。

在史蒂芬諾柏斯與她的武裝警察抵達前，得有個人留下來看住查克，他雖然還不算是嫌犯，卻表現得非常到位。古歷和卡利猜拳決定誰能獲得這個特權。卡利輸了。

古歷得跑一趟貝爾格拉維亞警局，把查克的筆錄交給內部調查小組，好讓他們將筆錄輸入強大的**福爾摩斯**，這個系統的功能就是過濾、核對資料，希望能避免我們在大眾面前表現得像個傻瓜。真正抓到犯人只是錦上添花而已。

我們踏進微弱的灰白天光中，天色似乎讓一切顯得更冷，但至少讓這地方看起來不再像電影布景。我雙手捧著魔法盆，小心翼翼走在結冰滑溜的鵝卵石上。街道外頭所有車輛都覆著白白的霜，包括我的Asbo。我發動引擎，然後在工具箱裡翻找刮刀——過了好久才把擋風玻璃清乾淨，這段時間古歷一直坐在副駕駛座提供意見。

「你車上的暖氣比我們的好耶。」古歷在我爬上駕駛座時說。我瞪了她一眼。我的雙手已經失去知覺，得把手指放在方向盤上敲個幾秒鐘，才能恢復夠多感覺安全駕駛。

我開上肯辛頓公園路，在心裡把一雙新的駕駛手套放進我的聖誕節購物清單。

轉進斯隆街時，開始下雪了。我以為只會是一場灰塵般的細雪，像是小時候期望落空、令人掃興的那種。不過很快就下起又大又重的雪花，從靜止的空氣中垂直而下，隨即墜地——即使是在主幹道上。忽然間，我感覺到Asbo開始在轉彎時打滑。一個開Range Rover的蠢蛋按我喇叭，我於是放慢車速、讓出車道，接著他往前超車，一下失去控制，撞進一輛捷豹ＸＦ的車尾。

雖然外頭很冷，我還是降下車窗小心駛過，這說明了如果欠缺基本駕駛技巧，即使車輛有四輪驅動的優越操控性能也沒用。

「有沒有看到誰受傷？」我問古歷。「妳覺得我們應該停下來嗎？」

「不必。」古歷說。「又不是我們的工作。反正這只是更多事故的第一起而已。」

在抵達斯隆廣場之前，我們又看到兩起小型事故。雪花已經在車頂、人行道，甚至是行人的頭頂和肩膀堆積起來。等我停在貝爾格拉維亞警局外堅固的紅磚外牆旁時，路上的車流量已經稀少到只剩幾個迫不得已或過度自信的駕駛人了。就連白金漢宮路的路面都被白雪覆蓋——我從沒見過這種事發生。我沒有將車子熄火，直接讓古歷下車。她問我是否要讓她把盆子拿走，我回絕了。

「我想先讓我上司看看。」我說。

一確定古歷走出了視線範圍，我立刻跳下Asbo，打開後車箱，取出倫敦警察配給的反光夾克，還有——在某種程度的低溫下，我願意為了舒適而犧牲風格——一頂我一個阿姨織給我、褐紅搭紫色的絨球帽。把它們都穿戴好後，我回到車上往西開——慢慢地開。

詹姆斯．葛拉格不是在國王十字站那棟嶄新先進的主校區上課，而是在拱門站附近、霍洛威路上一棟較小的拜安蕭建築。根據詹姆斯．葛拉格的老師兼工作室負責人艾瑞克．胡柏的說法，這是件好事。

「太過新穎了。」他說的是主校區。「是專門建造的，具備各種便利的設施，還有許多行政人員的辦公室。這就像試著在麥當勞裡發揮創意。」

胡柏是名矮個子中年人，身穿一件昂貴的薰衣草色暗釦襯衫和棕褐色斜紋棉布褲。這陣子顯然都是他的同居人幫他打扮，要我判斷的話，大概是個二流的年輕模特兒，從他凌亂的頭髮和冬季外套就可以猜得到——一件破損的皮製騎士夾克，顯然已經過時了，只是因為下雪而拿出來應急。

「在一棟有系統發展的建築裡工作是比較好的。」他說。「這樣你才能做出貢獻。」

他在接待處迎接我，為我引路。這所學院坐落在幾棟磚造建築中，於十九世紀末建成作為工廠。胡柏驕傲地述說此處曾在一次世界大戰期間用來製造軍火，因此有著厚實的牆壁和輕型天花板。學生的工作室空間曾經是一整層的大廠房，被學院以白漆從地板到天花板分隔開來。

「你應該注意到，這裡沒有所謂的私人空間。」胡柏帶我穿越迷宮般的隔間時說。「我們想讓每個人都能看到別人的作品。來大學上課然後把自己鎖在某個地方的房間就毫無意義了。」

奇怪的是，在這裡就像回到學校的美術教室。同樣有噴濺的顏料、捲起來的畫、裝了半滿髒水的果醬瓶和畫筆。牆上有未完成的草圖和微微發出腐臭的亞麻仁油味。只是這裡規模大得多。數百隻用色紙仔細摺成的水蝗排列在一堵隔牆上，我以為這是一個展示櫃，裡頭存放老式的錄影機或電視機之類的東西，原來是一件尚未完成的裝置作品。

我們經過的大多數創作，至少是我可以辨認的那些，都是以抽象或部分雕塑的手法，或是以拾得的材料物品所做的裝置藝術。所以當抵達詹姆斯．葛拉格在工作室裡的角落，發現那裡全是畫作，令人有些驚訝。畫得不錯。在諾丁丘他房間裡的那幾幅**的確**是他本人的作品。

「這些有點與眾不同。」我說。

「與預期的相反。」胡柏說。「我們不會拒絕具象藝術。」

那些畫是倫敦街道，像是坎頓水門、聖保羅大教堂、林蔭路和漢普斯特的泉水道等地方，全是陽光普照下穿著彩色衣服的快樂人群。我不太了解具象藝術，但這些東西怎麼看都像在騙人的古董店內，放在小丑或戴帽子的狗畫像旁，遭到廉價賤賣的畫作。

我問他這些畫是否有些觀光味。

「我老實說。當他提出入學申請時，我們的確認為他的作品有點……天真。不過你得跳脫他的主題，看看他的技巧有多漂亮。」胡柏說。

一個支付全額學雜費的外國學生，得以享受一些特權，這也不是什麼壞事吧。

「對了，詹姆斯怎麼了？」胡柏問。他的語氣變得遲疑、謹慎。

「我只能說，他的遺體今早被人發現，我們覺得案情可疑。」這是處理這種事情的標準模式，雖然貝克街地鐵站有具屍體的事會在午餐時段新聞中，緊接著「通勤族憤怒，大雪封閉倫敦」的消息而來。假如媒體沒有發現兩件事之間的關聯的話。

「他是自殺嗎？」

有趣了。「你有認為他可能這麼做的理由嗎？」我問。

「他作品的格調已經有所提升。」胡柏說。「變得更有概念上的挑戰。」他走向角落，那裡有個扁平的皮製大型畫作盒倚牆而立。他打開盒子，翻了翻裡頭的畫，挑出了一張。畫作還沒完全從盒子裡拿出來之前，我就可以看出它是不一樣的。這幅畫的用色陰暗、憤怒。胡柏轉過身，把畫橫舉在胸前好讓我看清楚。

紫色和藍色的弧線意味著隧道的弧形屋頂，彷彿從陰影中顯現般，以黑色與灰色的顏料，用長而有力的筆觸勾勒出一個細長的、不像是人的形體。跟他先前作品中人物的臉不同，這個人物的臉龐表情豐富，張大的嘴扭曲成巨大的邪惡笑容，光滑無毛髮的頭顱底下是大而圓的雙眼。

「如你所見，」胡柏說，「他的作品在近期大有長進。」

我回頭看一幅陽光灑落窗臺的畫——再畫一隻貓就完美了。

「他的畫風是從何時改變的？」我問。

「噢，他的畫風沒有改變。」胡柏說。「實際上運用的技巧與他先前的作品極為相似。我們在這裡看到的是更多更深刻的東西。這是一個徹底的改變，我會說是主題，但我認為應該比那更深。你只需要看著它——在那幅畫裡有感情，甚至是激情，不過在他先前的作品是看不見的。不只如此，他在技巧上也跨越了舒適圈——」

胡柏說話的聲音逐漸變小。

「以前也發生過這種事。」他說。「這些年輕人來此，你以為他們向你展現了一些事，後來他們卻結束了自己的生命，你才意識到你以為他們有所進步，其實恰恰相反。」

我不是個十足冷酷的人，於是我告訴他，警方認為不太可能是自殺。他很寬慰，沒問我發生了什麼事——這點正是可疑行為賓果卡上的一項。

「你說他跨越了他的舒適圈。」我說。「是什麼意思？」

「他問過關於新材料的事，他對捏陶有興趣，這有點可惜。」胡柏說。

我問他為什麼，胡柏解釋，因為他們必須停止使用工作室的窯。

「每次燒製都很昂貴，你必須生產大量的作品才值得製作。」他說。顯然對經濟現實性已經潛入學院而感到難堪。

我想到被當成殺人凶器的陶器碎片。我問在他們的新校區是否有一座窯，詹姆斯．葛拉格可以使用它嗎？

「沒有。」胡柏說，「我已經安排好了，如果他問我就會讓他用，可是他沒開口。」他皺著眉拿起一幅「近期」的畫作。是一個女人的臉，蒼白、睜大雙眼，被紫色和黑色的陰影圍繞。胡柏細細看著畫，嘆了口氣，又小心翼翼放回原處。

「聽著，」他說，「他一定在別的地方花了很多時間——」他的話音再度微弱。我等了一會兒，但他沒有繼續說下去，於是我詢問詹姆斯．葛拉格是否有個置物櫃。

「這邊走。」胡柏說。「在後面。」

其中一個灰色的金屬銀行保管箱用便宜的掛鎖鎖住，我用從附近的工作室借來的鑿子把鎖敲掉。掛鎖掉在地上時，胡柏的臉抽搐了下，但我想他比較擔心那把鑿子而非置物櫃。我戴上乳膠手套查看櫃內，找到兩個鉛筆盒、一個少了一半刷子的筆刷包、一本貼著樂施會價格標籤的《金字塔之眼》平裝書和一本附地名的城市街道圖。城市街道圖裡有張在泰特現代藝術館發表作品的展覽傳單，展出者是一位名叫雷恩．卡洛爾的藝術家。果然，傳單已經在城市街道圖上標示出對應的頁面，還用鉛筆將南華克區的泰特現代藝術館圈了起來。

我心想，他確實計畫要去——展覽的開幕式是明天。我在打包之前記下時間、日期和名字，標記置物櫃內的物品。接著用膠帶把置物櫃封緊，給了胡柏我的名片，才動身回家。

清掉擋風玻璃上三公分厚的雪之後，我才得以開二十分鐘的車回到浮麗樓，並將Asbo停進安全的車庫裡。我冒險爬上結冰的戶外樓梯來到馬車屋二樓，在這裡放置了我的電視、不賴的立體聲音響、筆電，以及所有賴以聯繫外界的其他二十一世紀裝備。這是由於浮麗樓本身籠罩的魔法防禦——這不是我會用術語——顯然會被外部接入的纜線給削弱。我沒有提議無線網路，因為我自己也有使用上的訊號安全問題，而且我喜歡有地方能讓我獨處。

我點燃在浮麗樓地下室找到的煤油暖爐——在我的電暖風機第三次燒掉馬車屋的古董保險絲盒後。我檢查了緊急零食櫃，暗自記住要買哪些補給食物，還得清理我的小冰箱，否則得要宣告它是生物危害品而丟掉了。櫃子內還有咖啡和半包馬莎百貨純味餅乾，於是我決定先把文書工作完成，再去茉莉的廚房打游擊。

我花了好幾個小時完成胡柏先生的筆錄，還有我對詹姆斯．葛拉格個性上可能出現變化的觀察，正如他的作品風格驟變所表現出來的。為了排遣無聊，我上網查詢雷恩．卡洛爾，想看他是否有任何有趣之處，有哪些是詹姆斯．葛拉格對他感興趣的。他的生平乏善可陳，在愛爾蘭出生長大，直到最近才定居都柏林。最知名的是製作了一間四分之一大小、以樂高積木蓋成的農舍，屋頂使用愛爾蘭文學經典作品的舊圖書館版本覆蓋一層馬糞。這對早期的葛拉格來說似乎不夠俗氣，對近期的葛拉格而言也不夠古怪。網路雜誌上有幾篇讚美他新作品的評論，都是最近這幾個月的；在一篇訪問中，卡洛爾談到體認工業革命劃分出人是靈性的存在與人作為消費者之間的重要性。身為一個成長於愛爾蘭、親眼見證凱爾特之虎[1]興起又經歷其衰落的人，卡洛爾對於人與機器的異化有著獨特的見解——至少卡洛爾是這麼想的。他的新作品主要針對挑戰我們看待人類形體與機器間兩者交界面的方式。

「我們是機器，」上面引述他的話。「將食物轉化成屎的機器。我們也創造出其他機器，讓我們變得更有生產力——將更多食物轉化成更多的屎。」我對這個人的想法

1　愛爾蘭過去是西歐最貧窮國家之一，一九九五年開始接下來的十二年，愛爾蘭的經濟高速增長，這個國家也被稱為凱爾特之虎。

是，他值得列入觀察，不過應該不是在他吃東西的時候。我把這些細節加進報告裡——我不知道一位藝術系學生計畫去逛美術館有多重要，但現代警察的黃金守則就是不放過任何一條線索。席沃或更可能是史蒂芬諾柏斯會讀完報告，決定是否要繼續追查。

我打給貝爾格拉維亞警局的內部調查小組，詢問處理資料輸入的單位，可否以電子郵件將筆錄寄過去。他們說可以，只要我盡快附上原始文件並正確貼上標籤。他們還提醒我，除非浮麗樓有安全的證物儲藏室，否則我得把所有在詹姆斯．葛拉格的置物櫃裡找到的東西都交給證物員。

「別擔心。我們這裡很安全的。」我告訴他們。

我又花了半小時填完表格、將筆錄寄出，此時萊斯莉打電話提醒我，我們應該去拜訪可疑的小鱸魚了。今天早上納丁格爾發現我會變得很忙時，已經獨自出發前往亨里。今年是沒辦法去看貝弗莉了。萊斯莉懷疑納丁格爾晚上是否趕得回來。

「他那麼明智，不會在這種天氣開車。」我說。

我們約在後梯碰面，它就藏在浮麗樓的前方，萊斯莉跟著我下到安全儲藏室，此處也當成我們的槍枝室使用。在我跟無臉男於蘇活區屋頂上的那場激戰之後，納丁格爾和我們的朋友前傘兵柯福瑞用愉快的一星期時間，清掉了裡頭已經放置超過六十年的武器和彈藥。有段插曲我覺得特別有趣，就是當我無意間打開一箱從一九四六年起就浸在一灘泥漿裡的碎片式手榴彈，柯福瑞以瞬間拉高兩個八度音的說話聲叫我慢慢後退。我們不得不請幾個爆炸物處理小組人員過來把東西拿走。我和萊斯莉就在馬路對面、公園裡的咖啡館監督這場行動。

柯福瑞確認尚能使用的設備已經清理好，接著存放在一邊的新架子上，另一邊則安裝金屬層架來保管證物。我將證物登錄在寫字夾板上，然後跟萊斯莉匆匆趕往巴比肯。

5 巴比肯站

二次世界大戰後，除了納丁格爾以外，英國的巫師所剩無幾，輕傷者與許多太老或學藝不精的術士，都在那場於伊塔斯貝附近森林裡的最後突襲中喪命。我不知道這場戰役的確切原因，但我有自己的臆測——納粹、集中營、神祕學——許多種說法。只有納丁格爾和幾位資深巫師——現在早就死了——得以繼續活動，其餘的不是傷重而死、發瘋，就是宣布不問世事、隱居山林。納丁格爾稱之為折杖而退。

納丁格爾則滿足於一種退而不休的生活模式，遁居浮麗樓，只在倫敦警察廳和其他區域警察偶爾遇到超自然事件時才現身處理。這是一個有高速公路、全球超級大國和原子彈的嶄新世界。就像大多數知曉魔法的人，他認為魔法已逐漸式微，光明即將遠離世界，也沒有他以外的人在練習魔法。

結果他幾乎在每個方面都錯了，等他發現後早已為時太晚——從五〇年代起就有人持續在教授魔法。我不明白納丁格爾為何如此驚訝——僅僅知道四句半咒語的我都放棄不了魔法，儘管吸血鬼、絞刑、惡靈、暴動、虎男，以及過度使用魔法的永久風險和罹患腦部動脈瘤都可能讓我喪命。

根據我們所能重建的經過是，傑弗瑞．惠特卡夫特——一個在各方面都頗為平凡的巫師，戰後已經退隱於牛津的莫德林學院教授神學。五〇年代中期的某個時候，他發起一個名為「小鱷魚」的學生晚餐會。晚餐會就是五〇、六〇年代的上流大學生，當他們沒有戀愛可談、沒替俄國人當間諜，或沒創作現代諷刺作品時會參加的活動。

為了替學生們的夜晚增添樂趣，傑弗瑞．惠特卡夫特教了一些他的年輕朋友牛頓魔法的基礎。他不應該這樣做，而且將他們之中至少一個訓練成納丁格爾所謂的「精通之人」——他**真的**不應該這樣做。在某個時間點，我們不清楚那是何時，這個學員搬到倫敦，加入了黑暗勢力。其實納丁格爾從未以黑暗勢力來稱呼它，但萊斯莉和我都忍不住這麼說。

他對人們做了極為可怕的事，我知道，也親眼見過幾樁——雲雀賴瑞沒有軀體的頭顱，以及莫洛博士脫衣舞俱樂部的其他動物——納丁格爾看到過更多，但我們都選擇閉口不提。

我們從目擊者的說詞得知，他使用魔法來掩蓋他的臉部特徵。據我們所知，他似乎在七〇年代晚期沉寂了一陣，他的衣缽也無人承繼，直到我們稱之為無臉男的人在過去三、四年間突然冒出頭。去年十月，他**只差**一點就把我的頭炸掉，而我並不急著再到見他。至少不是在沒有後援的情況下。

然而，有個挑戰道德的魔法師在我們的地盤上跑來跑去可不是件好事。於是我們決定採用情報導向的方法來逮捕他。情報導向的辦案方式就是在一頭栽進案情、害自己的頭炸掉**之前**，先想出你該做些什麼。因此，我們得從已知的可能關係人名單著手，希望能藉此找出無臉男的真實身分。如果這不是一項弱點，為什麼他想隱藏它呢？

莎士比亞塔是倫敦市內巴比肯建築群[1]的三棟住宅用高塔之一，於六〇年代由根西島砲臺建築學派的追隨者所設計，與那些建造我學校的人相同。這是另一座被認定為二級文物的粗野主義風格混凝土尖塔，因為如果不這麼做，就得承認這座塔他媽的有多醜。然而，無論我對它的美學觀感如何，莎士比亞塔有某些在倫敦幾乎是獨一無二的地方，這讓我小心開著Asbo滑過積雪的街道時覺得十分感激——這座塔有專屬的地下停車場。

我們駛進停車場，朝玻璃亭內的人揮了揮警察證件，將車停在分配給我們的停車格。那個人替我們指出方向，但我們還是兜了五分鐘的圈子，直到萊斯莉注意到一個不顯眼的指標，就錯失在管道和混凝土柱子之間。然後門房按下開門鈴，引導我們進入接待處。

「我們來這裡與艾柏特・伍德維爾・詹托見面。」我說。

「我們希望你別告訴他我們正要上樓。」萊斯莉在我們踏進電梯時說。

1 位於倫敦城北部的一組大型建築群，英國粗野主義建築的代表作之一。建築群基本建於一個數層高的基座上，中間建有水池，基座的各部分由橋梁連接。整個建築群內包括高層及多層居住用房、學校、博物館、藝術中心等。

「只是談談而已。」電梯門關上時，我對萊斯莉說。

「彼得，我們是警察。」萊斯莉說。「出其不意的現身總是好事，這樣會讓人更難隱藏祕密。」

「有道理。」我說。

萊斯莉嘆了口氣。

每層樓的大廳都是相同的缺口三角形，有裸露的混凝土牆、灰色地毯，以及如U型潛艇壓力艙門大小與尺寸的緊急消防出口。艾柏特·伍德維爾·詹托住在塔樓三分之二高的三十樓。這裡非常乾淨。這麼多制式化的乾淨混凝土讓人有點神經緊張。

我按下門鈴。

事實上當警察的重點是，千萬別偷偷摸摸地收集情報。你應該直接到民眾家門口，以你權力的絕對威嚴讓他們感到恐懼，並不斷問問題直到他們告訴你你想知道的事情。不幸的是，隸屬浮麗樓的我們被下令對於超自然存在如果不能完全保密，至少必須保持低調——顯然是協議的一部分。這意味著用「喂，你在大學時期學過魔法嗎？」這個問題當談話的開場太過直接，所以我們想出了一個狡猾的計畫來代替。或者該說是萊斯莉想出了一個狡猾的計畫。

門立刻打開，這告訴我們門房已經打電話警告過居住者了。一位一臉憔悴、有雙藍眼睛和骯髒稻草色頭髮的中年女子站在門口。她看見萊斯莉戴著面罩的臉，不自覺往後退了一步——這法子每次都奏效。

我自我介紹，同時亮出我的警察證件。她盯著證件，又看了看我——瞇起雙眼，露出懷疑的目光。雖然她穿著樸素的咖啡色裙子，搭配襯衫和開襟毛衣，我仍注意到她胸前的口袋上倒掛著一支指針式電子錶。也許她是一位居家看護？

「我們來見伍德維爾．詹托先生。」我說。「他在家嗎？」

「這時候他應該在休息。」女人說。她說話有斯拉夫口音，我想不是俄國人就是烏克蘭人。

「我們可以等。」萊斯莉說。那女人瞪著她，皺起眉。

「可以請問妳是誰嗎？」我問。

「我是凡倫卡。」她說。「伍德維爾．詹托先生的護士。」

「我們可以進去嗎？」萊斯莉問。

「我不知道。」凡倫卡說。

我取出筆記本。「請問妳貴姓？」

「這是正式問訊。」萊斯莉說。

凡倫卡遲疑了一下，然後——我認為她很不情願——從門口退開。

「請進。」她說。「我去看看伍德維爾．詹托先生是否還醒著。」

奇怪，我心想，她寧可讓我們進去，也不願說出自己的姓氏。

公寓基本上是個長箱形，左邊有客廳和小廚房，我想臥室和浴室應該在右邊。每一面牆上都排列著書架，緊閉的窗簾讓空氣十分窒悶，還帶著一股消毒劑與黴菌的味道。

當護士凡倫卡帶領我們進入客廳並要我們稍候時，我仔細觀察了那些書。大多數的書看起來像是從慈善書店來的，精裝書的硬殼封面已經破損，平裝書則顯得發縐凸起、封面也因日照褪色。無論這些書購自何處，我看得出來它們都依照主題以及作者姓氏的順序被細心地排列上架。

有兩個書架看來收藏了派屈克・奧布萊恩直到《黃色海軍上將》以來的每本著作，和一整疊企鵝出版社自五〇年代起所有的平裝書。

我父親將那些企鵝出版品奉為圭臬，他說那些書經典到你只要在蘇活區找一家正確的咖啡館坐下，假裝閱讀一本，在你還沒點第二杯濃縮咖啡之前，就會有以貌取人的年輕女子過來調情。

凡倫卡帶我們進入客廳，然後前去打擾艾柏特・伍德維爾・詹托，此時萊斯莉偷偷戳了戳我的手臂，提醒我看起來要嚴肅點、有官架子。

「他坐在輪椅上。」萊斯莉低聲說。

從家具之間的距離和餐桌的擺放位置來判斷，這間公寓是為了使用輪椅而設計的。萊斯莉用鞋子摩擦地毯，讓細輪子在深紅色織毯上的磨損痕跡顯現出來。

我們聽見來自公寓另一端的模糊說話聲，凡倫卡好幾次提高音量，但她顯然輸掉了這場爭論，因為幾分鐘後，她便推著病人從走廊出來，進入客廳跟我們打招呼。

我們總會預期坐輪椅的人看起來形容枯槁，因此當伍德維爾・詹托出現時，不僅肥胖、臉色紅潤還面帶微笑的模樣，實在令人吃驚。或者至少他大部分的臉是在微笑。右半邊明顯可見是垮下來的，看起來像是中風的後果，但我發現他的雙臂似乎仍能正常活動——雖然看得出來在晃動。一條格子呢毛毯蓋住了他的整雙腿直到腳部。他的臉上沒有鬍碴，梳洗得十分乾淨，而且他似乎真的高興見到我們。這一點，如果你想知道的話，也是可疑行為賓果卡上的另一個選項。

「我的天啊。」他說。「是警察。」他注意到萊斯莉的面罩，誇張地又看了一眼。「年輕小姐，妳不覺得妳把臥底工作的概念執行得有點太認真了嗎？要不要喝杯茶？凡倫卡非常會泡茶，假如你們喜歡檸檬茶的話。」

「真是剛好，我正想來一杯。」我說。如果他要扮演邪惡的上流社會人士，我也不必當老倫敦警察。

「坐、坐。」他說，以手勢示意我們坐到排在餐桌前的兩把椅子。他把自己推到對面位置，雙手交握讓它們保持靜止。「現在你們得告訴我，是什麼事讓你們闖進我家？」

「我不知道你對此事是否知情，但大衛．費柏最近失蹤了，這是我們調查他行蹤的工作之一。」我說。

「我不能回答自己曾經聽過大衛．費柏這個人。」伍德維爾．詹托說。「他很有名嗎？」

我故意做出打開筆記本的動作，翻了幾頁。「從一九五六到一九五九年之間，你們同時在牛津大學的莫德林學院就讀。」

「不是十分正確。」伍德維爾．詹托說。「我是從一九五七年開始就讀的，雖然我的記憶力大不如前，但我很肯定，我不會記不起費柏這個姓氏。你們有照片嗎？」

萊斯莉從她的內側口袋取出一張照片，顯然是用現代彩色列印技術印出舊時的黑白照片。照片上是一位穿著斜紋軟呢外套的年輕人，留著真正的波浪特色髮型，站在一面長有常春藤的單調磚牆前。「有沒有想起任何事？」她問。

伍德維爾．詹托瞇起眼看那張照片。

「恐怕沒有。」他說。

如果他說有，我會非常驚訝，因為照片是我和萊斯莉從瑞典的臉書頁面下載的。大衛．費柏的事完全是虛構，我們選擇一個瑞典人，好讓任何小鱸魚都不太可能真的認出他來。這只是我們用來刺探他人生活的藉口，不會驚動任何術士——如果真有其他術士的話——發現我們在追查他們。

「根據我們的情報，他也加入了同一個劍橋的社交俱樂部。」我又翻了翻筆記本。

「小鱸魚。」

「晚餐會。」伍德維爾．詹托說。

「你說什麼？」

「那叫做晚餐會。」他說。「不是社交俱樂部。只是一個去大吃大喝的藉口，儘管我敢說我們也做了一些善事之類的。」

凡倫卡端來了茶，是俄羅斯紅茶加上檸檬，用玻璃杯盛裝。她一服務完我們就站到了我跟萊斯莉身後，如果我們不轉頭便看不到她。這也是一種警察常用的小伎倆，我們可不喜歡別人這樣對待。

「唉呀，家裡恐怕沒有蛋糕或餅乾。」伍德維爾．詹托說。「醫生禁止我吃這些東西，但我還是很靈活的，在找出對自己不好的東西這件事上，我比你們以為的更加精明。」

我啜飲著茶，萊斯莉又問了幾個例行性問題。伍德維爾．詹托記起了一些他知道也是小鱷魚成員的同輩姓名，和他認為有可能是的其他人。大多數的名字已經在我們的名單上，不過驗證情報總是好事。他還給了幾個女大學生的名字，形容她們是「附屬會員」——這就是他能提供的所有資訊。五分鐘後，我說我聽說從陽臺望出去的景致棒極了，問他我能否看看。伍德維爾．詹托說請自便，於是我站起來，等凡倫卡教我怎麼打開拉門便走向外頭。起身時，我不經意拍了拍夾克口袋。我在裡頭放了一盒火柴來製造假象，我很確定他們以為我要出去抽菸。這也是萊斯莉狡猾計畫的一部分。

景觀令人驚艷。靠著陽臺的欄杆，我往南看向聖保羅大教堂的圓頂和河對岸的象堡區，那裡有棟被人暱稱「電動刮鬍刀」的建築，想與史騰堡那座差勁又毫無詩意的混凝土空中花園大樓爭奪誰比較引人注目。儘管雲層低懸，我仍能看到建築後方掩蓋了北丘的倫敦燈火越漸稀疏。轉過頭，我的視線可以穿越雜亂的倫敦市區，看見弧形的倫敦眼和國會大廈的哥德式尖頂交錯產生的視角錯覺。每條大街都高掛著明亮的聖誕裝飾，反射出剛落下的新雪。要不是外頭冷得讓我想罵髒話，我可以在這裡駐足好幾個小時，而且我應該是來窺探周圍的。

陽臺是L型，寬的那側緊鄰客廳，我猜想是為了在陽光下來場下午茶，而較狹長的那面長度與整間公寓相同。我們從不動產經紀人刊登的樓層平面圖得知，除了浴室和廚房之外，每個房間都有自己面向陽臺的落地窗；身為警察的我們知道，這些在三十層樓高的落地窗會上鎖的機率很小。陽臺不到三十五公分寬，即使有著與腰齊高的欄杆，目光飄得太遠、太左時還是會感到不舒服。我推測護士睡在兩間臥室中較小的那間。我繼續走到陽臺的盡頭，停在一道壓力門形狀的消防出口。我戴上手套，拉了拉那扇落地窗——窗戶令人振奮地悄然滑開。我踏進室內。

臥室的門開著，但門外走廊的燈沒開，房間內暗得什麼也看不見。但我不是來這裡使用視覺的。這裡有種發霉的病房味加上滑石粉的氣味，奇怪的是，還有香奈兒五號香水味。我深吸一口氣，探查是否有**感應殘跡**。

什麼都沒有，或至少不明顯。

我不像納丁格爾那麼有經驗，但我敢打賭從這間公寓建成以來，這裡沒發生過什麼魔法的事。

真令人失望。我小心地移動位置，直到可以看見門外的走廊盡頭和餐廳內部，萊斯莉還在那裡問問題。她顯然引起了伍德維爾．詹托的興趣。輪椅裡的老人向前傾，盯著——我驚訝地意識到——萊斯莉沒戴面罩的臉。凡倫卡似乎也被吸引住了，我聽到她問了些什麼，又看見萊斯莉畸形的嘴框做出回答。她曾經開玩笑說，她可以拿下面罩讓人分散注意力來當作最後的手段，不過我從沒想到她真的會這樣做。伍德維爾．詹托遲疑又輕柔地伸出一隻手，似乎想摸萊斯莉的臉頰，但她猛然縮頭，很快地摸到面罩戴上。

我突然注意到，站在旁邊看的凡倫卡已經轉身望向走廊，看著主臥室。我保持靜止不動。況且我躲藏在陰影裡，如果我沒移動相信她是看不到我的。

她轉過頭，對伍德維爾．詹托說了些什麼，我往旁邊踏了一步，走出她的視線。肯提斯鎮忍者男孩得一分。

「我所做的事是為了幫助你擺脫麻煩。」在我們搭電梯下到停車場時，萊斯莉說。她指的是拿下面罩。「結果值得嗎？」

「我沒感覺出什麼東西。」我說。

「我想知道他中風的原因。」她說。因疲勞而中風是練習魔法時所產生各式各樣且刺激的副作用之一。「你知道的，如果有一群上流社會的小孩學習魔法，他們之中有人一定會在某個時候害自己受傷。或許我們應該請瓦立醫生從我們的嫌犯群裡搜尋與中風相關的事件。」

「妳真的很喜歡文書工作。」

電梯門打開，我們循出去的路走進寒冷的停車場。

「壞人都是這樣抓到的，彼得。」萊斯莉說。「靠的是跑腿。」

我大笑，她打了我的手臂一下。

「幹嘛？」她問。

「妳不在的時候，我還真想妳。」我說。

「噢。」她說。回浮麗樓的一路上都沒再說話。

發現納丁格爾還沒從亨里回來，或是茉莉在門口飄來晃去地等他，我們都不感到驚訝。當我走進私人餐廳時，托比在我腳邊跳來跳去，茉莉已經樂觀地在桌上擺好了兩人份的餐具。自從我搬進來後，第一次看見壁爐裡點了火。我回到陽臺上，注意到萊斯莉正要上樓回她的房間。

「萊斯莉。」我說。「等一下。」

她停下來看著我，臉上是骯髒的粉紅色面罩。

「過來吃晚餐。」我說。「妳還是來吃吧，否則就要浪費了。」

她瞥了樓梯一眼，又回頭看著我。我知道戴面罩很癢，她可能急著想回房間把面罩脫掉。

「我已經看過妳的臉了。」我說。「茉莉也是。托比只要有香腸就什麼也不管。」

托比適時吠了一聲。「把那個鬼東西拿掉——我最討厭一個人吃飯。」

她點頭。「好吧。」她說，開始爬上樓梯。

「喂！」我在她身後喊。

「我得去擦乳液，你這笨蛋！」她吼回來。

我低頭看向托比，牠抓了抓耳朵。

「猜猜誰要一起晚餐。」我說。

茉莉也許是受到我們在馬車屋吃了一堆外帶餐點的刺激，已經開始新菜色的實驗。但今晚可能為了尋求安慰，她回歸傳統菜餚，一路回歸到最實際的老式英格蘭風。

「這是蘋果酒浸鹿肉。」我說。「她浸泡了一整夜。我會知道是因為我昨晚下樓找點心吃，差點被那味道熏倒。」

茉莉以砂鍋盤替我們盛裝，上頭裝飾著蘑菇，並搭配烤馬鈴薯、水芹和青豆。從我的觀點來看，最重要的是，這是肉排——茉莉對於烹煮像胰臟這類東西非常傳統，我補充一下，也跟大多數人想像的不同。在你經歷過幾場致命車禍後，內臟已經引不起你的興趣了。事實上，我很訝異自己還願意吃烤羊肉串。

萊斯莉拿掉了她的面罩，我不知道該往哪裡看才好。她前額的汗水微微閃耀，臉頰上的皮膚和鼻子殘留的地方看起來是紅腫的粉紅色。

「我不能用左邊正常咀嚼。」她說。「看起來會很奇怪。」

因為是鹿肉，我心想——很美味的肉，卻出了名的難咬——幹得好，彼得。

「就像妳吃義大利麵那樣？」我問。

「我的吃法跟義大利人一樣。」她說。

「沒錯，把臉埋進碗裡。」我說。「非常有個性。」

鹿肉並不難咬，像奶油般一切就斷。但萊斯莉說的對，她用一邊臉頰大口嚼肉，這樣看起來的確很好笑——彷彿一隻牙痛的花栗鼠。

她對我露出有些生氣的表情，讓我笑了出來。

「笑什麼？」她嚥下食物後問。我發覺她下巴最近一次的手術疤痕仍然十分紅腫。

「能看到妳的表情真好。」我說。

她瞬間愣住。

「那我要怎麼知道妳是不是在生氣？」我問。

她把手舉到臉前，停住，又看了看手，像是驚訝手怎麼會在嘴巴前面晃來晃去，接著用手拿起水杯。

「你不能假設我總是在生氣嗎？」她問。

我聳聳肩，換了個話題。

「妳對我們那個隱居在高樓的人有何看法？」

她皺起眉頭，令我很驚訝。我沒想到她還能做這個動作。

「我認為很有意思。」她說。「雖然那個護士挺可怕的——你不覺得嗎？」

「我們應該帶一名河神去的。」我說。「他們用聞的就知道對方是不是術士。」

「真的嗎？我們聞起來像什麼味道？」

「我不想問。」我說。

「我確定貝弗莉會覺得你聞起來很香。」萊斯莉說。她說的沒錯，不管有沒有面罩，我還是看不出她哪時候在生氣。

「我想知道這是河神的天賦，還是所有的——」在說出「魔人」之前，我止住了口。做人總得有點原則。

「生物？」萊斯莉試著建議適合的用詞。「怪物？」

「擁有神祕天賦的人。」我說。

「嗯，貝弗莉當然擁有神祕天賦。」萊斯莉說。我心想，她一定在生氣。「你認為這是我們學得來的嗎？」她問。「要是我們可以聞出他們，查案就輕鬆多了。」

當有人在腦中形成一個形式，你是看得出來的。就像**感應殘跡**，任何人都可以感覺到它，訣竅是辨認它是什麼樣的感受印象。納丁格爾說過，你可以學會辨認每個術士個人的**標記**，也就是他們魔法的獨特識別特徵。在萊斯莉加入我們之後，我做了一次盲目測試，發現我完全分不出差別——雖然納丁格爾可以，而且百發百中。

「你必須透過練習來學習這件事。」他曾經說。他還宣稱自己不僅可以分辨出施咒者以及訓練施咒者的人，有時還知道是誰發展了這個咒語。我不確定自己是否相信他。

「我有一個試驗性的方案。」我說。「不過這需要請一位河神坐著不動，讓我們輪流去傾聽她的腦袋。而且我們需要納丁格爾掌控全局。」

「這不是很快能辦得成的事。」萊斯莉說。「或許圖書館裡有資料——你的拉丁文好不好？」

「比妳好——**Aut viam inveniam aut faciam**。」我說的意思是：我會找到路，不然就自己走出一條路。這是納丁格爾喜歡的句子，出自漢尼拔將軍[2]。

「**Vincit qui se vincit**。」萊斯莉說。她幾乎跟我一樣喜歡學習拉丁文。她說的是：征服自己才能征服別人。同樣是納丁格爾喜歡的句子，出自迪士尼動畫《美女與野獸》裡的格言，我們一直沒敢告訴他這件事。

「妳的發音不太對。」我說。

「咬我啊。」萊斯莉說。

我對她笑了笑，她也回以微笑——算是在笑吧。

2 漢尼拔·巴卡（Hannibal Barca），西元前二四七～前一八三，北非古國迦太基著名軍事家。

星期二

6 斯隆廣場站

凶案小組的外部調查小組位於一樓的大房間，就夾在內部調查小組和情報單位之間，座右銘是：有了我們，其他警察就可以不必思考。這個有著淡藍色牆壁與深藍色地毯的大房間，擠滿了十幾張桌子和各式各樣的旋轉椅，有些還用膠帶固定起來。在以前，這裡還會有二手菸的臭味，現在卻充滿了熟悉的警察高壓氣息——我不確定這是不是一種進步。

我被告知要出席七點鐘的晨間簡報，因此我提早十五分鐘抵達，發現我跟古歷和卡利探員同座。整個凶案小組約有二十五人，大部分都趕在簡報開始的七點十五分抵達。周遭傳來許多啜飲咖啡和埋怨下雪的聲音。我向在傑森·登祿普案結識的員警打招呼，每個人都找到了座位或靠在桌邊，席沃則站在房間盡頭的白板前方——就像在電視上看到的那樣。

有時候，你渴望的夢想真的可以實現。

席沃迅速確認過地點、時間、謀殺方式和受害者。史蒂芬諾柏斯則很快介紹了一下詹姆斯．葛拉格這位受害者，並敲了敲貼在白板上查克．帕莫的臉部複印照。

「已經排除嫌疑。」她說。我這才意識到沒人告訴我他是個嫌疑犯。跟大人物一起行動時，你顯然應該消息靈通。「我們取得肯辛頓花園該棟房屋前後方的監視錄影畫面，在隔天早上我們找他之前，都沒有跡象顯示他離開過。」

她開始討論各種可供替代的調查線索。我附近的一名探員低聲說：「這個案子會很難辦。」

第二天了，沒有主嫌。他說的對，看來每條線索都得去追查看看，直到案情有所突破為止。當然了，除非有條超自然捷徑可走，在這種情況下，這是我讓人刮目相看的機會。或許幫人一些忙，能換得一點尊重？

我竟然會有這種想法，真該打自己一巴掌。

席沃替大家介紹一位身材瘦削、棕髮的白人女子，穿著一件時髦、但因旅行而起了縐摺的裙套裝，腰帶上掛著一塊金徽章。

「這位是聯邦調查局的特別探員金柏莉．雷諾茲。」他說。整個房間的人全都克制不了自己地驚呼了一聲「哇」。這對跨國合作來說不是個好預兆，因為我們都必須表現得非常不友善來掩飾尷尬。

「由於詹姆斯．葛拉格的父親是美國參議員，美國大使館要求我們允許雷諾茲探員代表他們旁觀這起調查。」席沃說。他對坐在我對面桌子的一位男性探長點點頭。「如果事情跟參議員扯上關係，那邊的鮑柏會負責本案的安全事宜。」

鮑柏舉起手表示歡迎，雷諾茲探員也點頭致意。我覺得她有點緊張。

「請雷諾茲探員為大家說明受害者進一步的相關資料。」席沃說。

她的發言一點也不緊張。她的口音聽起來混合了南方和中西部的腔調，而聯邦調查局的訓練和經驗讓她的發音變得更加清楚。她確實又迅速地說完了葛拉格的早年生活：他是三個孩子裡年紀最小的，出生於奧爾巴尼，當時父親就是一位州議員——她強調這與身為國家參議員是不同的。他就讀私立學校，有藝術方面的天分，大學念的是紐約州立大學。十七歲時拿過一張超速罰單；在他大學畢業前一年，警方調查一位同學用藥過量時曾出現他的名字。調查過他的大學朋友之後，大家都表示葛拉格是個彬彬有禮、受人喜愛的年輕男孩，只是話不多。

我舉起手——我不知道還能怎麼做。

「是的，彼得。」席沃說。

我以為自己聽見某個人竊笑了一聲，但可能是我想太多。

「他的家族有任何精神病史嗎？」我問。

「據我們所知沒有。」雷諾茲說。「除了常見的感冒和流感治療外，沒有精神病方面的諮商，也沒有服用任何處方藥物。你有理由認為這件案子與精神疾病相關嗎？」

我不需要看席沃的臉，也知道該如何回答這個問題。

「只是一個想法而已。」我說。

這是她頭一次直視著我——她的眼睛是綠色的。

「繼續。」席沃說。

我使出緩慢的戰略撤退法往房間後方移動。

凶案調查就像其他警方大型行動一樣，也有個SCD[1]行動支援指派的名稱。這件事以前是由一位行政助理在做，每使用過一個詞就在字典裡把那個詞劃掉，現在的作法更加講究一些——只要避免使用像沼澤81[2]和傑羅尼莫[3]這種公關災難的詞就好。威廉．史克密許謀殺案用的是「綠松石行動」，傑森．登普祿之死是「車輪行動」，現在詹姆斯．葛拉格的悲慘死亡將永遠在倫敦警察廳的紀錄中奉為「火柴盒行動」。這並不算是個墓誌銘，但正如萊斯莉喜歡說的，總比美國系統裡把每個案件都叫做「抓某某壞人行動」要好。

我回到自己座位，發現在簡報進行時，小精靈顯然悄悄來過了，在我桌上放了兩個紫色的瑞曼牌文件夾。每個資料夾頂部的角落都釘著列印出來的小便條紙，上面有日期、標記著「火柴盒行動」和我的名字，下方還有一行字：**追查水果陶盆的來源。優先等級：高**。第二張便條紙：**調查畫廊裡見過詹姆斯．葛拉格的人，有必要就製作筆錄。優先等級：高**。

「你的第一次行動。」史蒂芬諾柏斯說。「你一定覺得很驕傲。」

她替我登入系統——一位偵緝督察會幫這麼多忙、這麼關注你，實在很可疑——向我解釋優先等級的代碼。

「官方說法，低等級表示我們一週內需要。」史蒂芬諾柏斯說。「中等級是五天，高等級三天。」

「那實際上是？」我問。

「今天、現在，還有『我昨天就要了』。」

當特別探員雷諾茲走近我時，我登出了系統。

「不好意思，葛蘭特警官。」她說。「可以問你一個問題嗎？」

「叫我彼得就好。」我說。

她點點頭。「警官，你能否告訴我，是什麼讓你認為他的家族可能有精神疾病？」她問。

我告訴她關於詹姆斯在聖馬丁學院藝術作品的風格改變，以及我如何認為這可能是

1 專門刑事部（Specialist Crime Directorate）縮寫，倫敦警察廳的調查部門，負責針對重大案件、有組織犯罪及特殊犯罪等進行調查，有時也會介入刑事偵緝科無權偵辦的案子。

2 一九八一年四月六日至十一日，英國警方於布里克斯頓區實施「81號沼澤行動」，大規模對黑人青年攔查與搜身，期望降低居高不下的犯罪率，卻因此使得黑人族群長期遭歧視打壓的不滿徹底爆發，造成一場至少有五千人參與的動亂衝突。

3 傑羅尼莫（Geronimo）曾帶領原住民反抗美國及墨西哥，被印地安人視為民族英雄。九一一事件後，美國將獵捕賓拉登的行動命名為「傑羅尼莫行動」，引起原住民不滿，認為是侮辱這位傳奇般的戰士。該行動後來重新命名為「海神之矛行動」。

初期精神疾病或藥物濫用的一種跡象——或者兩種都有。雷諾茲看起來十分懷疑，但很難確定，因為她似乎不喜歡眼神接觸。

「有任何確實的證據嗎？」她問。

「藝術作品、他指導老師的筆錄、精神疾病的自療書籍，還有他的室友吸很多毒品。」我說。「除了這些以外——沒有。」

「所以你什麼證據也沒有。」她說。「你甚至沒有精神健康相關的理解背景吧？」

我想到了我的父母，但我不認為他們算是，於是我說沒有。

「沒有證據的話，你最好不要隨便臆測。」她嚴厲地說。然後她搖搖頭，彷彿要忘掉這個想法，就走開了。

「有人不知道自己已經不在堪薩斯了。」史蒂芬諾柏斯說。

「真是有毛病。」我說。「妳不覺得嗎？」

「我一度以為她會向你要出生證明。」她說。「你離開之前來辦公室，席沃有話要跟你說。」

我答應她不會開溜。

史蒂芬諾柏斯離開後，當雷諾茲探員在飲水機喝水時，我盯著她好一陣子。她看起來既疲憊又不自在。我在心裡算了一下——假設她花了半天時間替官僚收拾善後，那我猜她搭的是來自華盛頓或紐約的夜班飛機。她不得不從機場直接過來——難怪她看起來糟透了。

她發現我的視線，眨了眨眼，記起我是誰之後便沉下臉，轉頭看向別處。

我下樓去看看自己惹了什麼麻煩。

席沃和史蒂芬諾柏斯的巢穴在一樓的某個房間，那裡已經被分隔成四間辦公室，大間的是席沃使用，三個小間則給他底下的偵緝督察。這樣對大家都好，我們這些小兵可以在沒有資深長官的壓迫下好好工作，而資深長官也可以在祥和寧靜中做事，並清楚知道只有真正緊急的事才能驅使我們下樓打擾他們。

席沃坐在他的桌子後方等我。桌上準備了咖啡，他以為這樣很合情合理，我卻覺得很可疑。

「我們給你涉及陶盆和畫廊的兩個任務，是因為你認為其中有古怪。」他說。「但我不要你他媽的瞎闖太遠。老實說，看你那樣損壞資產，就像那輛救護車和那架直升機，我不認為你的飯碗可以保得了多久。」

「直升機的事與我無關。」我說。

「不要跟我裝傻，小伙子。」席沃說。他隨手拿起一根迴紋針，開始有條不紊地凹折它。「如果你嗅到一絲嫌犯的蹤跡，我要立刻知道——而且我要你把一切做成筆錄。當然，除了那些不能寫進筆錄的事情，那種情況你就要盡快通知史蒂芬諾柏斯或我。」

「父親是美國參議員。」史蒂芬諾柏斯說。「無論是他或雷諾茲探員，更重要的是美國媒體不能得知任何不尋常的事，我需要強調這一點有多重要嗎？」

迴紋針在席沃的手指間斷掉。

「總監今早打電話來。」他說，又拿起一根迴紋針。「他想把話說清楚，如果媒體的目光落在你身上，他希望你自己挖個洞爬進去，待在那裡直到我們叫你出來為止。懂了嗎？」

「聽命行事：告訴你們每件事，別告訴美國人任何事，不要搞到上電視。」我說。

「他是個有膽識的小伙子。」席沃說。

「是的。」史蒂芬諾柏斯說。

席沃把支離破碎的迴紋針放回小塑膠盒中，大概是想給其他文具一個可怕的警告。

「有問題嗎？」他問。

「你們調查完查克．帕莫了嗎？」我問。

7 九榆樹站

考慮到我不只將他帶離拘留所，還載他回家這兩件事，查克．帕莫似乎還很奇怪地不太高興見到我。

「你們怎麼可以把我關起來？」我們開車回去時，他問。

我解釋他沒有被逮捕，只要他想，隨時都可以要求離開。他知道這件事後顯得很訝異，而這也證實了他不是一個專業罪犯，否則就是笨得沒通過入門考試。

「我想把房子打掃乾淨。」他說。「你曉得，這樣他父母來拜訪時比較好。」前天夜裡雪就停了，倫敦車流的重量已經把大馬路上的雪清乾淨。只是開進小路時仍然要小心，特別是小孩會成群結隊朝經過的車子丟雪球。

「你們有雇用清潔婦，對吧？」我說。

「噢，對。」查克說，彷彿突然想起來般。「我不認為她今天會來。反正她也不是我的清潔婦，是小詹的。現在他不在了，可能她也不會來了。我不想讓他們覺得我很邋遢——我是說他的父母——我要他們知道小詹有個好哥兒們。」

「你跟詹姆斯．葛拉格是怎麼認識的？」我問。

「你們為什麼總是這樣做？」

「怎麼樣做？」

「每次都叫他的全名啊。」查克癱倒在座位上說。「他喜歡人家叫他小詹。」

「這就是警察的作風。」我說。「可以避免誤會，也表示一些尊重。你跟他是怎麼認識的？」

「誰？」

「你朋友小詹。」我說。

「我們可以停車吃點早餐嗎？」

「你可知道我們認為你是否有嫌疑這件事，完全取決於我的決定？」我撒謊。

查克開始心不在焉地敲車窗。「我是他朋友的朋友的朋友。」他說。「我們才剛認識。他喜歡倫敦，可是他很害羞，需要一名嚮導，而我也需要一個住的地方。」

這與他先後對古歷和史蒂芬諾柏斯所做的陳述很接近，我也認為可能是實話。史蒂芬諾柏斯問過關於毒品的事，不過查克胡亂拿他母親的生命發誓，說詹姆斯・葛拉格沒有參與。葛拉格對毒品沒有任何異議、也不反對，只是單純不感興趣。

「當什麼嚮導？」順利通過諾丁丘門複雜的轉角時，我問道。又開始下雪了，不像前一天那麼大，卻也足以讓路面溼滑難行。

「酒吧、俱樂部。」查克說。「你知道的那些地方，還有畫廊——倫敦的。他想去倫敦各地看看。」

「是你帶他去買水果盆的地方嗎？」我問。

「我不知道你為什麼對那個水果盆如此感興趣。它只是個盆子。」

令人訝異的是，我沒有告訴他因為我認為那是個魔法水果盆。這是一種會讓人出聲嘲笑的話。

「這就是警察的作風。」我說。

「我知道他在哪裡買的。」他說。「但我們可能得先吃早餐。」

波特貝羅路是一條長又窄的路，從諾丁丘一直蜿蜒到高架西路之外。自從大筆金錢隨著大眾明星和電影導演在搖擺六〇年代抵達蘭僕林以來，此處一直是上流化戰爭的前線。往北走到底便能走進荒野、在康斯特溪裡抓魚的年代，就已經出現市集了。不過，當大家聽到「市集」二字時，想到的卻都是四〇年代才開始興起、每個星期六吸引觀光客前去的古董市集。當有錢的波希米亞人在八〇年代被真正的富人取代，波特貝羅路始終像社會變遷的溫度計。從諾丁丘端到乾淨小巧的維多利亞式露臺，都被六位數薪資的人一舉占領，大型商業街連鎖店也一直尋找古董商店與牙買加咖啡館之間的地方落腳。只剩磚造的社會住宅像反抗無止境浪潮的堡壘般堅守著，怒視下方的倫敦市民與媒體人，並因他們的存在而繼續壓低房價。

波特貝羅公寓就是最好的例子，保衛著埃爾金新月街的十字路口，轉換了從古董市集到蔬果市集間的氣氛。它守住那條線，好讓人們仍然能用五英鎊鈔票買到雙份香腸、蛋、豆子、吐司和薯條，同時照看分派給市集攤位的那塊地，查克發誓，葛拉格就是在那裡買到水果盆的。他點了全套英式早餐，我點了一份挺不錯的蘑菇蛋捲和一杯茶。查克拿起一份被丟棄的《太陽報》，瀏覽了一下標題——**倫敦爆發大腸桿菌感染**——然後翻到後頭的版面。我持續注視窗外市集攤位的空地，正逐漸被新雪覆蓋。

我打電話給萊斯莉。「我要如何查到波特貝羅路市集攤位的老闆資料？」我問。

查克咀嚼到一半停下來看我。

「你打電話給內部調查小組。」她說。「他們可是為了回答你的蠢問題才有薪水可拿。」我可以聽見她身後街道的聲音。

「妳在哪裡？」

「高爾街。」她說。「我得去回診。」

我跟她說再見，接著從通訊錄中找出內部調查小組的電話號碼。查克急忙對我揮了揮手。

「幹嘛？」

「我要小小坦承一件事。」他說。「我沒有完全說實話。」

「你嚇到我了。」我說。

「真正的攤位，」他說，「你想找的是那一間。」他指向路上更遠的一處攤位。它賣的是盆罐、平底鍋和各式各樣奇怪的廚房用具，當我們半小時前踏進這家咖啡館時就開門營業了。

「我有個哲學問題。」我說。「你可知道，你一再對我撒謊是種信任的損害，可能會在日後產生不利的後果——例如，大約在五分鐘之後？」

「不是很明白。」查克說，仍然滿口薯條。「我向來是個活在當下的人。是蚱蜢而不是螞蟻型。五分鐘後會發生什麼事？」

「我會把茶喝完。」我說。

如果你住在倫敦，最不期望的一件事大概是白色聖誕節。這個攤販已經為節日做好準備，攤位的支柱上垂掛著閃亮的裝飾和一棵塑膠小聖誕樹，原本應該放小仙子的位置改貼上「聖誕節最後特價！」的標示。他得不斷把遮雨棚上的積雪敲掉，不然棚子會有倒塌的危險。這也代表他可能比自己以為的更樂意見到我——即使在看了我的警察證件之後。

「兄弟、兄弟、兄弟，我知道執法者永不休息。」他說。「但我肯定你一定是在為某個特別的人尋找東西吧。」

「我在找一個陶製的水果盆。」我說，並給他看了手機上的照片。

「我記得這種。」他說。「賣盆子的人說這種是打不破的。」

「是嗎？」

「打不破？我知道的說法是這樣。」小販對著雙手哈了哈氣，把手塞進腋下。「他說採用一種古老的工法，從很久以前就是不能說的祕密。但我看起來就只是陶器。」

「你是從誰那裡買來的？」

「諾蘭兄弟裡的一個。」他說。「最年輕的——凱文。」

「諾蘭兄弟是誰？」

小販看看查克。「查克老弟，你不是認識他們嗎？」他說。

查克含糊地點頭。

「諾蘭父子批發商。」小販說。「嚴格說來，他們現在是諾蘭兄弟，因為父親已經死了。」

「本地人嗎？」

「不是一直住在本地。」他說，用手約略指向南方。「現在住在柯芬園。」

我謝謝他，給了他十英鎊鈔票作為幫忙的報酬。培養人脈沒有壞處，而且我想無論這案子如何發展，波特貝羅都需要在我的監控之內。我懷疑納丁格爾最後一次到這裡來是什麼時候——可能從四〇年代起便不曾踏足。

「假如你不再需要我，」查克說。「那我要閃人了。」

「想都別想。」我說。「你可以跟我一起去柯芬園。」

查克扭了扭肩膀。「幹嘛找我去？」

因為你不想去，我心想，也因為你在可疑行為表上打勾的情況足以讓我大喊賓果。

「你可以當我的在地嚮導。」我說。

新柯芬園位在舊柯芬園原址，由倫敦主要的水果、蔬菜及花卉市集翻新為一個專敲觀光客竹槓的旅遊景點，還附設一間相當不錯的歌劇院。它就在河對岸的九榆樹區，我寧可選擇走切爾西橋過去——沒人會在早晨穿越沃克斯霍爾橋，除非是初來乍到者，或是在軍情六處上班。

雪雲下的河水是灰色的。當我們越過河流時，我可以看見巴特西發電廠主要堅固磚造建築附近的活動房屋逐漸增多。這整個區域包括市集，會因未來幾年的都市更新而消失殆盡。我懷疑那些工作已經多到可以排在泰晤士河畔、如特百惠塑膠容器般堆疊的建築學校，將會占領主導地位。

我轉進九榆樹區的接駁道路，停在收費站旁。我不太情願地付了過路費，而不是出示我的警察證件，為的是搶先任何我即將抵達的風聲。這個棒透了的消息來自內部調查小組的「彙整報告」，在我開車來這裡的一小時之間，他們對諾蘭父子公司做了極為詳盡的調查。接駁道路傾斜至鐵道下方，我循著路標轉進市集區。市集建築於六〇年代落成，是原始柯芬園長廊商場的放大複製版，只是這次保證用的是骯髒功利主義的混凝土和煤渣水泥磚。商場中有兩排商店大小的攤位，前端可陳列商品，後端則便於貨車進出。我想這裡在繁忙時應該很壯觀，但既然是新鮮的蔬果市集，一天的工作到早上七點就結束了。等我駛進綜合市集，攤位的窗板早已降下，新雪也已經在卸貨平臺的入口附近堆疊起來。幸好，諾蘭父子公司並非開設在主要市集區。他們在一條鐵路的某座拱橋附近營業，窗板仍然拉起，外頭停著一輛老舊的 Transit 箱型車——諾蘭父子公司就寫在拱橋前方的一塊招牌上，那輛貨車上剝落的油漆也有同樣的公司名稱。

「這些吝嗇的混蛋。」查克低聲咒罵。「他們的老爸都死了二十年，他們還懶得換招牌。」

我把 Asbo 停在距離諾蘭父子公司三座拱橋遠、高架鐵道的懸垂部分下方，這樣我才能在擋風玻璃絲毫不被雪覆蓋的情況下觀察。

我問查克他為什麼不想到市集來。

「去年惹了一點麻煩——我被列入市集黑名單。」他說。

「可是你跟我在一起。」我說。「我是警察——這樣夠正式了。」

「哈！」他喊道。「警察？拜託。無意冒犯，但你們不清楚究竟發生了什麼事。」

「是嗎？那究竟發生了什麼事？」

「你不會相信的事。」他說。

「那是誰？」當一個穿藍色愛迪達連帽衫的瘦削白人男孩從拱橋下出現，往主要市集半跑半踉蹌而去時，我問道。在這種天氣只穿一件連帽衫，就是風格戰勝大腦的真實例子。他那麼瘦，肯定凍得半死。

「那就是我們要找的凱文。」查克說。「不是太聰明。」

「我應該相信嗎？」我問。

「你還在介意那件事？」查克問。

「是你先引起的。」

「有句話這麼說：天地之間有許多事情，是你的睿智所無法想像的。」查克說。

「就是莎士比亞說的，沒錯。」

「我們是在討論外星人嗎？」

「別傻了。」他說。「不過我在埃平森林看過一頭獨角獸。」

「什麼時候？」

「當我還是孩子的時候。」查克說——語氣充滿懷念，彷彿那是真實的記憶。「在一間市鎮出租公寓的頂樓有家無照小酒館，你可以在那裡找到哈德遜河這一側最棒的啤酒和喜劇表演。還有一個女孩就住在小威尼斯旁的運河上，吹牛說她在水底下長大。」

「你確定它不是海草嗎？」我問。我認為身為一個普通的倫敦小流氓，查克有點過於見多識廣。並非是我會讓他知道我曉得的事。當警察的黃金守則就是，永遠要想辦法懂得比任何嫌犯、目擊者和上級長官還多。

「是有魔力的菸草。」他說。「我曾經想賣掉一塊，最後自己全抽光了。」查克顯然一時忘了我是警察——我注意到相當多白人都有過這種狀況。有時這可能非常有用。

凱文．諾蘭回來了，身後拖著兩個垃圾袋，他將它們丟在 Transit 箱型車後方不遠處。我們看著他從成堆的合板條板箱中拉出一疊來，開始把垃圾袋裡的東西倒進去——看起來像是綠色蔬菜。他的動作十分草率、不悅，彷彿被嘮叨著收拾房間的孩子。

「你認為他在做什麼？」我問。

「最後優惠。」查克說。「如果在當天等比較晚又不挑剔的話，你可以買到一大堆便宜貨。」

清空垃圾袋後，凱文接著將條板箱裝載進 Transit 箱型車後座。我不想在這種天氣追著他在城裡到處跑，於是我走下車。

「你在這裡等我回來。」我對查克說。

「相信我。」他說。「我一點都不想離開這輛車。」

初次接近民眾的做法有很多種，從逐漸巧妙地進入交談，到用警棍先發制人地敲頭作為暖身。我決定使用大膽且具權威性的方法，這通常對凱文這種高瘦又容易緊張的無賴最有效。

我挺直身體，亮出警察證件走過去。

「凱文．諾蘭。」我說。「可否跟你談談？」

事情進行得很順利。就在他抬起條板箱時，我跟他對上眼。他一認出我是警察，嚇得跳起來，還真的左顧右盼了一下，好像在考慮逃跑。接著他鎮定下來，很無趣地選擇了繃著臉的備戰姿態。

「喔。」他說。

「放輕鬆。」我說。「我不是為了停車費的罰款來的。」

他咕噥著，把手中搬著的條板箱放進箱型車。

「你來這裡是為了？」他問。

我詢問關於據說是他賣給波特貝羅路上攤販的那個水果陶盆的事。

「陶器。」他說。「就是那個看起來好像沒上漆的東西嗎？」

我說是的。

「陶器怎麼了？」他問，把手指插進耳朵轉了幾下。我想知道他的頭會不會因此被轉開。

「你從哪裡拿到的？」我問。

「不知道。」他說。「不要那樣看我，老實說我不記得了。有個怪傢伙在酒館裡跟我交易的——反正我一定是喝醉了，那是個他媽的爛東西。」

「聽著，我對它的來源或什麼的不感興趣。」我說。

「它的什麼？」

「來源。」我緩緩地說。「無論它是不是偷來的。」

「那種爛東西。」凱文說。「為什麼會有人想偷？連送人都沒人要。」

我給了他我的名片，告訴他如果有任何類似的東西出現，就打電話給我。他沒有故意在我面前把名片丟掉這件事給了我一點鼓勵。我回到Asbo，查克問我是否有查到我想知道的消息。

我發動車子，並試圖尋找出口在哪裡時，我對自己目前的調查狀態表現出不滿。

「我不知道你為什麼對這個盆子那麼感興趣。」查克說。「那種小型工藝品不是你喜歡的吧？它甚至連顏色都不怎麼好看。」

此時，我想起詹姆斯．葛拉格家中壁爐臺後的小雕像。那是跟水果盆一樣單調的陶器。我並非維多利亞時期小擺設的專家，但我不認為那種顏色的雕像很常見。

「詹姆斯是不是也買了一個雕像？」我問。

查克在回答前停頓太久。「不知道。」

意思是，你知道但不想告訴我。這代表若非查克知道盆子和雕像有關，不然就是他不懂得對劈頭而來的問題撒謊。兩者似乎都有可能。

「好吧。」我說。「我載你回家。」

「為什麼？」查克懷疑地問。

「這也是服務的一部分，先生。」我說。

8 南華克站

這就是警察的工作：你從A點走到B點，得到的消息迫使你再度回到A點，去問第一次你不曉得要問的問題。如果你真的很不幸，就會在有史以來最糟糕的下雪天裡兩頭奔波，同時讓查克．帕莫替你指路。

在這種天氣下，波特貝羅路仍努力維持通行。有一半的攤位已經撤除，剩下的小販則跳著腳咬牙苦撐。幸運的是，肯辛頓公園花園的馬廄改建房入口早已被一列列公務車輛清掃乾淨。

雕像在客廳的壁爐臺上，正是我記得的位置，已經採集過指紋，但沒被認定特殊到需要帶走。房子裡甚至有位名叫索尼雅的義大利清潔婦，在古歷探員的注視下忙著清理鑑識人員遺留的髒亂。

「這不應該是我們的工作。」古歷惱怒地說。即使身為家庭聯絡官，在悲傷的家屬抵達前監督打掃也不是他們的份內工作。我猜美國參議員算是特例。

「清潔婦做過筆錄了嗎？」我問。

「沒有。」古歷說。「我們完全忘了問她關於受害者的行動，因為我們就是那麼的不專業。」

我瞪了她一眼，她嘆了口氣。

「抱歉。」她說。「受害者父親從機場打電話來——我不認為他承受得了。」

「有麻煩嗎？」

古歷看著查克，他正在翻找廚房裡的零食。「參議員抵達時，我不覺得你朋友會想在這裡。」

「這就不是我的問題了。」我說。

「噢，真感謝你把他丟給我。」她說。「而且你拿到了你要的雕像，我猜你現在一定很高興。」

「這是個非常特別的雕像。」我說。

只是它並非真的特別，至少雕像本身不是。它雕出了廣受歡迎的「維納斯－阿芙羅黛蒂被雕塑家嚇了一跳，一手努力遮掩胸部，另一手讓衣服保持在腰部高度」，在網路色情尚未發明前的漫長乏味日子裡，這是藝術鑑賞家的最愛。雕像高二十公分，當我拿起它時才發現，它不只是用與水果盆一樣的材料做成，同時也帶有一點魔法。雖然不像水果盆那麼明顯，如果用輻射量來比喻，用來偵測的蓋格計數器就會發出預示危險的滴答響了。

我想知道詹姆斯．葛拉格是否注意到同樣的事。他有可能是術士嗎？納丁格爾告訴過我，美國有完整的魔法傳統，事實上也不只存有一名術士，但他認為他們同樣在二次世界大戰後就此蟄伏。他可能是錯的——他在這方面的過往判斷本來就不是特別優秀。

索尼雅來自布林迪西的一個小城鎮，她說她清楚記得那個雕像。詹姆斯是從一個住在離這裡不遠處的男人手中買來的。我問她是否在說市集，她說不是，是在博維斯廣場一棟房子的私人拍賣會上買的。我問她是否知道確切地址。

「當然知道。」她說。「他就是向我問路的。」

博維斯廣場是典型的維多利亞晚期花園廣場，連棟房屋沿著長方形的公園周圍建造，而公園現在已被雪覆蓋得像被子一樣平坦。在板岩般灰色的雲層下方，黃昏提早到來，我把車停在西側路邊的角落，一直數著門牌號碼到抵達二十五號。

門口搭滿鷹架，是在柱子之間撐開防水布來接住灰塵的那種專業類型——這表示花錢整修會破壞另一棟有露臺的房子。以前的做法是把一樓的房間打通，不過現在有錢人之間流行的是把整個室內拆除。令人驚訝的是，在這種糟糕的天氣下，防水布後方仍有燈光，我可以聽見有人說著波蘭語或羅馬尼亞語之類的東歐語言。或許他們早已習慣下雪這種事了。

我踏進鷹架內部，走向通往前門的臺階。前門開著，看得到狹窄的走廊正在拆除。當我進屋時，一個頭戴安全帽、身穿西裝、帶著寫字夾板的男人轉身看著我。他在西裝外套下穿了一件黑色高領套頭毛衣，手上的大型多功能手錶十分引人注意——就是那種經常穿戴潛水裝備直接從飛機跳進海裡的人。或至少他們希望自己做得到。

大概是建築師吧，我想。

「我能幫得上忙嗎？」他用暗示自己不太可能幫上忙的語氣問。

「我是倫敦警察廳員警彼得．葛蘭特。」我說。

「真的嗎？」他說。我發誓他的臉亮了起來。「我能如何幫你？」

我告訴他，我來調查這個地址的「騷動」報告，並問他是否曾注意到什麼事。這個人真的是建築師，他問「騷動」是何時發生的，我回答是上週時，他露出寬心的笑容。

「那不是我們，警察先生。」男人說。「上週我們不在這裡。」從鷹架和室內拆除的情況來看，他們必須工作得非常迅速才行——我這麼說，讓他一陣大笑。

「希望如此。」男人說。「其實我們從三月開始就在這裡了。上週不得不停工一週。我們在等一些大理石，白色卡拉拉大理石，但它卻遲遲不送來，除了等它送到，我還能怎麼辦？」

他叫他的波蘭、羅馬尼亞和克羅地亞團隊回家休息一週。

「我還是付他們薪水。」他說。「我可不是黑心建商。」

「這裡有沒有被人闖入的跡象？」我問。

他沒有注意到，不過我可以詢問他的工人，儘管有語言障礙我還是問了。只有一個人說有不尋常的事，他隱約覺得當他們不在時物品好像被移動過。我問他們是否享受那一週的休假，但他們都說又去找了零工做。

離開前，我又問能不能很快地四處看看，建築師對我說請自便。房子的一、二樓已經敲空，可以看到灰漿模板的殘跡和裸露的磚砌骯髒線條，彷彿一道漲潮的標記。當我踏進屋子中央，一陣鋼琴樂聲閃現，源自有點使用過度的酒館直立式鋼琴，「滾過來吧酒桶」、「布朗姆媽起來吧」，這些音樂與歌詞能讓人好好地逃避夜晚。伴隨鋼琴聲而來的還有火藥與廣藿香油的氣味，以及老式電影放映機的唰唰聲。

這是**感應殘跡**，幾乎是一道裂口——一袋殘餘的魔法效力。或者，用萊斯莉的話說，像是有人走過你墳墓的感覺。屋子裡發生過某些魔法活動，不幸的是，我只判斷出這不是最近的事，很久以前發生的，但非常強烈。

走出房子時，我對兩側的住戶做了快速的調查。大多數住戶沒注意到任何不尋常的事，雖然有人覺得自己在前兩天晚上聽到了鋼琴樂聲。我問是哪種鋼琴樂聲。

「是老式的。」鄰居說。他是個白人，身材瘦削，有點過於神經質。「其實更像音樂廳那種。你知道嗎，現在想起來我確定還有歌聲。」

我記錄下來：「某些證據顯示，該房宅在一週之前曾被一名或多名不明人士使用。」這句話可以寫進報告，「大量的魔法活動」則不行。我坐在發動引擎的 Asbo 裡，寫下我的報告初稿。這種東西需要盡快搞定，這樣你才能清楚區分計畫寫下來的事與真正發生的事。

我正在詳細描述那座雕像，並且試著記起我把證物參考號碼寫在哪裡時，我的手機響了。

我查看螢幕——未顯示來電號碼。

「葛蘭特警員嗎？」一個男人問。

「我就是。」我說。「請問哪位？」

「賽門・基特里奇，CTC。」他說。「我是特別探員雷諾茲的聯絡官。」

CTC就是SO15，反恐指揮科，儘管名稱為反恐，同時替倫敦警察廳處理所有情報員相關的事，包括為友好的外國「觀察員」提供有經驗的隨行人員，以確保他們不會注意到任何可能困擾他們的事情。我想不出他為什麼打電話給我，但我很懷疑這會是好消息。

「我能為你做什麼？」我問。

「我想知道雷諾茲探員最近是否有跟你聯繫？」他說。

如果他會打電話給陌生人，這只可能表示雷諾茲趁他不備時溜走了。

「為什麼她想找我說話？」我問。

這次他明顯停頓了一下，因為基特里奇正在衡量哪個比較重要，是需要我的幫助讓他難堪，還是需要找到那位難以控制的美國人。

「她在打聽你。」他說。

「真的嗎？她有沒有說為什麼？」

「沒有。」基特里奇說。「但她發現其實你不是正規小組的一員。」

該死，還真快——她才剛下飛機而已。

「如果她找上我，你想要我做什麼？」我問。

「立刻打電話給我。」他給我他的電話號碼。「說些話敷衍她一下，直到我趕到那裡。」

「喔，好，我很擅長敷衍。」我說。

「我聽說是如此。」基特里奇說，掛掉電話。

他是聽誰說的，我很想知道。

我看了看錶。

該是受點文化薰陶的時間了，我想。

前往C點——以現在的情況來說，就是南華克區，此處為鬥熊、妓院、伊莉莎白時代劇場[1]的故鄉，如今則是以泰特現代藝術館聞名。作為由設計著名紅色電話亭的同一個怪咖所建造的燃油發電站，它是現代主義轉為崇拜粗野主義的混凝土祭壇之前，最後一座重要的紅磚建築。發電站於八〇年代關閉，廢棄空置，希望它會自行倒塌。當大家發現這個爛東西會永垂不朽時，就決定用它來容納泰特現代藝術館的藝術收藏。

1 專業演員在專設劇院內表演首見於伊莉莎白時代，其中又以環球劇場最為有名。最初的環球劇場建於一五九九年，但於一六一三年毀於火災，隔年重建後又於一六四二年遭清教徒關閉。直到一九九七年，現代仿造的莎士比亞環球劇場才在原址落成。

我把Asbo停得盡可能靠近前方入口，跋涉穿越從藝術館到泰晤士河、覆蓋了整個前庭且深及腳踝的雪。在千禧橋的另一端，一扇被泛光燈照耀的聖保羅教堂玫瑰窗，從一片紅白混雜的翻修倉庫之後出現，尖塔撫過雲層的底部。在遠處，我看到幾個洛瑞[2]畫風般的人匆匆跑過橋上。

博物館的中央煙囪是一堵一百公尺高的無窗磚牆，入口是底部兩側的兩個水平狹長孔洞。入口通道上的雪最近才被掃乾淨，但已經開始堆積，上頭有許多新的腳印——顯然詹姆斯並不是唯一一個把傳單夾在城市街道圖、來接受文化薰陶的人。

室內只是寒冷而非冰凍，地板因融雪而溼溼的。門口有一條臨時的繩索圍欄，一名看起來十分有禮貌的保全擺擺手讓我通過，沒有要求我出示邀請函——我心想，只要有人來他們都會很高興。

一位非常瘦弱的白人女孩，穿著粉紅羊毛超短連身裙，戴著搭配的毛帽，她給了我一杯酒和一個歡迎的微笑。我接過酒，但避開了那個笑容，畢竟我正在執勤，凡事小心為上。人群中，大多數女人都打扮得比男人體面，除了那些同志或是由伴侶打理的男人。我父親總是說，只有像他這種工人階級的男孩才會欣賞適當的穿衣風格，這點很有趣，因為他所有的衣服都是我母親買的。這裡都是看《衛報》和《獨立報》那類的人們，高文化水準、高薪、言行一致，而且會送小孩進私立學校。

我迅速看了看周遭，以防泰小姐就潛伏在某個地方的角落。

泰特現代藝術館以渦輪大廳為主，是個廣闊如大教堂、又高又寬的空間，足以容納最大的藝術自我。學校曾經帶我們來看過安尼施．卡普爾如飛船大小的豬籠草物體，填滿了大廳的這一頭到另一頭。雷恩．卡洛爾沒有使用整個大廳的等級，但他確實得到了突出並橫跨中間區域的架高樓層。

由於參觀者眾多，我不得不相當靠近雕像才能看清楚它們。雕像是用商店的人體模型做的，以蒸氣動力的科技零件釘進它們的身體。它們擺出彷彿因痛苦而扭曲的姿勢，面部特徵都被磨平了，直到能向世界展現它們平滑的臉孔。這讓我不舒服地回想起萊斯莉的面罩或無臉男的頭。人體模型的胸口附有黃銅名牌，每一塊都蝕刻著一個單字：一個是**工業**，另一個是**發展**。

這是為上流社會打造的蒸氣龐克[3]，我心想。雖然上流人士似乎不是特別感興趣。我四處看看，想再拿杯氣泡酒，這才意識到有人正看著我。他是個年輕的中國人，有著一頭蓬亂難整理的黑髮，蓄著看起來像山羊鬍卻嚴重失控的鬍子，戴黑色方框眼鏡，身穿剪裁寬鬆、故意弄縐的高級米色西裝。他一看見我注意到他，便懶洋洋地走過來自我介紹。

---

2 英國畫家勞倫斯．斯蒂芬．洛瑞（Laurence Stephen Lowry），繪畫風格獨特，畫中人物總是穿著單調、彎著身子低頭匆匆趕路，身形像火柴棍般纖細。

3 Steampunk，這種文化起源於蒸氣革命之後，八〇至九〇年代初大為流行，多以維多利亞時期為背景，虛擬出一個蒸氣力量至上的年代。

「我叫蘇洛柏。」他用帶著加拿大口音的英語說。「如果可以，我想介紹您給我的雇主認識。」他指了指一位年長的中國女人，穿著一件非常昂貴的 Alex and Grace 鴿子灰西裝，否則就是與真品只有抽象差異、做得極為出色的仿冒品。

「我是彼得．葛蘭特。」我說，並與他握手。

他領我到女人那，儘管她滿頭白髮又姿態佝僂，臉上卻光滑得毫無皺紋，一雙綠眼睛更是驚人地有神。

「請容我介紹我的雇主，滕女士。」洛柏說。

我笨拙地半鞠了躬，那樣讓我看起來不夠蠢，我另外還喀答一聲併攏雙腳。「很高興見到妳。」我說。

她點點頭，給我一個被逗樂的微笑，她用中文對洛柏說了些什麼，令他看起來有些吃驚，但他還是翻譯了。

「我的雇主問你從事什麼職業。」他說。

「我是個警察。」我說，洛柏翻譯。

滕女士懷疑地看了我一眼，又說了些話。

「我的雇主很想知道你的導師是誰。」洛柏說。「你真正的導師。」

他特別強調導師這兩個字，我很肯定他指的是魔法上而非管理上的老師。

「我有很多導師。」我說。翻譯這句話的時候，滕女士惱怒地哼了一聲。然後我感覺到了，抓住我感知的邊緣，正如納丁格爾向我示範一種形式的樣子，但不太相同。有一陣燃燒紙張的短暫氣味。我出於本能往後退了一步，滕女士滿意地笑了笑。

真是有趣，我心想，在漫長的一天之後，這正是我需要的。不過，納丁格爾會想知道這些人是誰，當警察的也總是想從任何談話中知道更多關於對方的事，而非讓他們打聽你。

況且身為警察，我們十分習慣被人認為是粗魯無禮之人。

「所以，你們兩位是來自中國嗎？」我問。

「中國」這兩個字讓滕女士身子一僵，連珠砲般說了半分鐘的中文，洛柏以一臉令人發笑的痛苦表情聽著。

「我們來自臺灣。」當他的雇主說完時，他說。她狠狠地看了洛柏一眼，他嘆口氣。「我的雇主，」他說，「對這個議題有很多話想說。大多數都很難理解，也跟你我沒什麼關係。如果你願意偶爾點個頭，好像我正在敘述關於主權的乏味爭論，我會非常感激的。」

我照他的請求做了，雖然我得克制自己想摸著下巴說「我懂」。

「你們為什麼來倫敦？」我問。

「我們走遍各個地方。」蘇洛柏說。「紐約、巴黎、阿姆斯特丹。我的雇主喜歡看這個世界發生了什麼事——你可以說這是她**存在的理由**。」

「這樣你們成了什麼？新聞記者？間諜？」我問。

滕女士聽懂至少其中一項職業，對洛柏厲聲說了些什麼，他抱歉地對我聳聳肩。

「滕女士再度問你，你的導師是誰？」

「他的導師是納丁格爾。」我背後有個聲音說。

我轉身發現一名矮壯的黑女人，穿無肩帶紅色洋裝，剪裁低得足以展示肌肉寬厚的肩膀，裙子也高得足以露出不必脫掉高跟鞋就能跑完奧運百米的腿。她的頭髮剃成了平頭，一張闊嘴、塌鼻子和她母親的眼睛。我被一股機器的撞擊聲、熱油和溼狗味混合衝擊著。寒冷似乎對她毫無影響。

滕女士規矩地鞠躬，她這麼做也對，在她面前的是個女神——正是芙立河。蘇洛柏也不得不把腰彎得比他的雇主還低，但我看得出來他並不明白為什麼。

「嗨，芙立。」我說。「近來如何？」

芙立忽視我，對滕女士禮貌地點點頭。

「滕女士。」她說。「很高興再次在倫敦見到妳。妳會待上一段時間嗎？」

「滕女士說謝謝妳。」洛柏翻譯。「雖然十二月的倫敦的確令人喜愛，不過她明早就得離開前往紐約——如果希斯洛機場有開放的話。」

「要是你們離開時遇到任何困難，我相信我和我的姊妹們隨時能提供各種協助。」芙立說。

滕女士急忙對蘇洛柏說了些話，他將自己的名片遞給我，我也給了他一張我的。他極度驚訝地看著倫敦警察廳字樣。

「警察。」他說。「是真的？」

「是真的。」我說。

又是一輪謹慎算計好的點頭與鞠躬，滕女士和蘇洛柏兩人離開了。我看著名片，上頭有蘇洛柏的名字、手機號碼、電子郵件信箱和傳真號碼——他的職稱是滕女士助理。名片背面是一條中國龍簡化過的黑色輪廓，與白色的紙張對比十分突出。

「他們是誰？」我問。

「你認為是誰？」芙立問。

她伸出手，彈了下手指，我發誓有個完全不認識的陌生人停止了他的談話，推擠著穿過人群找到一名女服務生，接著推擠回來，把一杯白酒放在芙立伸出的手指之間。然後他回到他的同伴身邊——儘管他們表情困惑——從中斷的地方繼續他的談話。

芙立啜飲了一口酒，對我露出苦澀的笑容。

「我剛才那樣做，別告訴我母親。」她說。「我們應該融入人群。」

我突然意識到那股溼狗味並非來自芙立。我低頭看見一隻狗悄悄爬了進來，不引人注意地坐在她的腳邊。牠是一隻毛色分布不均的邊境牧羊犬，明亮的眼睛盯著我，一眼琥珀色，一眼藍色。要不是這隻狗的身體完全是乾的，就能解釋那股溼狗味了。

牠給了我「那種眼神」——牧羊犬用來讓羊兒乖乖排隊的嚇人注視。我也回敬牠「那種表情」——警察用來讓民眾產生沒來由罪惡感的緊盯。狗兒對我齜牙咧嘴，要不是芙立叫牠躺下——牠照做了——我可能會變本加厲做出咬牙切齒的表情。

就在這時我才想到，理論上狗是不被允許進入美術館的。

「牠是一隻工作犬。」芙立在我發問前說。

「真的嗎？牠的工作是什麼？」

「牠是我狗兒們的隊長。」芙立說。

「妳有幾隻狗？」

「比我自己能管得動的還多。」她啜飲白酒。「因此我需要一名隊長來讓牠們守規矩。」

「牠叫什麼名字？」我問。

芙立笑了。「彎彎。」她說。

當然了，我心想。

「你會打電話給滕女士嗎？」她問。

在沒先與納丁格爾確認過之前不會，我心裡想著。

「不知道。」我說。「要看我感覺如何。」

「你**在**這裡做什麼？」芙立問。

「我突然對現代藝術產生強烈的興趣。」我說。「妳在這裡做什麼？」

「為我明晚上廣播四臺的節目做些功課。」她說。「如果你錯過現場直播，可以隨時上網收看。你還沒回答我的問題。」

「我以為我回答了。」我說。

「你在查案嗎？」

「我不能說。」我說。「我只是來這裡拓展我的眼界。」

「那好。」芙立說。「去較遠的那一端看看其他作品——應該會讓你大有拓展。」

較遠的那端只有兩件作品，就緊靠在外牆的裸磚上，人群明顯少了很多。在我走近時，這些作品便引起了我的注意，就好像看到一位美麗的女士，或萊斯莉被毀的臉，或是夕陽，或一場嚴重的交通事故那樣吸引著我。我看得出這對其他來觀賞的人也有相同效果——我們沒有人走近到一公尺內，多數人還緩緩地從作品前退開。

我察覺到一股突如其來、使人尖叫的恐怖感覺，彷彿我被綁在一列地鐵電車前方，沿著北線飛馳而下。怪不得人們會退後。這是我至今遇過最強烈的**感應殘跡**。有人在創作這件作品時加入了強烈的魔法。

我做了個深呼吸，喝下一大口酒，往前踏出一步想看得更清楚。這個人體模型就跟其他走道裡的那些一樣，但這具假人的姿勢是雙臂伸出、掌心向上，宛如在禱告或祈求。它的軀體穿著任何一個曾對中國歷史或角色扮演遊戲《龍與地下城》感興趣的人都會認得的服裝，就像兵馬俑軍隊所穿的鱗甲——一件由撲克牌尺寸的長方形板扣緊在一起而打造的戰袍。只是在這件作品上，每片板子的表面都刻了一張臉。雖然簡化成一張嘴、成線條或點狀的眼睛與隱約可見的鼻子，卻很明顯具有獨特性，雕刻成截然不同的悲傷與絕望表情。

我感覺到絕望和奇怪的敬畏感。

一個身材修長、年約三十出頭，有張長方臉、棕色短髮、戴圓框眼鏡的男人跟我一樣站到了雕像前方。我從詹姆斯．葛拉格置物櫃中的傳單認出了他——這位就是藝術家雷恩．卡洛爾。他穿著一件厚重的外套，戴著無指手套。顯然不是個重視流行而忽略舒適的人。我很欣賞。

「你喜歡嗎？」他問。他有著好聽的愛爾蘭口音，如果你硬要逼我說，我會認為是中產階級的都柏林人，但我不是很確定。

「這真可怕。」我說。

「的確。」他說。「我也覺得滿駭人的。」

「也對。」我說，剛剛的回答似乎令他很滿意。

我自我介紹，我們握了手。他的手指上沾了顏料，握手力道很強。

「警察？」他問。「你是為了公事才來這裡嗎？」

「恐怕是。」我說。「一位名叫詹姆斯．葛拉格的年輕藝術系學生被謀殺了。」卡洛爾沒有反應。

「我認識他嗎？」他問。

「他是你的崇拜者。」我說。「他曾經跟你接觸過嗎？」

「你剛才說他叫什麼名字？」雷恩問。

「詹姆斯．葛拉格。」我說。眼神依舊毫無閃爍。我找出手機上的大頭照給他看。

「抱歉，不認識。」他說。

身為警察，這時候就必須做出決定——是否要求對方提供不在場證明？偵探劇播了五十年，就連最駑鈍的民眾都知道，當你問他們某個特定日期或時間人在哪裡時代表什麼意思。沒有人會相信「只是例行性詢問」，即使真是如此。從他的藝術作品釋放出強如電視廣播等級的感應殘跡來看，我認為雷恩．卡洛爾必定跟**某些事情**有關，但我沒有證據足以證明他曾與詹姆斯．葛拉格接觸過。我決定今晚要將他寫進報告裡，讓席沃或史蒂芬諾柏斯決定他們是否要偵訊他。如果他是由凶案小組裡的其他人來做筆錄，那麼我就可以趁他分心時從魔法的角度下手。

我喜歡計畫逐漸成形的時候，特別是將要肩負重責大任的是別人而不是自己。我對著人體模型身上那件絕望外套敬了一杯。

「這些是你自己做的嗎？」我問。

「用的就是我這雙手。」他說。

「你會大賺一筆。」我說。

「這正是我的打算。」他沾沾自喜地說。

一位穿藍色洋裝的金髮女人對雷恩揮了揮手，想引起他的注意。他注意到她之後，她指著自己的手錶。

「真是不好意思，警官。」雷恩說。「還有正事得做。」他走向金髮女人，她挽著他的手臂，輕輕地將他拉回等待的人群處。他們走過去時，她還幫雷恩整理了一下衣領和外套。我猜是經理，更有可能是另一半，也或許兩者都是。

大多數的贊助人聚集到他們身邊，我聽到女人發表了一段顯然是作為暖場的演說。我想，雷恩．卡洛爾準備好要上臺一鞠躬了。我再次看他的作品。問題在於：是他在作品中注入感應殘跡，還是來自他所找到的材料？如果是後者，雷恩是否知道這東西的重要性？

我的手機響了——是查克。

「你得幫幫我。」他說。

「真的嗎？為什麼？」

「小詹的老頭把我趕出房子了。」他說。「我沒地方可去。」

「去『轉捩點』救助站試試。他們在西邊有一間很大的庇護所。」我說。「你今晚可以待在那邊。」

「你欠我人情。」查克說。

「不，才沒有。」我說。當警察的其中一堂課是：每個人都有一個悲傷的故事，包括你剛剛逮捕的那個拿破掉的平底鍋砸他妻子臉的傢伙。像查克這種明顯的投機者，通常比真正有苦衷的人表現得更有說服力——我認為是有練習的結果。

「我覺得他們在找我。」他補充。

「他們是誰？」我問。

人群傳出一陣掌聲。

「如果你來接我，我就告訴你。」他說。

工作。

媽的，我心想。如果我不理他，結果他死了，我就得面對席沃的質問和成噸的文書

「你在哪裡？」我不情願地問。

「牧者叢，市集附近。」

「去搭地鐵，到南華克跟我碰面。」

「我不能搭地鐵。」他說。「這樣不安全。你必須來這裡跟我碰面。」

我問他是在市集的哪一端，同時往出口走。當我穿過空蕩的走廊時，我看到狗兒彎彎警戒地蹲坐在紀念品店門口。牠看著我，偏著頭，然後一路跟著我走出去。

9 牧者叢市集站

我的空波發出刺耳聲響，通知在海德公園角有一樁致命事故，於是我一穿過河便往北轉，改走馬里波恩路。在我開上高架路段時，西路空得出奇，就像我可以伸手碰觸到雲層底部一樣。雪花從車頭白色燈束中翻捲而過，又像風洞裡的飄帶撲打在我的引擎蓋上。這是我有史以來最接近在暴風雪中開車的經驗，不過一開上往白城岔路的滑溜路面，我發現自己溜進了一個白色的靜謐世界。

直到我繞過荷蘭公園圓環，往牧者叢駛去，才又看到人煙。行人沿人行道小心翼翼地行走，商店開門營業，而那些不該在惡劣氣候下開車的蠢蛋，迫使我得降低車速至二十公里不到。

牧者叢市集站是個架高的車站，當駛近有鐵軌穿越道路的那座橋時，我開始尋找查克的蹤影。我把車開到戰艦灰的市集大門前，門上鎖沒開，我走下車。有道車頭燈的光線接近，我轉身一看，是一輛快解體的Nissan Micra早期車款，急速駛過路上的融雪。

如果你像我一樣，當了兩年社區服務員警，又當了兩年倫敦市區夜間巡邏員警，你就會成為街頭暴力的鑑賞家。你能學會分辨醉漢具有攻擊性的姿勢，或是幾個女孩子晚上出來群聚嬉鬧到後來演變成醜陋的推擠叫罵，以及有力的、靜得出奇的、嘎吱作響的腳步——這意味著一個人想實際去傷害另一個人的強烈欲望。

我聽到了嘀咕聲、掌摑聲和抽噎聲，在還沒來得及思考之前，我已經取出我的伸縮警棍，越過馬路，朝市集對面巷子旁的陰影走去。那裡有兩個體型龐大、穿禦寒大衣的人，正壓著蜷縮在雪地裡的第三個人。

「喂！」我大喊。「警察！你們以為自己在做什麼？」這是常用的嚇阻之詞。

他們轉過身，看著我衝向他們——一個身材高大，一個體型瘦削，似乎也是常見的街頭鬥毆。我認出較瘦的那個，是天殺的凱文．諾蘭。他本來可以逃走的，但他那位大個子朋友是個堅決不放棄的傢伙。

身為警察，要想做好工作，必須享受投入其中的感覺。至於一般民眾，就像開始對我擺出備戰姿勢的凱文．諾蘭這種大白痴，他們總期望在你動手之前，會先有某種互相辱罵的儀式。但我並不打算放任這種事發生。

就在我的肩膀撞上他的胸口時，大個子才留意到我並不準備停下來。他踉蹌後退，被他身後畏縮著的男人絆倒。當他吼著倒下，我的警棍已經在猛擊該死的凱文．諾蘭的大腿，力道重得讓他動彈不得。接著我只是伸出手將大個子推開。

「你這個混蛋。」大個子說，一邊試圖站起來。

「躺著別動，否則我把你他媽的手臂也打斷。」我說完才想到，該死，我只有一副手銬。幸好那個大個子又躺下了。

「你真的是警察嗎？」他幾近哀怨地問。

「問你的朋友凱文吧。」我說。

大個子嘆了口氣。「你這個蠢貨。」他說，但他是在對凱文說話。「真是十足低能。」

「我不知道他會在這裡。」凱文說。

「給我閉上你的嘴。」大個子說。

我把他的雙腿從雪地中的那人身上推開，對方翻了個身，咧嘴對我笑了笑——是查克。真是驚喜。

「其實，我真希望來的是頭聖伯納犬。」查克坐起身時說。

「你比較需要來一巴掌。」我說。

我拿出手機，準備開機呼叫支援，此時查克卻敲了敲我的腿，指著巷子。「小心。」他說。

有個人影朝我們衝來，我走過去想阻止他。

「退後。」那個人要拿出槍時，我大喊。

某個人想要取出藏起的武器，這種動作我絕不會弄錯。他熟練地用一手拉開夾克，另一手伸進腋下握槍柄。我沒給他機會完成動作——我在腦中塑造出**形式**，揮動我仍握著手機的左手，用超乎我想像的宏亮聲音大喊：「**驅動手力**。」

納丁格爾可以讓一顆火球穿過十公分厚的鋼製盔甲，我則可以讓火球穿過一張紙做的目標，十次命中九次。不過說真的，為了維持公共治安的利害關係，你的軍械庫裡最好有些不那麼致命的武器。我曾經在盛怒之下用過兩次**驅動**，造成一個嫌犯重傷，還殺死了第二個。更重要的是，從納丁格爾的觀點來看，我做出了一種即興的第二形式，讓它疊在第一個形式後面，因而扭曲了形式的形狀。他稱之為**隱字**，毫無準備的字詞，這是典型的學徒錯誤。

「你以為你是在創新，」納丁格爾曾經說，「但你所做的只是扭曲了**形式**。如果你養成這樣做的習慣，那麼當你開始要將它們與其他**形式**組合、創造出合適的咒語時，那些**形式**將無法正確地結為一體。

我說那兩個咒語我似乎已經運用得很好了，這番失言讓他嘆了口氣，說：「彼得，你還在學習第一、第二級的咒語。這些咒語的設計是簡單、容許失誤的，這就是為什麼你會先學習它們。一旦開始使用更高級的咒語，就沒有犯錯的餘地了——假如你沒有掌握好**形式**，它們就會以不可預料的方式出錯或產生反效果。」

「你從來沒有示範過高級咒語給我看。」我說。

「真的嗎？」納丁格爾說。「我們必須做點補救。」他深吸了一口氣，接著古怪又戲劇化地把手一揮，唸出一句至少有八個形式的長咒語。

我說什麼事都沒發生，這卻讓納丁格爾給了我一個罕見的微笑。

「抬頭看看。」他說。

我照做了，發現我頭上有一小片大約像茶盤一樣寬的雲正在聚集，看起來像一團結實密集的水氣，當它發展完成後，雨點開始落在我仰起的臉上。

我從它下方逃開，它卻一直跟著我，速度不是非常快——你可以用輕快的步伐保持在它前頭，可是只要你停下來，它就會飄到你頭頂上方停住，將一小塊英國夏日帶到你個人空間周遭。

我問納丁格爾這個咒語到底有何用處。他說這是他在學校時一位導師的最愛。「那時候，我覺得他似乎非常喜歡這個咒語。」納丁格爾說，一邊看著我在中庭四處閃避。「然而我必須說，我現在也開始欣賞它的趣味了。」

根據我的碼表，這個咒語維持了三十七分鐘又二十秒。

納丁格爾大發慈悲，多教了我一個形式，**手力**，我能藉此讓人好好地、平和地倒臥在地，希望是不至於致命的摔倒。我讓納丁格爾在靶場上拿我測試——感覺就像撞上玻璃門一樣。

伴隨尖聲的慘呼，那個人仰倒在雪地上。當他再次將手伸進夾克時，我抓住了他，打向他的手腕。「他」痛得叫出聲，我才意識到是個女人，然後我看見她的臉，認出了她。是雷諾茲探員。

她困惑地看著我。

我聽到身後一陣騷動，查克大喊：「他們要跑走了。」

很好，我心想，少了一件要煩惱的事，只要有需要，我隨時可以找到凱文・諾蘭。

「讓他們走。」我說。

我不能讓雷諾茲就這樣仰躺在雪地上，而且還有腦震盪以及手腕折斷的可能。我叫查克跟著我，走回去時發現她已經坐起身，抱著她的手腕。

「你打我。」她說。

「不是我。」我說，蹲在她面前，想看看她的眼睛是否無法聚焦。「妳一定是在冰上滑了一下，才會仰倒在地。」

「你打我的手腕。」她說。

「妳正在伸手拿武器。」我說。

「我沒帶武器。」她拉開夾克證明。

「那妳是要拿什麼？」我問。

她撇開頭。我才明白這是一種習慣性的反應，就像我一樣。

「等一下。」她說，摸了摸鼻子。「如果我是仰頭倒下，為什麼我的臉會受傷？」

「妳頭痛嗎？」我問。「會不會覺得頭暈？」

「我沒事，教練。」她說，撐起身子站起來。「你可以讓我回到場上繼續比賽。」

她看見查克，朝他走近一步。「你，」她用不容分說的命令語氣道，「我要跟你談談。」

「嘿。」我說。「什麼都先別談。妳為什麼跟著我？」

「你憑什麼認為我跟著你？」她問。

我把手機上特別配備的電源開關推到開的位置，感謝當我使用咒語時手機還沒開機，我不耐煩地等它歡樂地發出鈴聲，看著開機圖片浪費時間。

「你要打給誰？」她問。

「我要打給基特里奇。」我說。「妳的聯絡官。」

「等等。」她說。「如果我願意解釋，你可以不要找他嗎？」

「我不保證。」我說。「先找個地方坐下再說。」

最後我們走進位在橋另一端的一家土耳其旋轉烤肉店，我可以從那裡看到我的車。雖然我們不得不先在雪地裡來回走動，尋找查克那令人不敢領教的運動包，終於憑藉袋子的臭味而找到它。進入店內後，我不情願地付錢幫查克買了份土耳其烤肉薯條，並為自己買了份綜合烤肉串。雷諾茲似乎覺得土耳其式旋轉烤羊肉的概念很駭人，堅持只點了健怡可樂。或許她是擔心被疫情加劇的歐洲大腸桿菌感染。我點了一杯咖啡。通常烤肉店的咖啡是很可怕的，但我相信櫃檯的那個傢伙看得出我是警察，所以我得到了比平常更黑更濃的咖啡。深夜的烤肉店滿足了一種非常特別的生態位——為那些從酒吧和俱樂部蜂擁而出的人們提供餵食站。由於顧客多是醉醺醺到難以站直、血氣方剛的年輕人，餐廳職員總是很高興能有警察在附近。

在刺眼的日光燈下，我看到雷諾茲探員的髮根是赤褐色。她發現我正在看，於是把頭上那頂黑色針織帽往下拉。

「妳為什麼要染頭髮？」我問。

「這樣讓我看起來比較不顯眼。」她說。

「方便臥底行動？」

「只是為了方便工作。」她說。「我想讓證人跟探員說話，而不是紅髮女郎。」

「妳為什麼跟著我？」我問。

「我沒有跟著你。」她說。「我是跟著帕莫先生。」

「我做了什麼事？」查克問。但雷諾茲探員明智地忽視他。

「他是你最大的嫌疑犯。」她說。「你不僅放他走，還讓他回到受害者的家。」

「我也住在那裡，你知道的。」查克說。

「那裡是他登記的住址。」我說。

「是他的投票地址。」雷諾茲探員說。「只要每年填寫一張表格，無需提供任何有效的身分證明，就可以取得這個資格。我很訝異你們的投票資格審核是如此鬆散。」

「我比較訝異查克竟然有投票資格。」我說。「你投給誰？」

「綠黨。」他說。

「你覺得這很有趣嗎？」她問。她的聲音沙啞。即使她在飛機上小睡了一會兒，現在肯定接近二十四小時沒睡了。「是因為受害者是美國公民嗎？你覺得調查美國公民的謀殺案很稀奇？」

我很想告訴她，那是因為我們是英國人，而且確實有幽默感，但我盡量不要對外國人太殘忍，尤其是對方已經精疲力竭了。我喝了一大口咖啡來掩蓋我的猶豫。

「是什麼讓妳認為他跟本案有關？」我問。

「他是個罪犯。」她說。

「我們的確逮到他持有毒品。」我說。「謀殺案就有點超過了。」

「在我的經驗裡可不是這樣。」她說。「詹姆斯．葛拉格是他的飯票，或許詹姆斯已經厭倦繼續讓他白吃白住了。」

「我就坐在這裡，你們知道嗎？」查克說。

「我正在試著忘記這件事。」雷諾茲說。

「他有不在場證明。」我說。

「不夠明確。」她說。「他可能有辦法從後門偷溜出去。」

她以為我們是外行人嗎？史蒂芬諾柏斯肯定會花昨天大半天時間試圖破解查克的不在場證明，包括從後門出入的方式。

「聯邦調查局的探員經常這樣越過他們的職權嗎？」我問。

「聯邦調查局有調查對境外美國公民犯下罪刑的法律責任。」她說，她的雙眼盯著我頭左邊某個抽象的點不動。

「但你們不會真的這樣做，對吧？」我說。「不是說多點額外的人力不好，特別是對我們在蘇活區發生過的那次攻擊而言，一個年輕人被鐵橇打中臉，他是美國人，當時可沒有聯邦探員出現。」

她聳聳肩。「他的父親可能不是參議員。」

「除了安全方面，」我說，「他們真正擔心的是什麼？」

「他父親的地位是個講究道德品行的當權者，」她說，「他不會接受自己的兒子可能做了什麼事而讓他聲名受損。」

「妳認為他兒子可能做了什麼？」

「他在大學時發生過一些事。」她說。

「什麼樣的事？」查克先我一步問。

我嘆了口氣，指著店內另一端的一張桌子。「去那邊坐著。」我說。

「我一定要去嗎？」他問。

「這是大人的事。」我說。

「別把我當小孩。」

「我會買塊蛋糕給你。」我說。

他像條小狗一樣坐直身子。「真的嗎？」

「如果你坐在那邊的話。」我說，他照做了。我轉向雷諾茲。「我看得出來妳為什麼會認為他是嫌疑犯。是什麼樣的事？」

「麻藥毒品。」她說。「他因非法持有而被逮捕過兩次，但都撤銷控訴了。」

我就知道，我思索著。

「他在大學用過一些毒品。」我說。「但大學生不都是這樣嗎？」

「有些人會用更高的標準來對待自己。」她一本正經地說。「即便是在大學的時候。」

「妳去過美國以外的地方嗎？」我問。

「這跟案子有什麼關係？」

「我只是好奇。」我說。「這是妳第一次出國嗎？」

「你覺得我『太過天真』了，對嗎？」她問。

嗯，沒錯，我心想。第一次出國。

「我是好奇他們為什麼選妳來出這趟任務。」我說。

「我認識參議員和他的家人。」她說。「我的上司覺得，在調查期間，如果參議員能在當地有個認識的人會很有幫助——考量到參議員的背景和貴國的歷史。」

「是嗎，哪一段？」我問。

「愛爾蘭。」雷諾茲說。「早期的政治生涯中，他大聲譴責過英國的占領行為與人權侵犯。他擔心英國警察可能會受到這些政治立場而影響調查。」

我想知道身為一個父親，在明白自己兒子死亡之後，真的會如此自我中心地去思考這些事嗎？或者，一個精明的政治家是否可以使用任何身分地位來支援這起調查。如果這就是**政治**，那也不會是我的問題——我可以安全地把事情往上踢給那些領薪水來處理這種事的人。有時候，死板的命令階級制度是你的朋友。但席沃會想知道要注意關於愛爾蘭的前因後果，免得反恐指揮科為了不驚動席沃而沒有告訴他這件事。拍拍老闆的馬屁向來沒有損失，我心想。

「我不認為這與愛爾蘭有任何關係。」我說。「我是指這件謀殺案。」

「雷恩．卡洛爾那邊怎麼樣了？」她問。

她果然一直跟著我走，當她假裝對我全盤托出時，她就已經在騙我了——這招實在很有用。

「他怎麼樣？」我想知道雷諾茲的談話是否像彈珠檯一樣，總是繞著一個主題打轉，或是被飛行時差影響說話的邏輯。我開始覺得只要看到她就精疲力盡了。

「他是嫌疑犯嗎？」

「不是。」我說。

「是案件關係人嗎？」

「並不算是。」

「你為什麼去找他談話？」

因為他的一些「作品」，或隨便你怎麼稱呼的東西，某部分是以含有強烈**感應殘跡**的東西製作的，連不知箇中原因的群眾都會退後，不過我沒有把這些說出來。

「詹姆斯．葛拉格是他的粉絲。」我說。「我只是去看看他們是否有過接觸。容我補充，結果並沒有。」

「就這樣？」她問。「我得說，在調查的早期階段這樣運用時間十分奇怪。」

「雷諾茲探員，」我說，「我只是個穿便服的警員，甚至還不是正式的偵查員，可能是警校畢業後加入凶案小組的人當中資歷最淺的。」

「只是一個小警察？」

「正是在下。」我說。

「你當然是。」她說。

她知道些什麼事。這就是跟警探交手的麻煩——他們都是愛懷疑的混蛋。但她不知道理由和原因，甚至沒有暗示自己知道倫敦警察廳有個不尋常的單位。

「去睡一覺吧。」我說。「但如果我是妳，我會先打電話給基特里奇，讓他從苦難中解脫。」

「你覺得我應該怎麼跟他說？」

「告訴他，妳在妳的車上睡著了——因為時差。」

「這完全不是我們局裡想要給人的觀感。」她說。

「妳幹嘛在乎基特里奇怎麼想？」我說。「妳住在哪裡？」

「假日酒店，」雷諾茲說，從口袋取出一張卡片，瞇起眼看。「在伯爵府。」

「妳有自己的交通工具嗎？」

「租了一輛車。」她說。她當然有，否則是如何跟著我的？

「妳有辦法在雪地裡開車嗎？」

她覺得這句話很可笑。「這不是雪。」她說。「在我的國家，當你隔天早上連車子都找不到的時候，你會知道這才叫做雪。」

我很想在「轉捩點」庇護所丟下查克，或甚至再次把他丟進貝爾格拉維亞警局，要是我能相信他會乖乖閉緊嘴巴。不過最後我放棄了，把他帶回浮麗樓。儘管天氣很冷，我仍不得不打開車窗，才能抵擋查克的袋子散發出的流浪漢味。有一度我認真考慮要停下車，叫他把袋子打開，讓我檢查裡面是不是裝滿了屍塊。

「我們他媽的在哪裡？」在我把車開進馬車屋，停在捷豹旁邊時，查克問道。「還有，那輛車是誰的？」

「我上司的。」我說。「你連看都別想看。」

「這是一輛 Mark 2。」他說。

「你還在看。」我說。「我叫你不要看的。」

對捷豹依依不捨的最後一瞥，查克才跟著我走出馬車屋，穿過庭院到浮麗樓的後門。我考慮讓他在馬車屋睡上一晚，不過後來，想到如果讓查克跟價值六千英鎊的可攜式電子用品獨處，很可能會發生什麼——那可是我自掏腰包的六千英鎊。

我打開後門領他進屋，仔細看著他跨過門檻。我曾經被告知過，浮麗樓周圍的防護對某些人是「有害的」，但查克一點反應也沒有。後面的走廊只是一條短短的通道，上頭排列著黃銅掛勾，用來懸掛防雨帽、油布雨衣、斗篷和其他老式戶外服裝。

「你知道嗎，這是我經歷過最怪異的逮捕。」查克說。

我們踏進主中庭時，茉莉滑出來迎接我們，假如這時候托比沒有圍繞在她裙邊興奮地亂跳亂叫，茉莉原本的樣子看起來會更加邪惡。

即便如此，查克看了她一眼就迅速躲到我身後。

「她是誰？」他在我耳邊嘶聲問。

「這是茉莉。」我說。「茉莉，這是查克，他今晚會留下來過夜。他可以使用我住的隔壁房間嗎？」

茉莉凝視我許久，然後對我歪了歪頭，就像那隻狗彎彎一樣，才又滑著往樓梯走去。她可能去替客房的床鋪新床單，或者去磨她的切肉刀——很難說茉莉會怎麼做。

托比已經停止吠叫，改為一邊嗅著查克的腳跟，一邊跟著他走過中庭。查克走上我們放**那本書**的講臺，準確地說不是**那本書**，而是一本書況極佳的十八世紀晚期印刷版本，**那本書**被打開到書名頁。

他大聲讀出書名：「**自然哲學的魔法學原理**。」以錯誤的柔軟發音唸出**原理**和**魔法**兩個字——老普林尼肯定會生氣。我知道當初自己那樣唸，就惹惱了納丁格爾。

「你一定是他媽的在開玩笑吧。」他說，轉身以手指責難似地指著我。「你不可能是這個地方的一分子，你是……普通人。這裡是浮麗樓，是挑選過的人和怪物來的地方。」

「我能說什麼。」我說。「近來標準一直在下降。」

「該死的艾薩克．牛頓。」他說。「我應該趁機教訓諾蘭兄弟的。」

我好奇納丁格爾是否知道我們被取了這樣一個綽號。我也好奇像查克．帕莫這樣的人怎麼會知道浮麗樓。

「那麼，你是什麼來歷？」我問——這值得一試。

「我父親是個妖精。」查克說。「我說的不是喜歡打扮又愛聽音樂劇的那種。[1]」

1 妖精的英文fairy有男同志的意思。查克的第二句話是在澄清他父親並非男同志。

星期三

10 羅素廣場站

第二天早上，一陣吼叫聲把我吵醒。我滾下床，抓起伸縮警棍，還沒完全清醒就走出了房門。所有那些被茉莉嚇醒的夜晚顯然有了回報。時候太早，天還是黑的，所以我做的第一件事就是打開走廊的燈。

我穿著內褲站在那裡，冬天的空氣很快讓人全身發冷，我想這或許只是一場惡夢。隔壁房門砰地一聲打開，查克跑出來，全身上下只穿一條紫色內褲，高聲咒罵著。他一看見我，就拿著某樣東西在我面前揮舞。

「你看看這個。」他說。

那是他骯髒的健身包，害我車子發臭的那個，只是現在它不可思議的乾淨，磨損的裂縫已經縫合好，還用皮革強化，愛迪達的標誌也用藍線修補好了。他憤怒地猛然扯開包包，露出裡頭乾淨、摺疊整齊的衣服，還伴隨一股檸檬和野花的味道。我只認識一個人會把衣服摺疊到那麼精確的程度。

「茉莉一定是清理過它了。」我說。

「不，媽的。」他說。「她沒有權利這樣做，這是我的東西。」

「可是聞起來不錯。」我說。

他原本張開嘴想說些什麼，不過當萊斯莉一手拿著警棍、另一手拿著火把從轉角跑過來，他就突然閉嘴了。萊斯莉只花時間戴上面罩，其他什麼都沒做，她穿著一件短得暴露的紅白圓點低腰褲，和一件無袖的保暖背心，衣服底下她的乳房跳動得令人心煩意亂。我和查克就像兩個青少年一樣盯著不放，在她用警棍打我之前，我還是設法把視線拉回她的面具。

「早安。」查克爽朗地說。

我向萊斯莉介紹查克，簡短說明事情經過。「我不能把他留在雪地裡。」我說。她叫我們不要再製造噪音，她要回去睡覺了。

她離開時，我發現自己忘了她的大腿是多麼豐滿勻稱，以及她走路時臀部形成的兩個酒窩又有多麼美麗。

我和查克都在痴迷的沉默中看著萊斯莉，直到她走過轉角。

「真是太驚人了。」查克說。

「是啊，她是。」我說。

「那麼，」查克說，「你們兩個做過了嗎？」

我瞪著他。

「這是不是表示你們沒有？」

「不，」我說。「她是——」

「性感的化身。」查克說，花了一會兒時間嗅聞腋下。他顯然對自己很滿意，挺直身體，撥了撥內褲的鬆緊帶，說：「好。早起的鳥兒有蟲吃。」他打算跟著萊斯莉走，我用一隻手擋在他的胸口阻止他。「幹嘛？」他問。

「你連想都別想。」我說。

「你不能自己不要，又不讓別人碰，兄弟。」他說。「做個決定。」

「你沒注意到……」我支吾著。「她的傷？」

「有些人的目光不是只看外表。」查克說。

「有些人的目光不是只看某人的胸部。」我說。

「我知道。」他說。「你看到她的臀部了嗎？」

「要我揍你嗎？」

「嘿。」查克往後退了一步。「只要你說你有興趣，我就不會對她有別的想法。也許會有一些其他想法，很難不去想，畢竟她那麼漂亮。拜託，就算是你也不可能假裝沒看到。」

「這不關你的事。」我說。

「由於不能反客為主，我給你一個星期。」他說。「然後我就會當作開始公平競爭了——可以嗎？」

這似乎是個安全的賭注，到時候應該會有其他事情讓查克分心。「好。」我說。

「隨便啦。」

查克拍拍他的腹肌，環顧四周。「現在我們都起床了，」他說，「早餐該怎麼辦？」

「在這棟房子裡，」我說。「我們吃早餐得正式打扮。」

納丁格爾一定會這樣做，他對於非正式服裝唯一的讓步就是不扣襯衫最上方的釦子，以及把他的外套披掛在椅背上。當我將目前全身芳香、衣服也剛洗乾淨的查克——感謝茉莉——帶進早餐室時，他正在處理他的吐司和果醬。查克發出歡呼聲撲向排成一列的銀盤，開始在他的盤中堆滿燻鮭魚、炒蛋、印式燴飯、蘑菇、番茄、炸麵包和辣味腎臟，此時納丁格爾詫異地看了我一眼。我坐下，開始倒咖啡。

「他是查克．帕莫。」我說。

「已逝的詹姆斯．葛拉格的房客。」納丁格爾說。「昨晚看橄欖球的時候，萊斯莉把這樁案子的前因後果都跟我說了。」

「他有一個祕密，至少他是這麼說的。」我說。

「讓我猜猜。」納丁格爾說。「半精靈？」

「如果這代表半個妖精——那沒錯。」我說。「你怎麼知道的？」

納丁格爾停下來咬了一口吐司。「我想我知道他的父親。」他說。「或者可能是他的祖父——精靈向來不容易辨認。」

「你還沒教過我關於精靈的事。」我說。「他們究竟是？」

「他們不是什麼**究竟**。」納丁格爾說。「精靈只是一個概稱，就像外國人或野蠻人，基本上意味著他們不全然是人類。」

我轉頭瞥了一下，查克已經放棄把食物堆到一個盤子上，而改用兩個盤子。托比悄悄地走過來，坐在可以輕易接到香腸的範圍，一絲機會也不放過。

「像河神一樣嗎？」我問。

「沒那麼強大，」納丁格爾說，「但更獨立。如果泰晤士之父想要，他大概可以淹沒牛津城，但永遠不會讓自己做到干擾自然秩序的程度。精靈則是善變、調皮的，但不比一個普通小偷更加危險。」最後一句聽起來像是引用別人的話。「相較於都會區，他們更常出現在鄉間。」

查克把兩個盤子放到桌上，向納丁格爾簡單自我介紹後，就開始大口扒起那堆食物。吃得像他裝的那麼多卻仍然保持瘦削的身材，他必須像一匹賽馬般燃燒卡路里。這是妖精的一種特質，還是在人類新陳代謝的正常範圍內？不知道我能不能說服查克花一天時間讓瓦立醫生測試看看。我敢打賭他從來沒有在半精靈身上做過實驗。這樣我們就能知道，基因上的差異是不是可以證實的了。不過瓦立醫生說，正常人的基因差異需要數百個受試者的樣本才能充分建立。如果想要一個有意義的統計學答案，就需要數千個樣本。

低樣本數量，是魔法和科學為何難以一致的原因之一。

查克的注意力仍放在食物上，我告訴納丁格爾關於詹姆斯・葛拉格去過博維斯廣場的事，以及我在那裡察覺到的**感應殘跡**。

「聽起來像是流動市集。」納丁格爾說。

「贓物市集嗎？」我問。

「對一般人來說像是贓物市集，對那些你認知的一般罪犯而言並不是。」納丁格爾說。「我們以前都稱作哥布林市集。」他轉向查克。「你知道在哪裡嗎？」

「別問我，先生。」查克說。「在他們那種人當中，我絕對是個不受歡迎的人物。」

「可是你能找到吧？」

「也許。」查克說。「這對我有什麼好處？」

納丁格爾傾身向前，迅雷不及掩耳地抓住查克的手腕，將手掌往上一扭，令查克不得不從椅子上半站起身子，免得手腕被折斷。

「你現在人在我家，查克・帕莫，在我的餐桌上吃飯。我不管你認為自己有多像現代人，我知道你明白這是你無法逃避的責任。」他笑了笑，放開查克的手腕。「我不是要你置身於危險之中，只是要你幫我們找到市集目前的位置。剩下來的事我們會做。」

「你只需要問我就好。」查克說。

「你今天下午能找到它嗎？」納丁格爾問。

「當然。」查克說。「但我需要做點準備——像是找人、收買那類的事。」

「要多少？」

「小馬。」查克說，意思是五百英鎊。

納丁格爾從他的夾克口袋取出銀製錢夾，抽出五張五十英鎊鈔票交給查克，鈔票消失的速度快到我連看都沒看到它們去了哪裡。查克對短缺的數目也沒有異議。

「我們把咖啡拿到圖書室去。」納丁格爾說。

「你在這裡沒問題吧？」我問。

「別擔心我。」查克說，他已經盯著銀盤準備再去盛裝。

「要是他會在肚子爆炸之前停下來，才讓人覺得奇怪吧。」納丁格爾在我們沿著陽臺走時說道。

「這樣就自相矛盾了。」我說。「停不下來的廚師遇上裝不滿的胃，會發生什麼事？」

一般圖書室是萊斯莉和我最常讀書學習的地方。這裡有幾張裝飾華麗的閱讀桌、有稜有角的黃銅閱讀燈和一種寧靜的沉思氛圍，不過事實上我們學習的時候都戴著耳機，完全破壞了這樣的氣氛。

納丁格爾大步走向書架，我後來才知道那是古怪博物學家區，他手指沿著一排書籍輕敲，接著拉出一本翻閱。「巴貝爾．多爾維利很可能是妖精研究權威。」他說。「你的法文如何？」

「幫幫忙，」我說。「我連拉丁文都學不好。」

「可惜。」納丁格爾說，把書放回去。「哪天我們應該找人翻譯一下。」他取出第二本書，厚度更薄。「查爾斯．金斯萊。」他說，把書遞給我。書名是《妖精與他們的住處》。

「不像多爾維利寫的那麼全面。」納丁格爾說。「但還算是可信的，至少當我在念書時，我的導師是這麼保證的。」他嘆了口氣。「我比較喜歡那種大家都知道自己在做什麼、為了什麼原因而做的時代。」

「在我遇見查克之前，我碰到了芙立。」我說。「而在碰到芙立之前，我遇見一個中國女人，我很確定她是術士。」

「她自我介紹了嗎？」

我告訴他關於神祕的滕女士的事，雖然我省略了芙立和她的狗狗隊長助我脫困的那一段。

「天啊，彼得。」納丁格爾說。「我連出城五分鐘都有事。」

「你知道她是誰嗎？」我問。

「我想，應該是道教的女魔法師。」納丁格爾說。

「那是好還是壞？」

「中國人有他們自己的傳統，包括魔法的使用。」納丁格爾說。「根據我的理解，道教魔法的基礎是在紙上書寫字符，跟我們大聲說出**形式**大同小異。除此之外，我不認為我們會知道他們如何使用魔法。雙方接觸不多，我們不想向對方洩漏我們的祕密，當然他們也不想與我們分享他們的。」

他皺眉看著書架，把兩本錯放的書歸位。

「他們會在中國城以外活動嗎？」我問。

「我們和中國城有過協議。」他說。「他們不會破壞公共秩序，我們也就不會去過問。五〇年代期間，毛澤東幾乎殺光了所有術士，在中國大陸活下來的其他人也在文化大革命時被解決了。」

「她來自臺灣。」我說。

「那就說得通了。」納丁格爾說。「我會去查查看。」

為了讓納丁格爾的這一天過得更加充實，我描述了雷恩．卡洛爾的那些——可能是魔法裝置藝術的作品。

「我原本還冀望能把這件案子交給凶案小組處理，專心調查小鱷魚就好。」納丁格爾說。

「亨里有什麼有用的消息嗎？」我問。

「除了下雪之外嗎？」納丁格爾問。「一對相當和藹可親的夫婦住在改造的馬廄裡。他們非常引以為傲，堅持向我介紹整個環境。」

「有點太過熱心了？」我問。

「對於他們的說詞，我並沒有照單全收。」納丁格爾說。「入夜後，我戴上舊的套頭毛帽，在他們的庭院探查了一番。」他沒發現什麼，不過暗地裡偷偷穿越雪地的行徑，讓他想起了一九三八年在西藏的一場行動。「追蹤德國考古學家。」他說。「對他們和我們而言，都是白忙一場。」

萊斯莉從門口探出頭，看到我們便走了進來。「你們看到那個男的有多能吃嗎？」

「他是半身人[1]。」我說，這讓他們兩人一臉困惑地看著我。

我們分配好一天的工作。納丁格爾監督萊斯莉做早晨練習，我則將兇案小組的文書報告進行歸檔，並檢查**福爾摩斯**上的行動清單，看看是否有任何相關情報，也就是古怪、不尋常或不可思議的東西被放上來。希望等我們完成工作時，查克能找到哥布林市集，我和萊斯莉就可以前去看看。

「我要去一趟巴比肯，再次詢問伍德維爾．詹托先生，」納丁格爾說。「至少我的出現可能會嚇得他自洩身分。」

「假如他真有祕密可以洩漏的話。」我說。

「噢，他一定會不打自招。」萊斯莉說。「我保證。」

雪在夜裡就停了，儘管太陽還沒出來，雲層已經變薄，額外的暖意使得庭院中的雪堆都鬆動了。雖然樓梯的鐵製扶手還是扯掉了我一點皮膚。馬車屋內聞得到煤油和潮溼紙張的氣味，暖氣機維持夠高的溫度以保護我的電子設備。沙發被拉直了，垃圾桶也被清空——我總能發現納丁格爾何時來看過橄欖球賽，因為他離開之後這裡老是比平常還要整齊。我插上熱水壺，打開筆電和我用來執行**福爾摩斯**的二手戴爾電腦，開始工作。

警察工作就像其他工作一樣，你早上坐下的第一件事，便是處理你的電子郵件。刪除垃圾郵件和轉寄搞笑圖片後，接著是來自案件管理員的「請求」，表示我得快點繳交我的筆錄報告了。我拿出筆記本，開始寫下我對雷恩・卡洛爾和凱文・諾蘭的訪談。我考慮是否該寫下後來遇到凱文・諾蘭和雷諾茲探員的事，但這可能會牽扯出我為何沒有立即聯絡基特里奇的問題。最後我報告了我讓查克・帕莫留宿一晚，並簡單描述他聲稱自己與諾蘭一家之間有某種仇恨。我沒有被指派更進一步的行動，於是我查閱了**福爾摩斯**上的鑑識報告。

由於晶片發生「異常變質」，技術人員無法從葛拉格的手機裡復原任何資訊，儘管他們希望或許能自相對完好的快取記憶體轉存資料。我從痛苦的經驗中明白是什麼讓手機「變質」。我好奇鑑識人員是否也知道這點。納丁格爾和浮麗樓在現代世界裡獨自浮沉，靠著一系列環環相扣的安排和許多不言而喻的協議——我很確定這些協議真的只存在於納丁格爾腦中——而免於沒頂。

凶器的檢驗報告指出，它的確是個大盆子的一部分，還附上了電腦成像的重建圖，但它不是陶瓷製的，而是某種粗陶——可以從它的混濁度和半玻化的性質識別出來——無論這意味著什麼。化學分析顯示，其中混合了百分之七十的陶土，還有石英、鈉鈣玻璃、碾碎的燧石和grog。我用Google查詢什麼是grog，判斷他們可能指的是將預先燒

1 角色扮演遊戲《龍與地下城》中虛構的一種生物，食量很大。

製過的瓷器碎片碾碎，而非廉價的蘭姆酒混合萊姆汁。它的表面與科德石相似，可是比較分析由專業修復公司所提供的樣本後，指出這並非相同材質，尤其它用的是劣等的倫敦泥土，而非來自多塞特郡、質地更細的球黏土。上頭還補充了二十幾頁的科德石歷史資料，我暫時將它放在一旁，預防在不久的將來出現失眠困擾的可能性。

凶器的病理學報告則有趣多了。它的形狀與詹姆斯．葛拉格背部的致命傷痕相符，他的肩膀上有一個較淺的傷口，左手與右手上的三道割傷也大約一致——很可能是防衛性的創傷。覆蓋在凶器上的血液符合葛拉格的ＤＮＡ，飛濺分析顯示他可能是躺在鐵軌上，同時把凶器從身上拔出來的結果。還真優雅。然而在靠近「手把」邊緣有第二種血型的痕跡，應該可以使用微量證物ＤＮＡ檢驗，缺點是結果至少要到一月份才能得知。席沃附加的註解要我們在做筆錄時檢查手部外傷。要刺死某個人需要的力量遠比你想像的多更多，人體充滿了惱人的障礙物——例如肋骨。沒經驗的小刀戰士在用手使勁刺入刀子時，經常會被刀身割傷自己。這就是戰鬥用刀會設計平直護手阻擋衝力，以及為何抓到用刀的凶手相對容易的原因——尋找傷口、比對ＤＮＡ；警察先生抓得對，就是我幹的；哈囉，本頓維爾監獄。這就是所謂的鐵證如山。你很難在法庭上逃避罪刑。難怪席沃和史蒂芬諾柏斯沒有找我麻煩。在他們從正確的人選口中進行細胞採樣之前，他們大概認為抓到犯人只是時間問題。

假如那個ＤＮＡ被證明為人類所有的話。

詹姆斯．葛拉格靴子上的汙泥，是一團由人類糞便、廁紙碎片，以及他死後八小時內被放置在工作通道而沾上各種化學物質組成的大雜燴。我挖出庫瑪巡佐的號碼，通過線路轉接到他的空波。我聽見背景傳來人群和擴音系統的聲音。他顯然在值勤。我告訴他關於靴子上通道汙泥的事。

「已經有人問過我們了。」庫瑪說。「貝克街下方有條重力引流道，盡頭還有另一條，行經波特蘭廣場下方。但是沒有地方可以直接進入兩條通道之間延伸出的鐵軌。你跟我一起走過——他沒辦法進入那一段鐵道。」

「那祕密通道呢？」我問。「我以為地下鐵裡到處都有。」

「沒錯，對民眾來說是祕密。」庫瑪說。「但對我們而言並不是。」

「你確定嗎？」我問。庫瑪發出無禮的聲音。

「我在上星期日的監視錄影畫面上，發現一段有意思的影像。」他說。「一個男人、一個女人和一個看起來像是戴著巨大帽子的小孩，做出了很不負責任的行為。就在靠近圖夫尼爾公園站的鐵軌上——有想起什麼事嗎？」

「真是的。」我說。「他們很容易被認出來嗎？」

對話暫停了一下，一個緊張的女性聲音詢問地鐵站的方向，然後是庫瑪的回應。鐵路公司終於實施下雪的應變對策，人們持續湧入倫敦進行最後一刻的購物。今早的郵件中，有一封就是針對此效應發出的一般性警戒，警告必然隨之增加的偷竊、道路交通事故和不滿的北方人。

「除非某個十足的傻瓜搞出一場意外。」庫瑪說。

「如何才能避免當這樣的大傻瓜呢？」我問。

「很簡單。」庫瑪說。「遵守運輸基礎設施的相關基本安全程序，並確定下一次你又衝動想到鐵軌上亂走時，先打電話給我。」

「成交。」我說。「我欠你一個人情。」

「很大一個。」庫瑪說。

凶案小組肯定會問，當我在泰特現代藝術館見到雷恩．卡洛爾時，為何沒有替他進行筆錄。因此我做了一份備忘錄，說明我被叫去處理一起專屬浮麗樓的案件。接著我趕去訓練實驗室讓納丁格爾簽名。

我抵達那裡時，萊斯莉讓三顆——算它們是三顆——蘋果在實驗室的空中緩緩繞圈。納丁格爾點頭示意我過去，只瞥了寫字夾板一眼就在備忘錄上簽名。

「非常好。」納丁格爾對萊斯莉說，然後轉向我多說了幾句，「當你不允許自己分心、專注於眼前的課題時，就會是這個模樣。」她的頭髮都被汗水浸溼了。

「我明白了。」我說，往後退到打開的大門旁才又開口，「可是她能讓蘋果爆炸嗎？」接著迅速躲到外面。兩顆蘋果在我頭部的高度砰地撞上我身後的牆，第三顆竟然還右轉嗖地飛過我耳邊，直直往走廊而去。

「沒打中。」我大叫，趁她再次發動攻擊前快速離開。萊斯莉越來越厲害了。

我寄出表單的副本，把所有東西都複印了四份，再把副本放進幾個Ａ４大小的信封以免弄混，將它們丟在水果盆旁準備送回阿貝。然後我下樓到靶場進行自己的練習。

對我來說，關於魔法最怪異的事情之一，就是某些**形式**退流行的方式。有個好例子是**氣**，嚴格來說，這個字是拉丁文化的希臘語，發音為「空氣」，意思是——嗯，好吧——空氣。一旦你掌握住它，這花了我六個星期，你就能「緊抓」身前的空氣。由於沒有實際的物理方式來測量其效果——相信我，我試過了——你的導師就必須在場，在你做對的時候告訴你。當你掌握住它之後，你就得到了一個很難做對、而且顯然沒有效果的**形式**。不難看出這個形式為什麼不再流行，尤其自十八世紀後大家已清楚知道，它是根據一個完全錯誤的物質理論。納丁格爾不嫌麻煩地教我**氣**，因為與同樣棘手且不合時宜的**固化**結合後，它會在我身體前方製造出一面保護罩。這兩種形式都是偉大的艾薩克・牛頓自己發展出來的，也同樣有著複雜又難搞的註冊商標，讓好幾代學生在他們入門書旁的空白頁緣寫下各種形式的「這是什麼鬼東西」。

「這個保護罩有用嗎？」當時我問。

「有一個更有效的四級咒語可以製造出保護罩，但你至少要兩年後才會學到。」納丁格爾說。「我教你這個是預防你可能會再次遇到無臉男。這應該能保護你在執行戰術性撤退時不受到火球攻擊。」

他的意思是他媽的逃跑。

「這擋得住子彈嗎？」我非問不可。

納丁格爾不知道答案。於是我們買了一把自動漆彈槍，再加上彈斗和壓縮氣瓶，將它安裝在靶場發射區的三角架上。為了開始訓練課程，我穿上警用背心、老派的下體護具和標準配備、附帶面具的鎮暴頭盔。然後我設定好槍上的機械定時器，走到靶場的目標區。站在錯誤的那一端總是讓我感覺不舒服，納丁格爾說本來就會如此。

定時器是五〇年代的老古董，一個蘑菇形狀的人造樹脂附了刻度盤，就像保險箱上的那種旋轉鈕，只是漆成了粉紅色。它老舊又不太靈光，足以讓鈴響時間增加刺激的不確定因素。鈴聲響起時，我施放咒語，漆彈槍接著發射。原本我和納丁格爾曾經想過，必須臨時加裝一個機械裝置以便隨意變換目標，不過那把槍在三角架上猛烈地晃動，製造出的廣度與隨機性足以滿足皇家射擊學校最嚴格的標準。

這樣也好，因為第一批射出的漆彈中，沒打中我身體的就是射到廣闊兩側的那些。儘管是從很低的基礎開始，我認為在那之後我有了重大的進步，十發子彈中能夠阻擋九發。但正如納丁格爾所說，第十發才是唯一算數的。他還指出，漆彈槍的子彈飛行速度大約是每秒三百呎，現代手槍則超過一千，就算轉換成公制單位聽起來也沒有比較好。

所以我每天都到地下室去，做個深呼吸，聆聽定時器啟動後的颼颼聲直到結束的喀答聲，然後看我能否擺脫那些棘手的射出物。

颼颼、喀答、啪、啪、呸。

感謝上帝，還好有鎮暴頭盔——練習完，我只有這句話好說。

午餐之後，查克帶著一個地址回來了，他對我伸出一隻手。

「去找納丁格爾要。」我說。

「他說剩下的找你拿。」他說。

我取出錢夾，用二十和十英鎊鈔票給了他兩百五。這是我錢夾裡大部分的錢了。我得到一張紙做為回報，上面寫著一個布里克斯頓的地址和一句短語。

「我來此割草。」我讀出來。

「那是密語。」查克說，數著他的錢。

「我現在需要一臺提款機。」我說。

「請你喝杯飲料。」查克說，拿著鈔票在我面前揮舞。「我只是說說而已。」他跑上樓，抓起他的袋子。儘管這麼急著離開浮麗樓，他出門前還是停下來跟我握了握手。

「很高興認識你。」他說。「如果我誠心希望我們不會再見面，你也別覺得被冒犯了。還有，替我向萊斯莉致意。」他放開我的手，從大門口飛奔而出。我算了算我的手指，然後拍拍自己——只是為了謹慎起見。

接著我去告訴萊斯莉，我們該出發了。

11 布里克斯頓站

媒體對異常氣候的反應是儀式化的，而且與悲痛的階段一樣可預測。首先是拒絕承認：「我不敢相信會下這麼多雪。」再來是憤怒：「為什麼我不能開車？為什麼火車無法行駛？」然後是指責：「為什麼地方當局不在馬路上鋪石頭？鏟雪車在哪裡？為什麼加拿大人可以處理這種狀況，我們不行？」最後這個階段歷時最長，而且會逐漸減弱，趨向咕噥的抱怨和背景音般的呻吟，偶爾被《每日郵報》上「難民毀了我的鏟雪車」的標題喚醒，一路持續到異常天氣解除。幸運的是，我們省去了某些重複過程，因為政府當局把**大腸桿菌**爆發的源頭縮小到沃爾瑟姆斯托市集的一個攤位。

氣溫微幅上升，不再降下新雪使得主要道路成為棕色泥流。我已經掌握住冬季駕駛的竅門，主要包括別開太快，以及在你和一般駕駛人之間盡可能保持距離。我開上車流量不大的沃克斯霍爾橋，接著行經橢圓球場和布里克斯頓路。我們在抵達布里克斯頓區前先轉進環繞麥斯羅區公園北邊的那條別墅路。公園裡的雪仍幾乎是白色的，並散落著半融化的雪人殘骸。我們將車子停在公園邊，萊斯莉指著馬路前方一棟有露臺的房子。

「就是那一棟。」她說。

那是維多利亞晚期風格的房子，有一間半地下室、矩形的凸窗和一扇狹小的前門，故意給那些生活在新世代、有抱負的中下階層快樂都市生活的錯覺。而同樣的人會在一、兩個世代之後湧進郊區。

一張因潮溼而彎曲的紙片上畫了個箭頭，指向一道通往半地下室門口的鐵梯，那裡從前是零售商的入口。凸窗的窗簾低垂，即使我們停下腳步留神聽，也聽不見任何從屋內傳出的聲音。

我按下門鈴。

我們等了大約一分鐘，退後幾步避免融化的積雪滴到頭上，接著門打開，出現一個穿著寬鬆長褲、戴著牙齒矯正器、擦粉色唇膏的白人女孩。

「你們要幹嘛？」她問。

我對她說出密語。「我來此割草。」我說。

「是的。不准攜帶機車安全帽、劍、矛、魔法，還有——」她說，指著萊斯莉，「面罩不行，抱歉。」

「妳想在車子裡等嗎？」我問。

萊斯莉搖搖頭，解開了面罩。

「我敢說妳很高興能脫下面罩。」女孩說，帶領我們進入屋宅。

這是一間簡單又昏暗的地下屋宅。儘管已改造為現代廚房，住所內部也重新裝潢過，低矮的天花板和微弱的照明讓這裡顯得窘迫又簡陋。我們經過裡面時，我瞥了一眼前面的房間，看見所有家具都緊靠遠處的牆整齊堆放。重型電纜線從房間蜿蜒而出，延伸到走廊。他們用膠布和塑膠防護橋安全地固定住纜線。

我們越接近後門，溫度明顯越來越暖，因此當女孩伸出手要接過外套時，我們已經脫掉一半了。她把外套拿進後面的臥室，那裡放滿了移動式衣架，我們甚至拿到撕下來的抽獎券當作收據。

「你們穿過廚房出去。」女孩說。

我們按照她的指示，打開後門，踏進一個清爽宜人卻難以言喻的秋日午後。整個後花園都搭滿了與房子屋頂同高的鷹架，木地板被架到離草坪有半公尺之高，梯子往上通向以鷹架柱和更多板材搭成的「陽臺」。這個建造物包含了整棵樹，被圍在白色塑膠薄板中。從上方灑入的金黃陽光，是來自一盞ＨＭＩ氣球燈——我後來才知道這件事，解釋了為什麼有電纜線沿著鷹架往上蜿蜒。

擱板桌排列在直立的竿子之間，沿花園的每一側形成一排排臨時攤位。我看了看右邊第一攤，是賣書的，大多是有點年代的精裝書，每一本都個別包上收縮膜，正面朝上放在木頭托盤裡。我拿起梅瑞．卡瑟本《論對自然、民俗與神聖之事的輕信與懷疑》的十八世紀重印本，看起來與浮麗樓擁有的那本非常相似。在旁邊，我發現另一本熟悉的書，是一九一一年伊拉莫斯．沃夫的《異族奇事》，這本絕對是重度讀者必備的「技能」書，從圖章可以判斷，這是自博德利圖書館偷出來的。我翻了翻書頁，記下安全識別碼，打算之後傳給波斯特馬丁教授。我放下書，對攤位老闆笑了笑。他是個有著薑黃色頭髮的年輕人，穿了一套似乎比他的年紀大上兩倍的花呢西裝。當我問他是否有《魔法學原理》這本書時，他淡藍色的雙眼緊張地轉開視線。

「抱歉。」他說。「我聽過這本書，但從來沒見過。」

我說那真可惜，轉過身去——他在撒謊，他看出我和萊斯莉是條子。

「納丁格爾是對的。」我對萊斯莉說。「這裡是贓物市集。」

即便現在有 eBay 和使用超級加密的匿名線上購物系統，購買贓物最安全的方法仍是跟一個完全陌生的人見面，遞上一捆無法追查的現金。他們不認識你，你也不認識他們——唯一的問題是該在何處見面。每個市集都需要一個地點，在倫敦，這樣的非法集散地從十八世紀起就被稱為「拿撒勒」。售出的貨物流入街市、二手商店和你在酒吧遇到的某個人，就是這樣的非正規經濟活動。這種市集顯然不止一處，它們就像在發獎金日喝醉的銀行家般於城市各地徘徊——你必須認識知道如何找到它們的某個人。那些從貨車後頭掉落的東西，最後都會出現在拿撒勒。

我懷疑在這個拿撒勒裡賣的，都是些難以流通的怪東西。

下一個攤位賣的是羅馬風格的死亡面具，以精巧的陶瓷鑄成模子，在後頭放上一根蠟燭，就能使面具的表情看來栩栩如生。

「有名人的面具嗎？」我問經營攤位、裝扮完全是現代歌德風的女孩。

「那是心靈宗教大師阿萊斯特．克勞利，」她邊說邊指。「那是花花公子布魯梅爾，那是法國大革命雅各賓派領導人馬拉——他在浴缸裡被人刺殺。」

我只能相信她所說的，因為這些面具在我看來都一樣。儘管如此，我還是以手指撫過克勞利面具的邊緣，不過上頭沒有任何**感應殘跡**。連死亡都能拿來詐騙。

「天啊，你聽。」萊斯莉說。

我回頭看她。她歪著頭，臉上是一副愉快的表情。

「什麼？」

「音樂。」她說。「他們在播『選擇器樂團』。」

「那是什麼？」我說。聽起來只像普通的牙買加斯卡音樂。

「這是我爸喜歡的音樂。」她說。「如果下一首播的是〈壓力太大〉，那我就知道他們是按照他最喜歡的歌曲清單在播。」

下一首是〈太多太年輕〉。「是『特別樂團』。」萊斯莉說。「品味夠接近了。」

我們查看了其他攤位，在陶器水果盆或是雕像這部分都沒找到任何東西，雖然我的確注意到有一副塔羅牌充滿了足以讓一家子鬼取用一整年的**感應殘跡**。

「這跟案子有關嗎？」萊斯莉問。

「應該沒有。」我說。

「那就繼續走。」萊斯莉說。

「去哪裡？」

萊斯莉指向我們上方的臨時陽臺。

我抓住通往樓上的梯子搖了搖。梯子牢靠得跟固定在衛生安全局的檔案櫃一樣。我走在前頭，半途卻聽到萊斯莉倒抽一口氣。我停下來問她怎麼了。

「沒事。」她說。「繼續爬。」

樓上顯然是酒吧。屋子的後牆整個都被拆掉了，改以液壓千斤頂代替。千斤頂之間，胡桃木製成的櫃檯式面板嵌入其中，飲品則由三個穿著黑白格子洋裝、頂著服裝設計師瑪莉．官髮型的年輕女子負責服務。在花園的另一端，樹木的低枝上垂掛著蠟染布和織工精細的地毯，形成幾間小凹室，裡面放置了廢棄的花園家具作為座椅。兩端之間就有六個設置在不同高度的平臺，每個都以花盆和毫不搭配的椅子裝飾得花花綠綠。那裡只有三三兩兩的顧客，大多是打扮普通的白人，不容易看清他們的面貌，彷彿在抗拒我的注視。

我聽見一聲哨音——大而刺耳，就像某個人對牧羊犬發出的信號。

「有人想引起你的注意。」萊斯莉說。

我順著她的目光，看向花園遠處盡頭的一間凹室，一個頭上有銀色和鐵藍色接髮的女人朝我們揮手。她是艾法．泰晤士。高大、瘦長，像個淘氣的牙買加女孩，卻錯學了《巧克力冒險工廠》的威利．旺卡；她有一張狹窄的臉、玫瑰花蕾般的嘴脣與上斜的眼角。當她確定我們已經注意到她之後便停止揮手，靠在她那張白色塑膠椅上露出微笑。

平臺透過放置在之間的木板相連，沒有安全圍欄，人踏在上面的時候，木板彎得厲害。不用說，我們花了好一段時間才想辦法越過。

艾法旁邊坐著一名大個子黑人，有張嚴肅的臉和結實的下巴。我們一走近，他就禮貌地站了起來並伸出手。他穿著一件深紅色有尾長禮服，和上頭有白色鑲邊及金色穗辮的黑色T恤，塞進冬季迷彩長褲的腰帶底下。

「我是歐柏倫。」他說。「你一定是著名的葛蘭特警員了，久仰大名。」他的口音是純粹的倫敦腔，但語調更低沉、更緩慢也更成熟。

我握了握他的手。那隻手很大、皮膚粗糙，有某些感覺一閃而過。我想是火藥，或許還有松針、喊叫、恐懼與狂喜。他接著把注意力轉向萊斯莉。

「還有同樣知名的梅警員。」歐柏倫說，他沒跟她握手，轉而將她的手舉到唇邊作勢親吻。有些人並不喜歡被這麼對待。我看著艾法，她流露出贊同的神情。

等到歐柏倫放下萊斯莉的手，我將她介紹給艾法．泰晤士認識，也就是艾法河、布里克斯頓市集和黑人美容師協會佩卡姆分會的女神。

「過來跟我們坐。」艾法說。「喝一杯。」

我的膝蓋彎曲，不自主地想往椅子走去，不過由於幾乎每一個泰晤士姊妹都曾經試著在某些時刻對我使用誘惑力，因此這股強制力幾乎立刻就消失了。我替萊斯莉拉出椅子，這讓她對我投以奇怪的眼神。歐柏倫頑皮地笑著，啜了一口啤酒。「這是她的壞習慣。」他說，忽略艾法惡狠狠的瞪視。「從年輕時到現在都沒變。」

我們在他們對面坐下。

「這一輪讓我請。」他說。「我以軍人身分發誓，你和你的同伴無須對這份禮物履行義務。」他舉起手，彈了一下手指，一位女服務生轉身走向我們。「你可以請下一輪。」他補充。

女服務生跳過木板橋到我們的平臺來，完全沒往下看，對一個腳踏白色高跟涼鞋的人而言，這真是個靈活的技巧。歐柏倫點了三瓶麥克斯啤酒和一瓶沛綠雅氣泡水。

「芙立說，你對生活中那些美好的事物突然感興趣了。」艾法說。「昨晚在藝術館發現你她真的很吃驚，立刻打電話給我說個不停。」她看著我的表情大笑。「你在想南北倫敦對立的事嗎？以為我們不相互交談了？她是我的妹妹。我還教過她讀書。」

我喜歡這些河，無論是上游或下游，他們都喜歡聊天，如果你夠明智只是閉口不言，他們終將說出你想知道的事。

「最後你卻到我這裡來了。」艾法說。「我的領地。」

我聳聳肩。

「這整座該死的城市，」萊斯莉說，「全都是我們的領地。」

不管艾法打算說什麼，都被送來的飲料打斷了，上頭是三支棕色和一支綠色瓶子。

「你會喜歡這種啤酒的。」歐柏倫說。「來自一家美國的小型釀酒廠。那裡的經營者每次都帶一整箱來。」他遞給女服務生一張五十英鎊鈔票。「不用找了。」他說。

「但就是該死的貴。」

「所以，你是精靈之王[1]？」我問歐柏倫。

他輕笑出聲。「不是。」他說。「我的主人自命為一名啟蒙之人和學者，因此替我取名為歐柏倫。這是那時候的做法，我的許多朋友也被取了類似的高貴名字——卡西烏斯、布魯圖斯、像真正的太陽一樣美麗的菲比，當然還有圖提斯。」

我八年級時在學校讀過中央航線[2]——奴隸的名字我一聽就知道。我啜了口啤酒。酒味醇厚有堅果味，我覺得最適合飲用的溫度應該是室溫。

「那是在哪裡？」我問。

「紐澤西。」歐柏倫說。「當時我是一名牛仔。」

「那是什麼時候？」我問。

「你為什麼來這裡？」艾法問，給了歐柏倫明顯一瞥。我露出同情的苦瓜臉，他的嘴唇抽動了一下，但不敢笑出來。

我考慮要不要繼續逗他，但我察覺到萊斯莉是如何努力壓抑自己不往我頭上打去、並在我耳邊大喊「認真點」的衝動。於是我拿出一張列印照片給歐柏倫和艾法看，上面是雕像和水果陶盆。

「我們正試著追蹤這兩樣東西來自哪裡。」我說。

艾法瞇起眼。「盆子看起來是手工原創自製，雕像卻是十九世紀出自佛羅倫斯的阿芙羅黛蒂仿冒品，我記不起是哪個義大利男同志做的，不是很有名的人，雖然還算有能力，但並不真的具備天分。我記得曾在學院美術館見過這座雕像完整尺寸的原型作，但

1 歐柏倫（Oberon）即精靈之王的名字。

2 中央航線（the Middle Passage）是大西洋中連結歐洲與美洲的航海路線，也是十六至十九世紀間歐洲大航海與海外殖民時期，從非洲販運黑人到美洲的必經航途。

還是不記得那位藝術家的名字。」

「為什麼那天是芙立去藝術館？」我問。

「芙立是為了準備上廣播節目才去的，我可是拿過藝術史學位唷。」艾法說。

「這可不是痛苦之源，你明白的。」歐柏倫說。

「我這麼做只是因為母親堅持我們全都得拿個學位，藝術史似乎是最簡單的。」艾法說。「你不也在義大利讀過一年書。」

「有沒有遇見哪個不錯的義大利河神？」我問。

「沒有。」艾法說，狡猾地笑了笑。「不過在海岸的南邊，每隔一座海灘和小港灣，就有個身材年輕俊美如阿多尼斯的靈魂坐在偉士牌摩托車上，聲音則像你想像勞勃·狄尼洛說義大利語那樣，假如他不是來自紐約的話。教會從來就到不了長靴的腳跟[3]，就像《基督停在恩波利》書中提到的事。」值得注意的是，艾法的口音隨著提到的身分階級出現上下飄移的變化。

「繼續說。」萊斯莉說。

「那個盆子看起來像貝爾家族以前賣的。」歐柏倫說。「帝國製品、帝國陶器或類似的名字。應該是打不破的，拿來泡大吉嶺和最濃的非洲紅茶不錯。」

「你要找海耶森。」艾法說。「她擅長製作雕像。」

「我們在哪裡可以找到海耶森？」我問。

結果海耶森就是賣死亡面具的那個歌德風女孩。在我們上樓喝過啤酒之後，大家對我們的態度很明顯改變了。攤販們現在肯定認為我們就是警察，後來還有更多顧客顯然得到了同樣的提醒。倒不是每個人都表現得不友善又無禮，相反的，當我們經過時，由於顧客們匆匆忙忙閉上嘴巴，我們只好回到自己沉默的小圈圈。順帶一提，我們滿喜歡不友善又無禮的，因為人在忙著挑釁時，經常會忘記注意自己在說什麼，這就是為什麼在詢問海耶森關於雕像的事之前，我和萊斯莉先亮出警察證件的原因。

「你們這種人不該來這裡的。」她說。

「給我們妳的營業登記地址，」我說。「我們就會去那裡找妳。」

「或者，」萊斯莉說，「妳可以來警察局做筆錄。」

「你們不能逼我。」海耶森說。

「我們不能嗎？」我問萊斯莉。

「無照交易。」她說。「非法侵占，收受贓物，在蓋滿房子的地方擦又厚又黑的睫毛膏。」

海耶森張開嘴想說話，但萊斯莉傾身向前，直到她的鼻子距離海耶森的鼻尖只剩下幾公分的距離。

---

3 義大利國土狀似長靴，這裡指的是位在長靴腳跟處的馬特拉（Matera），一個充滿石灰岩屋的古老城市。

「想提我的臉嗎？」萊斯莉說。「妳敢說就試試看。」

警察守則——在公共場所一定要挺你的搭檔，即使他們顯然已經瘋了，可是這並不代表你必須做傻事。

「聽著，海耶森。」我用我是個講理的人的語調說話。「買這座雕像的傢伙被謀殺了，我們只是想知道其中是否有所關聯。我們對其他事情絲毫不感興趣，我發誓。只要妳告訴我們，我們就會從妳面前消失。」

海耶森像洩了氣的皮球般舉起雙手。「我是從凱文那裡拿到它們的。」

「哪個凱文？」萊斯莉問，但是當海耶森確認的時候，我已經在筆記本寫下第一個字母N了。

「凱文．諾蘭。」她說。「那個蠢蛋。」

「他有說他是從哪裡拿到東西的嗎？」萊斯莉問。

「沒有人會說他們是從哪裡拿到貨物的。」海耶森說。「如果說了，你也會認為他們在說謊。」

「那麼，凱文．諾蘭是怎麼說的？」我問。

「他說那些東西來自魔多。」她說。

「魔敦？」萊斯莉問。「在默頓嗎？」

「不。」我說。「魔多是在《魔戒》裡的『陰影之地』。」

「就是有火山的那個地方？」萊斯莉問。

「對。」我和海耶森同時說。

「所以這可能不是貨物的來源。」萊斯莉說。

就在我準備說些絕妙的冷笑話時，我們都感覺到惡魔雷爆炸了。

它造成了一股衝擊，感覺像是一把砍刀劈進屍體的一側，又像是咬蘋果卻吃到了蛆，像是我第一次看見死者的軀體。

上一次有這樣的感覺，是在豪華衰敗的莫洛博士脫衣舞俱樂部，當時納丁格爾剛進行完簡易爆炸裝置的解除程序。那股衝擊力明顯到我能轉頭判定爆炸襲來的正確方向。

拿撒勒裡至少三分之二的人也感覺到了，包括海耶森。我不能肯定，但我們全都面朝河對岸的市區和莎士比亞塔這點，讓我有股不祥的預感。那裡是納丁格爾去訪談伍德維爾．詹托的地方。

「惡魔雷。」我聽到竊竊私語。「惡魔雷。」這句話在花園周遭被恐懼地重複。

接著每個人都轉過身，期望地看著我和萊斯莉。

萊斯莉回頭看向他們，在她傷勢所允許的幅度下盡可能地噘起嘴脣。

「喔，**現在**你們就需要警察了。」她說。

12 巴比肯站

當你需要迅速趕往某地時，得使用緊急車輛設備，就像電視上看到的一樣。打開警報器，將旋轉燈貼在車頂上，讓一般駕駛人知道他媽的快讓出路來。電視上沒演的是旋轉燈會不斷從車頂掉下來，最後經常靠電線撐著吊在後座窗外，而且你前方的路上總是有人認為這些規則只跟其他人有關。一片玻璃板、一堆空箱子、一個莫名其妙的水果攤——但願如此。我差點在波羅大街撞上一輛ＢＭＷ的車尾，不得不繞過一輛後車窗貼有盲人駕駛貼紙的豐田，不過在我們駛過倫敦橋時，我逼得這輛車時速超過六十。車陣中有一種奇怪的隨機差距，我們就在詭異的平靜幻影中滑行過鐵灰色的泰晤士河。

由於從沼澤門站經過，因此我們看不到莎士比亞塔，儘管它很高，直到接近切斯韋爾街時才又出現。我不知道自己期待見到什麼，是滿街散落的碎玻璃和翻飛的紙屑，還是街區旁邊裂開一個大洞。我們在六公里外就感覺到震動了——那裡肯定發生了什麼事。可是，我們甚至連個警察的蹤影都沒發現，直到轉進地下停車場，才看見有輛倫敦市警察局的箱型車在等我們。

在我們停車時，一位穿制服的警官從箱型車裡爬出來。

「葛蘭特和梅？」他問。

我們出示自己的警察證件，他說他知道我們會來，而且納丁格爾有說我們曉得進入公寓的方法。

「他沒事吧？」我問。

「在我看來，他一切安好。」警官說。

同時身為英國人與警察，我和萊斯莉設法避免將自己心裡那股如釋重負的沉重感覺表現出來。滕女士一定會為此而驕傲。

「你們上去一定要小心謹慎。」警官說。「我們沒必要撤離群眾，但也不想引發騷動。」

我們承諾會乖乖照辦，往電梯走去，途中經過一輛熟悉的福斯商旅車，車身跟消防車一樣紅，側面有倫敦市消防局和火災調查小組字樣。

「那一定是法蘭克．柯福瑞。」我告訴萊斯莉。他是前傘兵兼納丁格爾在消防局的聯絡人，如果有必要，他也是浮麗樓自有武裝反應部門的負責人。或者，看你站在槍管的哪一端，他甚至是浮麗樓不受法律約束的敢死隊。

電梯門打開時，他已經在等我們了。這位體格結實的男人鼻子歪斜，有頭棕色的頭髮和一雙迷惑人的淡藍色眼睛。

「彼得，」他點點頭說，「萊斯莉，你們來得真快。」

大廳已經變成鑑識人員的臨時工作站。柯福瑞說他們來的時機很好，因為同層樓的其他兩戶居民離家過聖誕假期了。

「去了開普敦，」柯福瑞說，「還有聖熱爾維萊班的白朗峰。還不錯的地方，對吧？這也算是好事，否則我們可能得撤離整座塔的人。」根據法蘭克的說法，如果你撤離了一個街區裡的一戶家庭，所有其他人都會想知道為什麼他們沒有撤離。但如果你採取預防措施撤離了每個人，就會有多達四分之一的人原則上拒絕離開他們的公寓。此外，要是撤離他們，你就得負責替他們找到安全避難所、確保他們的食物與飲水。

「我們無論如何都不應該撤離他們嗎？」我在著裝時問。

「你的上司說沒有第二引爆裝置。」法蘭克說。「這理由對我而言夠好了。」

我真的希望這理由對我來說也算夠好了。

「他有沒有告訴過你什麼是惡魔雷？」萊斯莉問。

「我得到的印象是，它們像一種魔法地雷，但他從未說過是如何運作的。這可能是第四級以上的魔法。」

「噢，這絕對是第二級的魔法，我向你保證。」納丁格爾說，他站在門口看著我們。「任何傻瓜都可以做出惡魔雷。要做得安全則需要技巧。」

他招手示意，我們跟了過去。

這裡甚至比我們初次拜訪時更加密不通風，還有一股強烈的腐魚味。「這味道是真的嗎？」我問。

「恐怕是這樣沒錯。」納丁格爾說。「鮭魚被拿出來放在廚房裡。一位非常聰明的年輕人估算，魚從星期一傍晚開始就一直在那裡。」

「這表示我們一訊問完，他們就立刻溜掉了。」萊斯莉說。

「差不多。」納丁格爾說。

我注意到走廊的書架有些異常。「這些書放錯了。」我說。「奧布萊恩的作品與企鵝出版的書混在一起。」某個人一定是把書全部拿出來，又全部放回去，匆忙之中弄亂了順序。不對——我看出情況比這更加簡單。「他們拿出一部分企鵝出版的書和一部分奧布萊恩的書，放回去的時候卻放錯了。」

我取出放錯位置的部分，沒有任何發現。在第二疊書後面也沒有任何東西。好吧，這裡顯然沒什麼，因為移動書籍的人已經把書後面的東西拿走了。可是，假設他們走得匆忙呢？我開始拿掉兩側的書，直到我找出某些東西。這是一支五毫升拋棄式注射器，針筒是空的，但封口的蓋子破了。我取下蓋子，嗅了嗅針頭，發現一絲微弱的藥味。那麼這是用過丟掉的。我自豪地拿給納丁格爾和萊斯莉看。

「她是個護士。」萊斯莉說。「這可能是合理的？」

「那為什麼要藏在書後面的縫隙？」我問。「這裡不是很安全，因此一定是她急需取用的東西。」

「東西放在較高的書架上。」萊斯莉說。「坐輪椅的人拿不到。所以不是他的。」

我又嗅了一次，沒有其他異狀。「不知道這是不是鎮靜劑？」我說，「或許我們的俄國護士不只是照顧他而已？」我把針筒放回發現的位置。

萊斯莉指著我身後的走廊，兩個穿傻瓜裝的男女正有系統地把書從架上取出，仔細檢查空隙和隱藏的地方。

「你知道，搜查小組會找到的。」萊斯莉說。

「變得仰賴專家是不好的。」我說。

「說的好。」納丁格爾說。

「我們不是專家嗎？」萊斯莉問。

「我們是『不可或缺』的。」我說。「這就是我們的定位。」

我們得等兩位技術人員在客廳區域完成更多鑑識工作才能進入。儘管納丁格爾的許多認知還停留在過去，他仍像個熟知內情的人般，力求在鑑識科學方面有所進展。他可能不明白DNA到底是什麼，但他理解微量跡證的概念，並對一切採取信任態度。

其實有一次我曾試著為他解釋DNA指紋印記檢驗法，卻發現絕大部分我仍得查資料才搞得懂。我能理解生物學上的原理，但各種或然率的計算卻讓我吃不消——屢試不爽。我應該是個很**糟糕**的科學家。

鑑識人員離開後，納丁格爾帶我們進去，要我們注意地毯上用藍色警示帶圈出的一塊焦痕，以及散布在房間各處的號碼標籤。

「我帶你們兩個來這裡，」納丁格爾說，「是因為我想趁**感應殘跡**還夠強烈到足以識別的時候，讓你們有這方面的經驗。」

他要我們閉上眼睛，什麼都不想，這點當然不可能做到，但你要在雜亂的思緒中挑出不尋常的那個。以現在的狀況來說，**感應殘跡**是相當驚人的，就像一聲尖叫，幾乎像人卻又不是人類發出來的。如同貓咪在你家窗外打架，有一會兒你可以保證是某個人的尖叫。不過，一旦你成為警察一段時間之後，就不會這樣認為了——你很快就學會分辨兩者的不同。

「是尖叫。」我說

「這是鬼魂嗎？」萊斯莉問。

「在某種意義上是。」納丁格爾說。

「是惡魔？」我問。

「不是聖經說的墮落天使。」納丁格爾說。「但它可以被認為是一個已經陷入邪惡狀態的靈魂。」

「這要怎麼做到？」我問。

「折磨某個可憐的靈魂至死。」納丁格爾說。「然後在靈魂死亡的當下禁錮它。」

「天哪。」我說。「變成武器的鬼魂？」

「這是德國人發明的。」萊斯莉說。「對吧？」

「不是發明。」納丁格爾說。「或許是精進。我們相信這種技術其實非常古老，在第一個千年時起源於斯堪地那維亞。」

「維京人。」萊斯莉說。

「一點也沒錯。」納丁格爾說。「嗜血，在特定方面又博學得令人吃驚。」

嗯，那樣就合理了，因為那些漫長的冬季夜晚，我心想。一旦耗盡了喝酒、狂歡和嫖妓的可能性，慢慢折磨某個人至死或許有助於打破一成不變的單調生活。

納丁格爾遞給我一根棍子。

「我要你在地毯上輕輕敲打，找出裝置的邊緣。」納丁格爾說。「萊斯莉可以用這個標出外圍。」他遞給她一塊粉筆。

棍子長三十公分，有突起的結節，仍覆蓋著樹皮。看起來像是當你帶著惱人的小狗走在樹林裡時可能會撿到的那種。

「非常高科技。」我說。

納丁格爾對我皺眉。「木頭是最好的。」他說。「越綠、越年輕越好。可以的話從樹苗上拔一根樹枝下來。這種比較不會引發爆炸。」

我的嘴巴發乾。「但這一個不會爆。」我說。「對吧？你拆除它了嗎？」

「還沒拆除。」納丁格爾說。「只是釋放能量，使其消散——想像它是一場受控制的爆炸。」

一場我們從河對岸的布里克斯頓就一直「聽到」的爆炸。

「不過它現在是不會爆的吧？」我問。

「也許。」他說。「這些裝置通常有兩個分開的組件，一組製造最初的破壞，另一組加害救援人員或醫療團隊。」

「所以小心點。」萊斯莉說。

我在焦痕以外的安全距離敲打地毯，只為了感受正常地板的表面是什麼感覺——如果我的判斷沒錯，混凝土地板上有一層堅硬的絕緣物質。我使著棍子往中央方向退，直到我感覺碰到了某個明顯的金屬物。

我身子一僵。

「找到邊緣。」納丁格爾說。

我強迫自己後退，直到再次敲到混凝土。萊斯莉用粉筆標出記號。我沿著邊緣進行——這似乎符合地毯上的圓形焦痕，不過納丁格爾說，永遠別認為一切理所當然。在我們確定焦痕區域以外沒有觸發填料的同時，納丁格爾遞給萊斯莉一把可折疊的斯坦利刀，我們看著她切出一塊方形的地毯，然後將它剝開。

惡魔雷是一塊防暴盾牌大小的金屬圓盤，就是用來抓人逮捕的那種。金屬是一種無光澤的銀色，看起來像不鏽鋼。中央有兩個並排的圓圈，一個圓圈裡裝滿了亮晶晶的沙，讓我想起晶片暴露在魔法下時會發生什麼事。

「我猜空的那個是第一個裝置。」我說。

「非常好，彼得。」納丁格爾說。

「完整的圓就是第二個。」我說。

「這就是我們所說的雙頭裝置。」納丁格爾說。

「這些邊緣的刮痕是什麼？」萊斯莉問。

我盯著她手指的地方，看見圓盤周邊整齊刻了幾個符號。納丁格爾解釋，他們經常在惡魔雷上發現盧恩文的銘刻，有個理論說，在維京人的原始設計中，盧恩文一直是魔法的一部分。

「就像中國的道教魔法嗎？」我問。

「有可能。」納丁格爾說。「『比較靈怪學』是一門仍處於起步階段的學科。」這是納丁格爾常講的笑話——意思是，我是目前唯一對這門學科感興趣的人。

「我們花了很多心力來翻譯盧恩文，結果發現它大多是辱罵之語——『去死吧英國廢物』這類的話。」納丁格爾說。「有時訊息更加模糊——『這並非道德爭論』是我最喜歡的一句，當然也有不知名的製作者，寫下『來自伊塔斯貝的問候』。」

「那是什麼意思？」

「來吧，讓我從苦難中解脫。」納丁格爾說。「或說我們是如此解釋。他們從歐洲各地徵召了許多術士，很多人無法面對他們正在做的事，有些自殺了，有些罹患一種奇怪的疾病，不自覺地停止進食然後日益衰弱。其他人比較堅強，接受了他們執行的破壞活動，或試圖與外界取得聯繫。他們一定迫切地希望有人能聽見他們。」

「終於有人聽見了。」我說。

「是的。」納丁格爾說。「我們聽見了。」

我認出了那些符號，它們不是北歐的盧恩文。

「這是精靈文字。」我說。

「我不認為。」納丁格爾說。

「不是真正的精靈，」我說，想知道是否真有這種東西存在。「像是托爾金《魔戒》小說裡的精靈。他為他的作品發展出自有的語言和字母表。」

「這些事真的非常有趣，男孩們。」萊斯莉說。「就像我想待在致命的裝置旁一樣有趣。我還沒吃晚餐——所以，我們可以處理這個土製炸彈了嗎？」

「是惡魔炸彈。」我說。「簡易惡魔裝置。」

「反正它看起來不是臨時湊合的。」萊斯莉說。「像是定製的。」

「等你們兩個都說完再開始。」納丁格爾說。

萊斯莉看起來被激怒了，但仍舊閉上了嘴。

納丁格爾指向空著的那一格。「這一個是準備在公寓內第一次有人正式使用魔法時爆炸的，我認為是故意留下來殺死你們兩個。幸好觸發炸彈的是我，我有時間去遏制和驅散爆炸的效力。」他說。

「否則會發生什麼事？」我問。

「炸彈當然會殺死我。」納丁格爾說。「任何在公寓內的人也會一起陪葬。或許還會使距離此處二十碼內的人都縮短生命。」

我張開嘴巴想問那樣的死亡看起來像什麼，但萊斯莉瞪了我一眼要我閉嘴——她的眼眶能流露那麼多表情真令人訝異。

「幸運的是，這是一棟優質的現代混凝土建築，」納丁格爾說。「沒有在原地留下太多**感應殘跡**，混凝土也非常有吸收力。我準備引導惡魔進入我們周圍的建築物裡，動作會比我處理第一個惡魔時慢得多。我所用的咒語會快得讓你們跟不上，但我要你們兩個專注在惡魔的本質上——可能會給我們惡魔從何而來的線索。」

納丁格爾深吸一口氣，以一個怪異的牧師手勢，朝第二個圓圈壓下兩根手指——他停止動作，指尖徘徊在金屬上方。

「這可能會讓人有點不愉快。」他說著，按下手指。

他媽的這重點說得也太輕描淡寫。

我們沒有嘔吐、昏倒或是噴淚，不過已經很接近了。

「還好嗎？」納丁格爾問，他顯然比我們高段多了。

「是一隻狗，長官。」萊斯莉嘶啞地說。「像是鬥牛犬、羅威納之類的凶惡犬隻。」

第二格崩塌成沙，我大腦的某部分想知道，這是否就是不斷破壞我手機的同樣現象。而我大腦的其他部分正在尖叫著再也不要吃肉了。

我感覺到鮮血、痛苦、瘋狂的興奮、混凝土牆和腐爛的稻草，然後一切開始消退，就像惡夢在人睡醒時那樣淡出，留下恐怖的記憶在胃裡慢慢放鬆。

「鬥狗。」我說。

我搖搖晃晃地站起來，扶了萊斯莉一把。納丁格爾跳起來，臉上是我從未見過的憤怒表情。

「他用了一隻狗。」他說。「我想我完全無法認同這種事。」

「至少這次不是一個人。」萊斯莉說。

「採集樣本是安全的嗎？」我問。

納丁格爾說是安全的，於是我向鑑識人員借了兩個證物袋——我注意到他們沒察覺這件事——從每個格子中都裝了一點樣本。接著我打開手機，拍下邊緣周圍的刻字。

「德國人曾經使用過狗嗎？」我問。

「據我們所知沒有。」納丁格爾說。「畢竟那時候他們人多得用不完。」

「你認為他和無臉男有關聯嗎？」我問。

「噢，我認為他可能是原本那位魔法師。」納丁格爾說。「他肯定年紀大到有辦法砍掉雲雀賴瑞的頭，並在蘇活區建立俱樂部。」

「對我來說，他看起來像是受中風所害。」萊斯莉說。「或許他過度使用魔法。這就可以解釋他為何失去蹤影。」

我遇到的無臉男，就是在蘇活區屋頂毫不費力地把我踢來踢去的那個人，他很年輕，我確定他最多只有三十幾歲。如果伍德維爾．詹托在七〇年代就因健康問題而退休，當時他的繼任者年紀尚輕，就可以解釋這個斷層。納丁格爾同意。

「但我想知道他們之間的關聯是什麼。」他說。

「關聯可能是任何事。」我說。「家人、學徒，或某個他在公車站遇見的人。」

「我想我們可以屏除最後一項。」納丁格爾說。

「不過，現在我們知道關係的這一頭了。」萊斯莉說。「我們可以透過他的醫療紀錄，透過俄羅斯護士的移民狀態、那個注射器，還有這間公寓的金錢流向來追蹤他。而且我們還有一個名字可以調查——這能提供我們各種方向。」

「這提醒我們必須特別小心翼翼。」納丁格爾說。「我很肯定，那個惡魔雷是留在這裡殺掉妳和彼得的，假設彼得會再回來拜訪的話。盡全力追查文件線索，只是從現在開始，在沒有我的情況下，不要再直接接觸可能的小鱷魚。明白了嗎？」

奇怪的是，萊斯莉或我都沒拒絕這個策略改變。沒有什麼比與死亡擦身而過更能讓人懂得謹慎。納丁格爾已經完全知道他把立場說得夠明白了，便送我們回家。不過我還沒準備好回到安靜的浮麗樓。

「妳想去酒吧嗎？」在我們搭電梯下樓時，我問。「我們很久沒出去喝一杯了。」

「這可能是有原因的。」萊斯莉說，輕輕拍著面罩嘴巴上的洞。

「那就用吸管。」我說。

她怎麼能拒絕？

「我們要去哪裡？」當我們駛過堤岸站時，萊斯莉問。

「我想我們可以去阿貝在地酒吧。」我說。

萊斯莉猛然一晃。「你……這個混蛋。」她說。

「他們想知道妳好不好。」我說。「妳早晚得……見到他們。」

「你本來想說『面對』他們的，對吧？」

「面對他們。」我說。「沒錯，面對他們。更重要的是，我們兩個一整晚誰都不必付自己的酒錢。」

13 斯隆廣場站

很簡單，當警察就是要喝酒。當然，除非你是古歷探員，在這種情況下，當警察就是學習如何與一群醉醺醺的同事打交道。當你還是個普通警員時，這件事就開始了，被民眾惹惱了十二個小時之後、一天結束之時，你需要一些東西讓自己放鬆一下。如果大麻是合法的，我們這一代警察收工後就會點起一根不是普通尺寸的大麻菸捲；由於大麻並不合法，我們只好轉而去酒吧。在我灌下第一品脫的啤酒之後，才意識到那天晚上我將擔任指定駕駛人，因此我得扮演正直戒酒者的角色。

阿貝在地酒吧是標準的維多利亞式轉角酒吧，這點勉強守住了它的傳統氣氛，以及它的大門不在大馬路上的事實。這裡並非只有警察光顧，但的確不是隨便哪個民眾要偷東西或鬥毆的好地方。你可以分辨出穿D＆C和Burtons西裝的是低階警員，資深警官則花大錢在訂製西裝上——不只是他們負擔得起，也由於他們不太可能沾上亂七八糟的體液。

席沃正在酒吧的一端被眾人包圍著，在確保安全的情況下，向大夥說他手下最有能力的偵組督察史蒂芬諾柏斯正在偵辦的案件。當他注意到萊斯莉，他招手叫她過去。我準備跟過去的時候，他卻豎起手指阻止了我。萊斯莉一直是他的手下愛將。不過，他還是送了第一杯、也是唯一的一品脫啤酒給我，至少今晚開始得還不錯。

一位深色頭髮、皮膚白皙，我不記得名字的探員拖著卡利探員悄悄走近。她想知道我是不是真的在浮麗樓工作，當我說是的時候，她又想知道魔法到底是真是假。

我告訴她，雖然世上有許多真的很奇怪的事，但魔法、施咒之類的其實並不存在。自從初級的超級獵鬼少女艾比蓋爾接受我輕率的確認並將這件事散布出去後，我對於旁人的隨口詢問都給予這樣的解釋。

「可惜。」她說。「我總是認為現實被高估了。」不久之後，她就從卡利身後一跳一跳地漸漸離開，就像一顆不幸被忽略的氣球。

如果她放手而他就這樣走了，她會想念他的，我心想。

我看著另一端，席沃正在讓萊斯莉大笑。她拿著一個直的玻璃杯，裝滿了各種顏色的酒精，裡頭還突出兩片檸檬、一把紙傘和一根彎彎的吸管。既然她分不開身，我決定趁機獲得這件案子的最新消息。要讓自己跟上偵辦中案件的進度有三種基本方法。第一是登入**福爾摩斯**系統，按照你的工作方式逐條看完行動列表，閱讀筆錄、評估鑑識報告、循著調查樹狀圖來查看每個分支的線索。這種方式最大的優點是，如果你家裡有一臺終端機，就可以在工作的同時吃披薩、喝啤酒。第二個方法需要把你的團隊聚集在某個地方，讓每個人大概說出到目前為止的進展。通常會需要一塊白板或是——要是你真的運氣很差——PowerPoint。這種會議最大的優點是，假如你剛好是資深調查員，你就可以直視下屬的眼睛，分辨他們是否在胡說八道。缺點是，大約半小時過後，每一個警銜在總警司以下的與會者都會開始陷入昏迷。

第三種方法是趁調查小組進入酒吧時追上他們。酒吧伏擊法最大的優點是，除了酒精和鹽味花生很容易取得之外，就是沒有人想談論案子，為了急著想擺脫你，他們會把自己在調查中扮演的角色歸結成一句話。因此：「我們針對影片證據進行了相關的評估，包含鐵路警察與倫敦市警察在內所有可能的存取點；儘管我們評估的參數已經擴大到包括可能性極高區域內已登錄和未登錄的攝影機，我們仍未取得詹姆斯．葛拉格出現在貝克街之前的確實證明。」就會變成：「我們已經檢查過系統內每臺監視攝影機，但那他媽的傢伙就像從星艦**企業號**傳送下來的一樣。」

準確、簡潔——一點幫助也沒有。他的同學覺得他無趣，他的講師覺得他有天分但無趣，那些跟他有過接觸的當地人覺得他和善、值得尊敬和無趣。詹姆斯．葛拉格這個人唯一有趣的事情就是從九月下旬起，他的生活作息開始出現周期性缺口，而他的行蹤無法說明。

「有可能是去俱樂部玩了。」告訴我情報的探員評論。「你總是會找到缺口，如果你請客，我的缺口就是一杯酒。」

我整晚都在請客，卻幾乎得不到任何情報，除了發現我能喝的柳橙汁量是有上限的之外。我只想知道是否可以冒險再喝一品脫的啤酒，不過當席沃招手要我過去時，我突然很高興自己是清醒的。

我從沒見過萊斯莉喝得這麼醉。

「對不起，先生們，」她說，「我得替所剩無幾的鼻子補個妝。」

席沃看著她踉蹌地走向廁所時，他的臉抽搐了一下，然後他把注意力轉向我。

「她是你們這一代裡最好的。」他說。「而你卻毀了她。」

夾在我母親——對她來說，得體只是貼在海報上的下流廢話——和我父親——以身為一個說話坦率的倫敦佬而自豪，特別是當他的「藥物」太晚發生效力時——之間長大成人的我，對嚴厲的瞪視是相當免疫的。但迎上席沃的注視仍然不容易——而且我還曾有過盯著茉莉看的經驗。

「不過，就算是這樣，」他說。「我們還是他媽的對這案子毫無頭緒，而且有股討厭的氣味，就是得跟你和你那打扮體面的爛人上司打交道。」

我咬著嘴唇等待。他在逼我，我很好奇是為什麼。

「你到底想怎麼樣？」我問。

奇怪的是，這句話讓他笑了。「我要停止像一個約會遲到的人一樣疲於奔命。」他說。「但我最想要的是一個破案的方法，以最少的文書作業、財產損失和一位活生生的嫌疑犯，這樣我就可以逮捕他並將他送進他媽的監獄。」

「我會盡我所能，長官。」我說。

「你知道，柯芬園的砍頭案一直沒有正式結案。」他說。「這是我破案率的瑕疵，彼得，不是你的，因為你沒有他媽的破案率，對吧？」他向前傾。我往後靠。「我有非常棒的破案率，彼得，我對此感到非常驕傲，所以在這件案子結束時，我期望會有一場逮捕——逮捕的對象最好是個人類。」

「是的，長官。」我說。

「你的確知道何時該閉上嘴，」席沃說，「這點我同意。你明天的行動是什麼？」

「我要去跟蹤凱文．諾蘭，看能否找出他和詹姆斯．葛拉格的關聯。」我說。

「你確定他們有關聯？」

他們都曾買賣過魔法陶器，我沒把話說出口。

「你不會想知道的，長官。」我說。「要是幸運的話，我們可以用實際的方式讓他們產生關聯。」

「我要你清楚寫出行動計畫，優先提交給案件管理員。」席沃說。「假如你找到我們能用的關聯，就立刻通知史蒂芬諾柏斯，我們會展開監視。你不可以單獨行動——懂了嗎？」

門猛然被打開，發出碰撞的聲響，並伴隨著高音調的笑聲。

萊斯莉東倒西歪地走出廁所，盡力讓自己的樣子看起來得體，她視線朦朧又困惑地環顧四周，最後才停在我和席沃身上。

「天啊！」席沃說。「看到那個狀況了嗎？你差不多該送她回家了，小子。」他專橫地對我揮揮手，我快步照辦。

萊斯莉並沒有醉到她認為不必檢查我是否符合駕駛資格。

「我絕對低於酒駕標準。」我說，讓她倒在後座，關上車門。

「為什麼你沒喝醉？」她問。我們在酒吧的時候，天氣已經轉冷，Asbo 的內部都結凍了——我傾身替萊斯莉扣安全帶時，我的呼吸也變成了白霧。

「因為我要開車。」我說。

「你好無趣。」她說。「一個身為巫師的警察應該要很有趣的。哈利波特都沒這麼無趣。我敢賭甘道夫都能把你灌倒。」

或許真是如此，可我不記得妙麗有酩酊大醉到哈利必須在白金漢宮路停下掃帚，好讓她去水溝嘔吐。在她用我無聊時放進工具箱、為了防止這種可能性發生的餐巾紙擦過嘴巴之後，她才重新指出魔法師梅林或許得教我一些增進社交手腕的技巧。

幸好萊斯莉成年後只讀蘇菲．金索拉和海倫．費爾汀的書，否則我得陪她談論更長串的名單，她在賽佛勒斯．石內卜後便說完了虛構的巫師人物，因此我們回家的旅程就在相對的安靜中繼續。

等我把車停進浮麗樓的車庫，萊斯莉已經從挑釁者變成了我的最佳伴侶。她撲在我身上，雙臂環住我的腰，我感覺到她的乳房壓著我的胸膛。「我們上床睡覺吧。」她含糊不清地說。我的下體堅硬得令我慶幸自己沒穿牛仔褲。還得想辦法帶她穿過雪地走到後門，這真的一點也不容易。

在我摸索鑰匙的時候，我試著讓她靠牆站好，但她不斷倒在我身上。「我可以戴著面罩，」她說，「或者套一個紙袋。」

她的手發現我勃起的下半身，高興地掐了掐它。我大叫一聲，鑰匙掉在地上。「看看妳害我做了什麼。」我說。

「又沒關係。」萊斯莉說，試圖把手伸進我的褲襠。

我往後跳開，她開始慢慢陷進雪中。我不得不用雙臂抱住她，想抬她起來，我這樣做卻把她的針織衫和上衣都拉起了一半。

「這樣才像話。」她說。「如果你想要我就配合。」

後門打開，茉莉跟著出現，她看著我，看著萊斯莉，然後又看回我這裡。

「事情不是妳想的那樣。」我說。

「不是嗎？」萊斯莉問，搖搖晃晃地站直身體。「可惡。」

「茉莉，讓我們進去。我要把她送上床。」我說。

我半拖著萊斯莉進屋時，茉莉以惡毒的眼神望著我。

「那，妳接手把她弄上床好了。」我說。

於是茉莉照做了。她只是伸出手，從我的手臂中拉過萊斯莉，像扛一袋馬鈴薯般——比我用拿的還要輕而易舉——把她甩上自己的肩膀。然後她在原地緩緩轉身，滑進中庭長長的陰影裡。

托比顯然一直在等待危機解除，這時才從門口跳出來，想看看我是否帶了禮物回來給牠。

我回到馬車屋去做一些警察工作——相信我，這比沖冷水澡還管用。

首先，我拿出從惡魔雷拍下的精靈刻文照片，用Photoshop打開，使用對比和邊緣偵測來讓那些字母變得清楚，更重要的是偽裝它們的出處。接著我將照片丟上規模龐大且各式各樣的社群媒體大海，提出翻譯請求。在等待的這段期間，我寫了正式的行動計畫給席沃——不用懷疑，現在他已經在床上呼呼大睡了——並以電子郵件發送到內部調查小組。

托爾金學者們今晚顯然反應遲鈍，於是我針對「帝國製品」和「帝國陶器」兩個名稱做了初步的搜尋，得到一大堆北塔斯福德郡的帝國瓷器公司連結。這結果不壞，可是這家公司不但位在英國的另一端，而且已經在六〇年代晚期停止營業——然而產品仍被認為極具收藏價值。一直到我看完第三十六個頁面，才瞥見我在找的東西：摔不破帝國陶器公司，設立於一八六五年。我改變搜尋條件，但只查到一段過期的eBay拍賣文字。進一步的查證得以傳統的方式去做——藉由發送電子郵件到保安指揮科，要求做完整情報平臺檢查。我註明「火柴盒行動」並提供我的授權碼，讓請求更加完整且正式。

當我完成這些事之後，我的收件匣中已經有三封精靈文的翻譯信了。

炸彈處理專家可以從製彈者簽名般的設計，分辨是否出自同一個喪心病狂之手。要是他們直接用蠟筆寫下名字，識別起來就太容易了。我認出了無臉男獨特的幽默感。用英文讀起來的翻譯是：

如果你可以讀到這些文字，那你不只是個笨蛋，更可能已經死了。

星期四

14 西邦爾公園站

在美好的舊時光中，那時候男人是真正的男人，緊急行動小組成員以神的旨意般處理武裝搶劫犯——用一把鶴嘴鋤解決。如果想跟蹤一部可疑車輛，你至少需要三輛車，這樣可以在目標周遭展開一場鬆散的「包圍」，不僅讓對方難以甩脫，還能將其中一輛車被盯上的風險降到最低。現在，有了督察階級以上警官的授權，你只要接近有問題的車輛——當然是在它靜止的時候——將追蹤器貼在車身底盤就好。追蹤器大約是火柴盒一半大小，成本大概與在伊維薩島的俱樂部玩一星期相同。

冬日早晨五點的新柯芬園，是一個充滿車頭燈、煙霧與叫喊聲的混凝土競技場。卡車、箱型車和堆高機轟隆隆地在載貨停車區進出，穿反光外套、戴羊毛帽的男人緊抓住寫字夾板，用戴著手套的笨拙手指撥打他們的手機。將Asbo停在立體停車場的隱蔽處是件簡單的事，我嘎吱作響地穿過雪地走到鐵路拱橋下，三輛登記在諾蘭父子公司名下的Transit箱型車都在那裡等著裝載今天的貨物。凱文的箱型車最容易辨認，它最舊、最髒，也位在距離店門最遠的最後一排。我在夾克裡拱起身子，拉下帽子蓋住耳朵，盡可能毫不在乎地走完最後二十公尺。快靠近的時候，我聽見箱型車的另一側有聲音。

「要是他們找上門呢？」一個哀怨的聲音問道，是凱文．諾蘭。

「他們知道你的名字了，小凱。要是他們想找到你，對他們來說不是什麼太困難的問題。」一個更沉著冷靜的聲音說。「所以你不如讓自己有用點。」是凱文的大個子朋友，或者更有可能是他哥哥。

我摸了摸追蹤器的頂端，確定方向是對的，然後迅速地蹲下，將追蹤器貼在車身底盤。我挪動了幾次位置，確保它牢牢固定，當我這麼做的時候，手指卻擦過某個不該出現在那裡的東西。它的大小與形狀都和追蹤器大致相同。

「我不明白我們為什麼從寇茲父子那裡拿不到今天的貨。」凱文在箱型車的另一側說。「丹尼說他們把貨送走了。」

我把第二個物體拿出來——是另一個追蹤器。就我在黑暗中能分辨的程度，它甚至跟我的追蹤器是同樣的牌子。我把它握在拳頭裡，接著健步如飛地走開。

「他們當然要把貨送走。」可能是凱文哥哥的聲音在我身後漸漸微弱。「有人正在查他們。」

有其他人在對諾蘭一家進行搜查嗎？內部調查小組在前天已經對凱文．諾蘭和其家人做過詳盡的搜尋，而且任何警方行動都會被標記。可能是軍情五處嗎？諾蘭一家會不會是什麼與共和黨立場相左的一員？如果雷諾茲探員是對的——凶手是否真的有愛爾蘭背景？

我躲在一輛等待載貨的卡車後方張望。

不，我心想，就算如此，該行動還是會被標記。尤其偵緝督察長席沃是倫敦警察廳中最受人尊敬且最讓人畏懼的警官之一，你一定是蠢到極點才會試圖繞過他行事。

我拿出手電筒檢查追蹤器，從各方面看，它都與我的那個完全相同，可能還是從同一份網路型錄買的。除非我想打開它，它就像一枝原子筆一樣好追蹤。我拿出鑰匙，在外殼黏附的兩塊磁鐵間劃了個小叉叉，深吸一口氣讓自己冷靜下來，再緩步走回凱文．諾蘭的破爛 Transit 箱型車。

我得把東西放回發現它的地方，卻不能讓我的追蹤器留在旁邊，否則放置另一個追蹤器的人來取回時，就有可能找到我的追蹤器。我走到箱型車時並未聽見任何聲音。我希望這表示他們都進到店裡去了。我彎下腰，把我發現的追蹤器放回去，移動了我的那個；正當我往貨車後方走去時，聽到車子後門猛然打開。

「你得把這輛他媽的箱型車弄乾淨。」這可能是凱文的哥哥。我僵住不動——這大概是我所能做的最愚蠢的可疑行為了——有人爬進車子裡，箱型車一陣搖晃。「難怪他們不高興。拿掃把給我。」

「不是箱型車的關係。」凱文從後面說。「他們認為他們應該拿更多。」

「他們付多少就該拿多少。」那個聲音說。「我才不做愚蠢的買賣。」

即便事跡敗露，你仍決定執行既定的計畫，向來都是有風險的。我意識到這一點，是因為我本來計畫把追蹤器黏貼在箱型車後方。我竟然還在等凱文和他的朋友離開，好讓我可以這麼做——我整段時間都冒著被發現的風險。這樣有多愚蠢啊？

箱型車有節奏地搖晃著，我聽見天知道是什麼東西被掃出後車廂的聲音。「我以為法蘭尼已經倒閉了。」凱文說。

我蹲下來，把追蹤器裝在前輪罩拱，然後假裝若無其事地離開。跟車子後方和中間部分相比，這不是那麼適合或牢固的位置，但這種設備的磁性已經比過去要好得多了。

我們謹慎地選擇了停車場四樓的位置。我和萊斯莉可以把有長焦鏡頭的相機設置在腳架上，從那裡對準觀察諾蘭父子公司——若是沒帶上腳架，大概就要有凍死在外頭的打算。Asbo 顯然是這排車子裡唯一還發動著的。

「處理好了？」萊斯莉問，在我心存感激地爬進溫暖的車內時。

「不完全是。」我說，告訴她關於第二個追蹤器的事。

我撈出卡其色瓶身、大小有如砲彈殼的保溫瓶——又一個浮麗樓古董——替自己倒了杯咖啡。萊斯莉同樣懷疑我們被反恐指揮科跟蹤，但她的理由跟我不同。

「他們不需要跟蹤我們。如果他們想知道什麼事，打電話來問就好。假設是軍情五處想知道什麼事，也只要打給反恐指揮科，再叫他們打來問我們。」她說。「我覺得是聯邦調查局。」

「聯邦調查局只要問基特里奇，基特里奇就會問我們了。」我說。

「但我們可能不會告訴基特里奇。」萊斯莉說。「更何況我們知道，雷諾茲探員已經違背規定跟蹤過你了。」

萊斯莉安靜下來，我停下準備送到脣邊的咖啡。

「換妳了。」我說。

「為什麼是我得去？」萊斯莉問。

「因為我上次出去過了。」我說。「而且我還是覺得很冷。」

萊斯莉吼了一聲，不過她還是走下車，在我把咖啡喝完的這段時間檢查車子有沒有被裝什麼東西。不到兩分鐘她就回到車內，拿著另一個相同的衛星定位追蹤器。

「**瞧！**」她說，把它扔進我的掌中。外殼是冰冷的——肯定被貼上一段時間了。

「是雷諾茲探員。」我說。

「或者其他人。」萊斯莉說。「我們不認識的。」

我旋轉手裡的方形盒子。如果這東西像我們的追蹤器一樣經過設定，那麼它大概被設計為在我們開始移動時才發送信號。要是我現在就解除它，操作者可能不會注意到，直到她或者某一群神祕人士發訊號偵測它的操作狀態。

「我應該炸了它嗎？」我問萊斯莉。

「不要。」她說。

「妳說的對。」我說。「假設我們破壞它，他們就會知道我們曉得了，但假如我們留著它，就能選擇傳送錯誤訊息給對方。我們可以把追蹤器放在一輛誘餌車輛上，讓他們白費力氣地亂追，或是用它來設個圈套——」

萊斯莉哼了一聲。

「我們是警察。」她說。「記得嗎？我們不是間諜，也不是臥底，我們正在進行已由英國警察總長聯會等級授權的合法調查。我們要對方採取跟蹤行動，這樣才能認出他們的身分、呼叫支援並逮捕他們。一旦進了偵訊室，我們就能夠從出現的律師類別分辨出他們是誰。」

「我的方法比較有趣。」我說。

「你的方法比較複雜。」萊斯莉說。她把手指伸進面罩下方抓癢。「我真懷念當一名正常的警察。」她說。

「拿掉它吧。」我說。「這裡沒有人會看到妳。」

「除了你。」她說。

「我習慣了。」我說。「它開始變成妳真正的臉了。」

「我不想讓它變成我真正的臉。」萊斯莉嘶聲說。

我把追蹤器放回 Asbo 車底。我們在石頭般的沉默中坐著，看諾蘭父子公司主力的箱型車裝上貨物並開走。凱文終於晃了一圈回來，令人驚訝的是，他不是拿著用垃圾袋裝的剩菜，而是用堆高機整齊裝載的幾個貨板。他的顧客今天真的得到了好東西。我跳下 Asbo，用長鏡頭拍了一些照片，又衝回車子裡。

「打開追蹤器。」我說。

萊斯莉打開筆電，傾斜螢幕讓我看裝置已經啟動，而且每隔五秒就發送一次訊號。

我將 Asbo 倒車開出停車位，朝出口坡道開去。使用追蹤器就表示你不必緊跟著你的目標，不過也不能太遠，以防他們會突然做出什麼異想不到的事。

曙光帶來灰藍色的無雲天空，照亮了坑坑窪窪的雪地和冰冷的融雪景色。凱文・諾蘭的 Transit 踉蹌駛過時，萊斯莉和我本能地彎下身體躲進座位。等到確定知道他在哪個地方轉向九榆樹區後，我們才跟上去。

這一切都非常文明，但我還是喜歡放一把鶴嘴鋤柄在後座——只為了老式的理由，你瞭的。

「舊式文明武器。」我大聲說。

「什麼？」萊斯莉問。

「如果警察有一款舊式文明武器，」我說，「像是一把雙刃大砍刀或一根長矛——那就會是一把鶴嘴鋤柄。」

「你為什麼不做一些更有用的事？」萊斯莉說。「睜大眼睛找一輛有外交車牌的車子。」

我們接近切爾西橋，這座全漆成藍白雙色、還有馬車燈裝飾的橋只有三線道——兩線道，不算公車道的話。一個發現跟蹤者的絕佳塞車地點。

所有外交車輛都有特定的車牌，標示出狀態和國籍，好讓恐怖分子和潛在的綁架犯行事更加輕鬆方便。

我看到一輛最新型的深藍色賓士 S class 有外交車牌，便讀出代碼。

「獅子山共和國。」萊斯莉說，我感覺到些許被牽動的愛國情感。

「妳記得所有的代碼？」我問。

「才不。」萊斯莉說。「維基百科上有一個列表。」

「那麼美國的代碼是多少？」我問。

「二七〇到二七四。」萊斯莉說。

「她不會使用一輛大使館的車。」我說。「對吧？我的意思是這樣很顯眼。」

萊斯莉覺得我沒有理解使用追蹤設備的完整概念，也就是說，你可以遠遠在後頭跟著，不引人注意，管你用哪個國家的車牌都沒關係。而且如果她有外交牌照，她就不必支付交通擁擠稅和違規停車單，要逮捕她就他媽的難上加難了。

「她有外交豁免權嗎？」萊斯莉問。

「我不知道。」我說。「我們可以問基特里奇。」

「或者我們可以現在打電話給基特里奇，讓事情變成他的問題。」萊斯莉說。她查看筆電。「他到底要去哪？」她說，並傾斜螢幕好讓我也能看到——代表凱文．諾蘭Transit箱型車的小點正駛上騎士橋。

這時應該倏地插進一輛有外交車牌的高檔車，那就太完美了。

「這裡誰會想要一輛載滿奇怪蔬菜的箱型車？」萊斯莉問。那地區的餐館通常會有專屬的人到柯芬園尋找最好的農產品。

「大環境很艱難。」我說。但是當凱文繞過海德公園西端，並轉向貝斯沃特路時，我們原有與外交人員或政治人物扯上關係的擔憂已不復存在。他再次轉進一條小巷，我踩下油門縮短車距。我們跟著他前行，來到一列看起來並不寬敞的排屋，直到萊斯莉說「他停下來了」，我才及時找到一個不顯眼的停車位，好讓我們可以繼續觀察他。

倫敦大部分地區都是逐步建造而成的。假如你像我一樣對建築有一點了解，便可以看出最初的開發者是沿著一條鄉間小路，建造一整排宏偉的攝政時期公寓，然後作為城市的基礎，無止境地向西擴張。那一列整齊的維多利亞式小型排屋，就是為了那些有迫切需要的工人階級建造的。

凱文停在一棟怪異的維多利亞晚期排屋外頭，剛好由三棟房屋組成，緊鄰一間三〇年代倫敦磚造購物商場的後方。我克制自己不對萊斯莉提起這點，因為討論這種事通常會讓她發脾氣。

「蔬菜是送到這裡來。」萊斯莉說。

凱文．諾蘭無精打采地晃到箱型車後方，打開車門，拉出第一個貨板往前門走去。萊斯莉舉起相機和它的長焦鏡頭，我們透過筆電上的網路連接相機影像，看著凱文在他的褲子口袋裡摸來摸去。

「他自己有鑰匙。」萊斯莉說。

「一定要拍到貨板的特寫。」我說。「我想知道供應商是誰。」

我們看著他把貨板從箱型車運到房子。就在他將最後一個貨板推進屋裡後，他關上身後的大門。我們等了幾分鐘，然後又等了幾分鐘。

「他到底在裡面幹嘛？」萊斯莉問。

我在監視包中翻找，發現我們吃掉了全部的零食，除了茉莉做的驚奇三明治仍整齊地包在防油紙裡。我試探性地嗅了嗅。

「這次不是包內臟嗎？」萊斯莉問。

「我想是午餐肉。」我說，打開紙包，掀起最上面那片手工麵包。「我錯了。」我說。「是午餐肉、乳酪和泡菜。」

「他出來了。」萊斯莉說，再次舉起相機。

凱文從前門出現，搬著一個又舊又破的紙板箱。從他搬運的方式來看，我認為這箱子應該很重。當他把箱子拋進後車廂、箱型車的後輪軸跟著往下沉時，證實了這個推測。他休息了一會兒，氣喘吁吁，呼出的氣息在冷空氣中清晰可見，接著他回到屋子裡，一、兩分鐘後搬著第二個箱子再次出現，將它裝上車。

這是一件有趣的事，你只需要跟蹤某個人一段很短的時間，就會開始與他們感同身受。看著凱文抱著第三個箱子踉蹌地走出前門，我必須努力壓抑跳下車去幫他的衝動。就算不為任何目的，也可以讓這件事快點結束。事實上，我們繼續等待，看著他又抱出兩個箱子，中間偶爾拍幾張照片來排遣無聊。

萊斯莉十分厭惡地看著我吃掉那個午餐肉、乳酪和泡菜三明治。

「你打算在接下來的時間裡持續不斷呼氣嗎？」她問。

「這是一種自主功能。」我洋洋得意地說。

「那就打開車窗。」她說。

「才不要。」我說。「太冷了。不然這樣好了。」我從置物箱撈出一個聖誕樹形狀的空氣香氛袋，掛在後照鏡上。「妳看。」

要不是凱文選擇在那一刻走回他的箱型車開車離去，我可能非死即重傷。我們等了幾分鐘，記下房子的門牌號碼，打電話到阿貝請他們做個詳盡調查，接著才開車跟在他後頭。

凱文的下一站距離高架西路另一側車程十五分鐘，那裡肯定是整個西倫敦最後一個未經改建的倉庫。它仍有著雙幅寬的木製裝卸柵門，原本的藍色油漆已經褪成髒兮兮的深灰色。

我們駛近，看著凱文離開箱型車，大步走到柵門口，用鑰匙打開供人通行的小門踏了進去。

「我好無聊。」萊斯莉說。「讓我們進到這地方搜查一下好了。」

「如果我們讓凱文繼續行動，」我說。「這地方就只有我們知道，可以在被別人發現之前好好勘查四周。」

「這樣的話，我們需要一張搜索令。」萊斯莉說。「不過，如果我們等小凱文再搬幾個箱子進去，那麼我們只是在調查他的可疑行為而已。我相信你昨天已經目睹他攻擊別人了。一旦我們進去——」

她是對的，於是我們就這麼做了。當凱文打開柵門，將箱型車駛進倉庫時，我們跟在他後頭開了進去。甚至到他走回車子後方要卸貨之前，他都沒發現我們的存在。

「不是我。」他說。

「什麼不是你？」我問。

「沒什麼。」他說。

「那箱子裡有什麼，凱文？」萊斯莉問。

凱文其實想再開口說一次「沒什麼」，不過連他自己都意識到這樣太愚蠢了。

「盤子，」他說，這是實話。每個箱子裡都裝滿了盤子，都是以詹姆斯．葛拉格公寓中那個水果盆同樣堅固的淡褐色粗陶做成——就是刺死他的那種碎片。但這並非全部的陶器。

裝卸區是個貫穿倉庫中心的設計，空間彷彿樓中樓般寬敞。遠處那端是另一組木製裝卸柵門，直接打開就是沿著後門而出、通往大聯盟運河的引道。進出區域的兩側有兩間儲藏室，二樓再次複製了一樓的格局，雖然房間比較大。除了一個房間以外，所有房間都裝有腐爛的木製貨架，上頭堆滿了陶器。

任由凱文遭受萊斯莉的粗暴對待，我在倉庫裡晃了一圈。有些地方的貨架已經倒塌，餐盤或碟子積成了一堆一堆，腳下充滿危險。在較遠處的房間，我發現大量的蓋碗和湯碗，上頭覆著一層厚厚的灰，破爛的架子上滿是陳年的蜘蛛網。我走進每個房間時，一定都會聽到老鼠倉促逃開的聲音。我在某個房間發現一個長貨架上，有一排像支小型戴立克[1]軍隊般列隊站好的鹽瓶，下方架子上則是頭戴三角帽的微醺男子組成的不同軍隊——是人形水罐。

我拿了幾個出來細看，當我觸摸它們的時候，察覺到一絲閃現的感應殘跡——豬舍的氣味，還有啤酒與笑聲。我看見每個水罐上的臉都微妙地有些不同，彷彿是個別製作的。走出房間時，我可以感覺到他們在背後睨視著我。另一間房內，在看來像便壺和牛奶罐的容器當中，我發現一架子的雕像——我的老朋友，被雕塑家嚇了一跳的女神。

一樓後方的一個房間已經清掉了部分的貨架和陶器。那個地方豎立著幾乎和萊斯莉一樣高、用泡泡紙緊緊裹住的全新一萬五千瓦的窯爐。我後來才知道，這是市面上能買到的容量最大、溫度最高的設備。其他排列在窯周圍的包裝箱全都是相關的設備，還有好幾袋神祕兮兮的彩色粉末，後來確認是製造各種類型的陶瓷釉料成分。

我想起詹姆斯·葛拉格和他對陶瓷新產生的興趣。一個像這樣的窯至少要花上好幾千英鎊，凶案小組也會在調查第一天就標示出這筆支出。同樣的，假如他把這間倉庫租來當工作室也一樣。

「這些東西都從哪裡來的？」我問凱文。

「哪些東西？」他問。即使在室內，凱文仍然戴著衣服上的帽子，彷彿擔心沒有它，他的大腦就會從耳朵飛出去一樣。

「陶器。」我說。「你一直試圖賣給波特貝羅那裡的小販的東西。」

---

1 英國科幻電視劇《超時空博士》（Doctor Who）中出現的反派外星人，他們的目的是征服宇宙，並抹殺所有「劣等種族」，影射現實歷史的納粹德國。

「從這裡來的，不是嗎？」他說。

「那麼，不是從莫斯科路來的？」

凱文指責般地看著我。「你們一直在跟蹤我？」

「是的，凱文，我們一直在跟蹤你。」萊斯莉說。

「這樣做是侵害我的人權。」他說。

我看著萊斯莉——沒有人真的那麼蠢吧？她聳聳肩。萊斯莉對於人性的評價比我低得多。

我指著那個窯。「你知道這是誰的嗎？」

凱文漠不關心地瞥了那個窯一眼，然後聳聳肩。「不知道。」

「你有沒有注意到這附近發生過什麼奇怪的事？」我問。

「像是什麼事？」

「我不知道。」我說。「鬼魂、神祕的聲響——古怪的胡說八道？」

「不算有吧。」他說。

「該打電話給席沃了。」萊斯莉說。

我們命令凱文坐在裝載窯的貨板邊緣，走到他聽不見我們說話的地方。

「這是他想要知道的事嗎？」我問。

「這裡可能是殺人凶器的來源處。」萊斯莉說。「他想知道的什麼得由資深警官來判斷。」

我點頭，她是對的。我一邊想詹姆斯在生活作息上的那些缺口，他很有可能就是悄悄溜到了這裡。雖然詹姆斯只是一名學生，不過他父親很富有。

「我想跟參議員談談。」我說。「也許他支付了這一切的費用。」

萊斯莉提醒我，那位聯邦探員小姐可能對任何拜訪都深感興趣，於是我打電話給基特里奇。

「找到你那隻迷途小羊了嗎？」我問。

「你為什麼這麼問？」政治部或許已經重組而不復存在，但他們仍然是冷戰時期替軍情五處跑腿辦事的精明混蛋。

「我似乎在蘭僕林看到她。」我說。「只是想在浪費任何時間之前，先向你確認一下。」

「她回到避難所了。」他說。「一直到今天早上九點都沒出去。」

「那個指的是飯店，對吧？」我問，明知道它可能不是。

「格羅夫納廣場。」基特里奇疲憊地說——意思是美國大使館。

我向他道謝後掛斷電話。反恐指揮科負責保衛大使館，包括任何可能的祕密後門。如果基特里奇說雷諾茲在裡面，那她很可能就在裡面。

「坐在筆電前看我們開車到處跑。」萊斯莉說。

「很好。」我說。「要是我把追蹤器留給妳，那她就絕對不會起疑。」

要找到參議員很簡單。我只需打電話給古歷——知道親屬在哪裡是家庭聯絡官這個角色的職責和包袱。假如他們把這份不幸從受害者轉嫁到嫌疑犯身上——但這很常見——家庭聯絡官就非常有用。

「我們在蘭僕林的房子。」古歷說。

我讓萊斯莉照顧凱文，並呼叫武裝警察前來支援，開車不到十分鐘就抵達那裡。

參議員是個長相普通、穿著昂貴西裝的男人。他坐在廚房桌邊，面前是一瓶尊美醇威士忌和一只半品脫大小的塑膠酒杯。

「是參議員嗎？」我問。「可以跟你談談嗎？」

他抬頭看著我，露出一個怪表情——我認為這是他所能做出最接近禮貌笑容的表情了。他呼出的氣息中有威士忌味。

「探員，請坐。」他說。

我在對面坐下，他要替我倒酒，但我拒絕了。他有一張長臉，一種缺乏表情的疑惑，雖然我可以從他緊繃的眼睛周圍看出痛苦。他的棕色頭髮整齊地切成老式的側分髮型，牙齒潔白，連指甲都修剪得很整潔。他看起來**保養得宜**——就像照顧一輛古董車般擦亮並撣去灰塵。

「我能幫你什麼忙？」他問。

我問他本人或他認識的任何人，是否購買過一座窯以及相關設備。

「沒有。」他說。「這很重要嗎？」

「我還無法奉告，先生。」我說。「你兒子有機會取得獨立的收入來源嗎——也許是一筆信託基金？」

「是的。」參議員說。「事實上，有好幾個。但這些帳戶都被檢查過，沒有遭到動用。小詹向來很自給自足。」

「你有很多人脈嗎？」我問。

參議員在他的塑膠杯裡倒了一些威士忌。

「你為什麼問這個？」

「聯邦調查局似乎擔心，他可能會造成尷尬——在政治上？」

「你知道我喜歡英國的什麼嗎？」參議員問。

「幽默感？」我問。

他對我回以淒涼的笑容，確保我理解這只是個不需要回答的問題。

「你們這裡不是我的選區。」他說。「沒有社區領導者或遊說團體隨時準備對我扒糞，只因為某個地方的誰對某個笑話感到氣憤或只是失言口誤。假設說，如果我叫你英國佬或是黑鬼，哪個會讓你感到最被冒犯？」

「他的存在會令你感到為難嗎？」我問。

「你知道你為什麼迴避那個問題嗎？」參議員問。

因為我是專業人士，我心想。因為我花了好幾年時間斥責壞脾氣的醉鬼、好鬥的小偷，還有那些只由於世界不公平就想對別人大吼大叫的人。其中的絕竅不過是持續詢問你需要答案的問題，等到那個可悲的小王八蛋終於放鬆下來為止。

偶爾，你必須把他們摔在地上，坐在他們身上直到他們恢復理智，不過我認為這是一種不太可能發生的意外事件，端看我交談的對象是誰。

「那麼，他的存在會令你感到為難嗎？」我問。

「你還沒回答我的問題。」他說。

「我會告訴你答案的，參議員。」我說。「你告訴我關於你兒子的事，我就會回答。」

「是我先問的。」他說。「你回答我的問題，我就把我兒子的事告訴你。」

「假如你叫我黑鬼，你只是聽起來像個有種族主義的美國人。」我說。「至於英國佬，那只是戲謔的侮辱。實際上你對我並不夠了解，無法真正地侮辱到我。」

參議員瞇著眼打量我很長一段時間，中間我一度懷疑自己是否太自作聰明，但後來他嘆了口氣，拿起塑膠酒杯。

「他不會令我感到為難──對我而言不會。」他說。「儘管我認為他可能會這麼覺得。」他啜了口威士忌，我注意到他先在舌頭上品嚐過後才嚥下。他放下酒杯──約束自己，我是從我父親身上認得這行為的。「他喜歡待在倫敦，我可以告訴你這點。他說這座城市永遠不死，還說『深不可測』。」

他的雙眼渙散了一會兒，我意識到參議員醉了。

「他會跟你聯絡嗎？」

「我安排每週通一次電話。」參議員說。「他每隔一個月左右會打給我。一旦你的孩子高中畢業後，這就是你可以期望的最好結果了。」

「你最後一次跟他通話是什麼時候？」

「上週。」參議員說。他的手動了動，想拿威士忌，但他制止了自己。「我想知道他是否會回來過節。」

「那他會嗎？」

「不會。」參議員說。「他說他找到了一些東西，他很興奮，我們下次見面時他會令我大開眼界。」

資深警員向來十分清楚，與你的受害者牽扯太多不是個好做法。凶案調查可以持續幾週、幾個月甚至幾年，受害者根本上不需要你的同情。他們要的是你能勝任——這是你欠他們的。

然而，某個人從背後刺死了詹姆斯，讓他的父親深陷在悲慟和不解之中。我顯然完全無法認同這種事。

我又問了一些關於他兒子藝術作品的問題，但很明顯的，參議員對此只有縱容並不感興趣。古歷始終從廚房另一邊看著我，設法透過表情向我傳達，這些例行性的問題其實她全都問過，除非我有什麼新的疑問，否則我應該閉上嘴，現在就讓那可憐的傢伙靜一靜。

我走回車上的時候，萊斯莉打電話給我。

「你知道那棟房子吧？」她問。

「哪棟房子？」

「凱文·諾蘭送蔬菜去的那棟。」

「知道。」我說

「他去搬那些陶器的地方。」萊斯莉說。「就是我們剛剛發現好幾噸陶器的那裡？」

「莫斯科路外的房子。」我說。

「那棟房子不存在。」她說。

15 貝斯沃特站

英國人總是瘋狂地野心勃勃，從一個角度看，這似乎是勇敢無懼，不過從另一個角度看，卻令人懷疑那像是缺乏遠見。倫敦地鐵也不例外，這是由一群企業家建造的，他們對地鐵的了解程度就只有他們的鬢角那麼大。那時大西洋對岸與他們一樣熱愛蓄鬍的同好，正忙著在內戰中自相殘殺，而他們在開始建造大都會地鐵線時只確定一件事——他們想讓蒸氣火車通過隧道是辦不到的。

從一般主線鐵路所興建的長隧道經驗證明，除非喜歡呼吸廢氣，否則你會想要盡快通過隧道。你一定不想長時間待在裡面，更別說要停在同樣封閉的車站接載乘客。因此他們嘗試了氣動隧道，可是有無法保持密閉的問題；嘗試了過熱磚，但不夠可靠。他們燃燒焦煤，冒出的煙霧證實比煤煙更毒。他們在等待的是電氣化火車，不過時間早了二十年。

還是只能用燃煤蒸氣了。因此倫敦地鐵比原本計畫的少了很多地下化的部分。如果軌道鋪設在現有道路下方，就加裝蒸氣排放孔蓋；如果軌道上方沒有道路，就盡可能移除屋頂。像這樣「切」法最著名的地點是在倫斯特路，為了藏起難看的鐵軌不讓敏感的中產階級看見，他們建造了兩片磚造屋面，完美無缺地複製出為了挖掘地鐵而拆除的、豪華的喬治王朝時期排屋。這些不過是畫上去而無法打開窗戶、以假亂真的房子，成為某些人取之不盡的玩笑哏，以為叫領最低薪資的披薩外送員到這種假地址去是最高明的幽默。

或許除了領最低薪資的披薩外送員之外，大家都知道倫斯特路，可是我從來沒聽過貝斯沃特站的西邊也有什麼假房屋。一旦你知道自己在尋找什麼，就很容易在Google提供的衛星地圖上發現它們，雖然房子的狀態有點被空拍照片的傾斜角度遮掩了。我和萊斯莉決定進入莫斯科路上一家購物商場中的其中一層，那裡可以很清楚看見凱文．諾蘭送蔬菜去的房子後方。這棟建築雖然不比一間房屋完整，卻也不僅僅只是前頭一面牆而已。

「就像有人只建造了前面的房間。」萊斯莉說

原本應該是後面房間和後花園的地方，出現了與底下的鐵軌道床垂直落差六公尺的陡壁。

「對。」我說。「可是為什麼？」

萊斯莉在我面前晃了晃她從凱文．諾蘭那裡沒收的鑰匙。

「我們為什麼不去找出原因呢？」她說。她一定是在我們叫凱文坐進警車、把他送到阿貝接受審訊時，拿走鑰匙的。

這兩棟房子同屬一個立面，但我們選擇了凱文開過的那一扇，假設他知道自己為何要這麼做。

它看起來像一扇普通的前門，十分符合維多利亞中期的風格，上方設置了長方形氣窗。走近時可以看到，這扇門沒有刮掉原本的油漆就直接重漆成紅色。我捏起一片剝落的漆，發現它至少有三種不同的色調，包括可怕的橘色。那裡沒有門鈴，但有個失去光澤的黃銅獅頭門環。我們沒有敲門就走了進去。

我本來預期房子內部是類似舞臺布景的後方，不過進去之後，我們反而發現自己身處在標準的維多利亞式走廊，包括嚴重磨損的黑白瓷磚地板，以及褪成淡檸檬色的黃色壁紙。唯一真正的差別是，房子並非由前往後，而是朝另一側發展，連接起兩間象徵性的排屋。我們的左手邊有扇一模一樣的前門，兩端各有普通的室內房門。

我往左走，萊斯莉往右走。

在我這邊的門後是個有凸窗、網狀窗簾且沒鋪地毯的房間，裡頭有股灰塵和機油的味道。我在地板上發現一些綠色的東西，並撿起一片還很新鮮的萵苣葉。後牆被抹上了灰泥，髒髒的，沒有窗戶。這是一樁密室懸案——尋找失蹤的蔬菜。我打算去看看萊斯莉是否比較幸運，此時我注意到地板上嵌了個黑色的鐵環。仔細檢查才發現，這是一個暗門的把手，而且令人驚訝地容易掀起。暗門打開後，出現一個六公尺深的空間，直通下方的鐵道。我小心翼翼地趴在地板上，探頭穿過洞口。

我不解地看著底下的結構，這兩棟半屋是由一連串被煤煙熏黑的老舊木梁撐起，橫跨鐵道的寬度，底部以插進磚牆的斜角桁條加強固定。用鐵螺栓拴在最近那根木梁上的是一個扁平的長形裝置，由鐵、深色木頭和黃銅所構成。我瞇起眼瞧了一會兒，才終於意識到那是折疊式消防逃生梯，整齊疊藏在房子的下方。洞口附近方便觸及的地方有個黃銅和皮革槓桿做的離合器把手，就像你在古董車和蒸氣引擎上看到的那些。我伸出手想看看握把能否移動。

「那下面有什麼？」

我轉過頭發現萊斯莉正低頭盯著我。

「我認為是折疊梯。」我說。「只是想看看我能否打開它。它應該會直接下降至鐵道上。」

我再次伸手去抓控制桿，不過此時地鐵環線列車卻匡啷啷地直接從我下方駛過，開往貝斯沃特站，大約過了三十秒才駛離。

「你確定這是個好主意嗎？」萊斯莉問。

「我想，」我慢慢地說，「要是我們先聯絡鐵路警察，這樣會比較好。妳覺得呢？」

「我想你可能是對的。」萊斯莉說。

於是我站起來，關上洞口，打電話給庫瑪巡佐。

「你不是說過，祕密通道的重點就是那對你們來說不是祕密嗎？」我問。「要不要打個賭？」

他問我在哪裡，我告訴他地址。

「我現在就過去。」他說。「不要做蠢事。」

「他說什麼？」萊斯莉問。

「他說不要做蠢事，等他過來。」我說。

「我們最好找些事情讓你繼續忙碌。」她說，要我打電話給凶案小組，讓他們知道我們發現了什麼，並詢問是否已經追查到肯薩路上那間倉庫的主人是誰。

三分鐘後，萊斯莉接到一通電話。「是的。」她說，看了我一眼。「不是太遠。」她接著說，「我會告訴他，再見。」她放下電話。

「是席沃。」她說。「史蒂芬諾柏斯正在過來的路上，在她到達這裡之前，你不要做蠢事。」

你燒掉了一個倫敦市中心的旅遊勝地，我心想，他們就再也不會讓你忘掉它。

十分鐘之後，史蒂芬諾柏斯帶著兩位儲備探員抵達。我跟她在前門碰面，帶她看過了整個地方。她臉色陰鬱地往下看著洞口，正好有另一列火車轟隆隆地從下方駛過。儘管聲音吵雜，房間內卻異常平穩。

「這是我們的案子、你們的案子，還是鐵路警察的案子？」她問。

我告訴他，這可能與詹姆斯．葛拉格謀殺案有關，很可能有「不尋常」的部分，也肯定已經涉入倫敦鐵路警察的管轄範圍。

史蒂芬諾柏斯看起來心不在焉。她在思考預算——我從她咬住嘴唇的樣子就判斷得出來。

「在我們能夠確認之前，先假定這是你們的案子。如果反恐指揮科認為有人或是不明人士不受限制地進入地下鐵，應該會派一個適合的人來接手。」她說。「你知道他們有多敏感。」

把預算問題轉移給浮麗樓之後，史蒂芬諾柏斯對我咧嘴一笑。

等待庫瑪時，我們拿到了倉庫的彙整調查。顯然它是由一家名為貝爾物業管理公司所擁有，有趣的是，自十九世紀以來，這家公司就有不止一個公司名稱。

「這點很重要嗎？」史蒂芬諾柏斯問。

「我想知道是誰在經營這家公司。」我說

「看看你能否與貝爾物業管理公司約好面談，找越資深的人越好。」史蒂芬諾柏斯說。「我會一起去。」

在此之前，一輛鐵路警察的技術支援車發出刺耳的警笛聲停在外頭，庫瑪巡佐帶著兩名穿制服的鐵路警察跑進了半屋。我帶他們走到洞口，他們探頭往下看。

「他媽的。」庫瑪說。

16 南溫布頓站

貝爾物業管理公司位於默頓倫敦自治市A24公路附近一個沉悶的工業區。從外面看，它的總部是同樣沉悶的兩層樓磚造多用途辦公室，廉價的藍色貼面讓建築顯得較為活躍，並妝點著保全攝影機。內部倒是出乎意料地賞心悅目，色彩柔和的沙發、玻璃牆面的辦公室而非狹小的隔間，以及每個可用的掛勾上都吊著至少兩輛聯結車分量的聖誕裝飾。

辦公室裡幾乎不見人影，就連用桃花心木做的接待臺後方也一樣。此刻，一間不設防的辦公室對警察而言簡直是一大福音，就像——**報告長官，我原本只是想找出業主的行蹤，卻偶然發現樓上辦公室某個上鎖桌子的底層抽屜裡，竟大剌剌放著一罐A級管制藥品**。將警察獨留在房間裡五分鐘，我們就會開始翻箱撬鎖找東西。這真是個要不得的壞習慣。

當穿著粗針織套頭毛衣和卡其色棉布褲的矮個子光頭白人從走廊匆忙朝我們走來時，史蒂芬諾柏斯的手指已經開始不耐煩地敲打抽動了。

「很抱歉，因為聖誕節的關係，今天不營業。」他說。

「會不會放假放太早了點？」史蒂芬諾柏斯問。

男人聳聳肩。「由於這個禮拜下大雪，大家都沒辦法來上班。」他說。「所以我告訴大家，聖誕節過後再進辦公室就好。」他說話有種英國廣播公司的腔調，就是上流社會的人為了避免說話聽起來太像去高級公學學到的那種。

「可是雪已經沒下了。」我說。

「我知道。」他說。「這種事真討人厭，對吧？我能為你們做什麼？」

「我們在找葛漢．貝爾。」史蒂芬諾柏斯說。「貝爾物業管理公司總裁。」

男人露齒一笑。「那你們真走運。因為那個人就是我。」

我們表明自己的身分，告訴他想問一些關於他公司某個物產的問題。他帶我們走進一個顯然是員工休憩的區域，問我們是否想來點貝禮詩甜奶酒。

「我們原本計畫要來場聖誕節前的酒會。」他說，給我們看了裝滿酒瓶的櫥櫃。史蒂芬諾柏斯熱情地同意喝一大杯，卻自作主張地代我回絕了。

「他是我的指定代理駕駛。」她說。

貝爾在兩個馬克杯裡都倒了一樣分量的貝禮詩甜奶酒，我們坐在一張圓桌前，桌面是白色木頭層板。史蒂芬諾柏斯啜了一口她的酒。

「這酒讓我想起好多回憶。」她說。

「那麼，」貝爾說。「你們想知道什麼？」

史蒂芬諾柏斯提到關於肯薩路上的倉庫時，他笑了。

「哦天啊，對！」他說。「那個地方。摔不破帝國陶器公司。」

我拿出筆記本和筆。就像追捕嫌犯和找停車位一樣，做筆記也是偵緝督察不希望自己動手的事情之一。

「這是你公司的資產嗎？」史蒂芬諾柏斯問。

「如同你們可能推測到的。」貝爾說。「在現在這個時代，像我們這種家族企業是很稀有的。而摔不破帝國陶器公司曾經是皇冠上的寶石。但這都是戰爭之前的事了，你們明白的。」

那時候還有一個帝國可以讓你賣陶器，我心想。

顧名思義，摔不破帝國陶器的最大賣點就是幾乎摔不破，至少比一般的瓷器和陶器堅固得多。因此，它可以讓人攜帶到林波波[1]，或綁在大象的側腹，讓它的擁有者相信在漫長和艱苦的旅程結束後，仍然會有一個盤子可以吃東西，更重要的是，有個盆子可以小便。尿壺顯然是到目前為止最受歡迎的品項。

「建立在拉屎上的商業帝國。」貝爾說——這很明顯是他最得意的一個笑話。

「這些東西實際上是在哪裡製造的？」我問。

「在倫敦，諾丁丘。」貝爾說。「大多數人並未意識到倫敦有著豐富的工業傳統。諾丁丘曾以陶器和豬舍為人所知，因為這就是它最出色的地方。」

在維多利亞時期，這裡也有一些全英國最糟生活條件的名聲——由於競爭對手是曼

1　林波波省（Limpopo Province），南非最北的省區，自然景觀與物產都十分豐富。

徹斯特的關係——那的確是相當糟。

「每個人都知道陶器巷的窯爐。」貝爾說。「但他們以為那全都是磚造的。」我和史蒂芬諾柏斯互看了一眼。由於我們對窯或磚這類的事完全一無所知，因此我們都沒想到任何類似的東西——不過，我們決定這事只有自己知道就好。看樣子，在六天烤豬和趕磚的生活之後，居民會到鬥雞、鬥牛和鬥鼠的娛樂場所發洩一番。這裡是那種大膽的紳士可能會冒險前往的地方，只要不介意被打、在地上翻滾，或染上令人激動不已的性病。這一切都是由那個說得津津有味、讓他們家族至少三代不必從事低下工作的貝爾所口傳的。感謝葛漢．貝爾的曾曾祖父，一個來自基爾肯尼、不識字的挖土工人，在一八六五年創立了這家公司。

「他的錢是從哪裡得來的？」史蒂芬諾柏斯問。

「問得好。」貝爾說。他不知道「錢是從哪裡得來的？」是三個標準的警察問題之一，其他還有「事發當晚你人在哪裡？」，以及「你為什麼不乾脆讓事情簡單點？」。「哪裡可以讓一個貧窮的愛爾蘭人挖到現金呢，特別是在那個時候？」他說。「但我可以向你們保證，他的創業資本來源是完全合法的。」

答案是，以維多利亞時代勞工階級的標準而言，挖土工人的薪資其實是很好的。為了吸引從各地前來的男人在如此危險的情況下做這麼粗重的工作，雇主們必須提供夠好的薪水。在大多數的情況下，這筆慷慨的賞賜不是買醉喝掉，就是被哪個壞心的工頭、貪婪的承包商或行腳全國的軍隊招募人員給騙走。

但如果一個人是聰明又有遠見的，他可以跟同伴組成所謂的零包工團，不再受制於工頭的約束與抽成。如果這組零包工團有良好的聲譽，例如很會挖隧道，那麼他們可以與承包商訂下很好的協議；而承包商最想要的，莫過於在麻煩最少的情況下，把承包下的工作量即時做完。最重要的是，如果那人可以說服同伴遠離邪惡的酒精，把工資存入真正的銀行，就可能在二十年後攢下一小筆錢。

這個人就是尤金・貝爾，人稱「十噸挖工」，他想離開愛爾蘭、避免餓死的莫名欲望，最後建造出沃克斯霍爾車站。

「他們都是有名的隧道工。」貝爾說。「他們為巴澤爾傑特建造了解決泰晤士河惡臭問題的下水道，為皮爾森建造了大都會地鐵線——同時一直保存著他們的錢。」他們就住在陶器巷附近，每個人都認為他們是在那裡學會摔不破陶器的製造方法。

「是祕方嗎？」我滿懷希望地問。

「在當時是如此。」貝爾說。「實際上是一種雙重燒製陶器的方法，與科德石非常類似，我相信現在還有人在製造。很棒的東西，非常堅固，對那時候的倫敦而言最重要的一點，就是能抵抗煤煙的損害。」

「你還知道如何製造這種陶器嗎？」我問。史蒂芬諾柏斯狠狠瞪了我一眼，我不得不假裝沒看到。

「我自己嗎？」貝爾問。「我不行。我完全是商業行政的料。但我明白現在有了電子窯之類的東西，做起來就不會那麼難了。要讓那些古老的燒煤窯保持恆定的溫度，是很需要技術的。」

「所以他們的工廠設在哪裡？」我問。

貝爾遲疑了，我意識到我們已經從「友善聊天」跨入了「幫警察釐清疑點」。我感覺史蒂芬諾柏斯在椅子上稍微伸直了身體。

「當然是在陶器巷了。」貝爾說。「要加點酒嗎？」

史蒂芬諾柏斯微笑遞上酒杯。如果你能讓被訊問的人放鬆戒心，向來是比較好的。

「什麼，一直到一九六〇年代嗎？」我問。

貝爾又遲疑了，似乎在謹慎思考日期。

「不。」他說。「他們把工作北移到史丹福郡的某家陶器店。」

「你記得店名嗎？」

「你到底為什麼要知道？」貝爾問。

「藝術古董組想搞清楚。」我說。「和網路上被偷的雕像有關。」

史蒂芬諾柏斯忍不住哼了一聲，但至少壓抑著沒笑出來。

「噢。」貝爾說。「我懂了，我一定可以幫他們挖出些什麼資訊——他們現在就要嗎？」

我停頓了一會兒，只為了看看他的反應，不過他比他那副「穿著寬鬆毛衣、最受歡迎的叔叔」形象還要圓滑多了，看起來純粹只是想幫忙。

「不用。」我說。「新年過後也沒問題。」

貝爾喝了一大口貝禮詩甜奶酒，開始解釋摔不破陶器好是好，但尤金·貝爾和他零包工團的倖存成員憑藉著他們挖隧道的驚人經驗，自己當上了工程承包商。隨著工作變得機械化，以及消耗性人力被大型機器取代，每個新一代的貝爾家族成員都接受了教育以迎接新時代的挑戰。

「我以為你是負責商業管理？」我問。

「我是。」他說。「我弟弟才是我們這一輩負責工程的人。儘管名義上是陶器公司，我們還做了大量的土木工程，事實上這在金融危機時拯救了我們。如果沒有橫貫鐵路的合約，我們早就完蛋了。」

「有機會跟你弟弟聊聊嗎？」我問。

貝爾撇開視線，「恐怕沒辦法，他在一場工安意外中喪生了。」他說。

「我很遺憾。」我說。

「不管技術有多進步，」貝爾說，「挖隧道仍然是危險的工作。」

「關於倉庫，」史蒂芬諾柏斯迅速地說，大概是要阻止我別再扯些無關緊要的問題，「就現今的市場來看，那是個上等的房地產，你們為什麼沒有開發它？」

「如同我剛才說的，」貝爾說，「我們是家族企業，就像許多有組織地成長的公司，我們的管理結構並不是那麼合理。我們在六〇年代早期將倉庫租給了諾蘭父子公司，該租約的條款仍然有效，我們不能收回它。」

「這真是一紙非常奇怪的合約。」史蒂芬諾柏斯說。

「可能是因為它寫在啤酒杯墊上，用握手替代蓋章的關係。」貝爾說。「我父親喜歡用這種方式做生意。」

我們又多停留了一會兒以便取得聯絡方式，凶案小組底下的一名小嘍囉可以藉由研究貝爾物業管理公司的企業結構來度過愉快的聖誕假期，以防日後與案件發展出現連結。我不覺得這會是件需要優先調查的急件——或許這個小嘍囉只需要犧牲跨年夜。

我們走回史蒂芬諾柏斯的ＢＭＷ，小心避開地上一灘灘滑溜的融雪。

「我對工業考古學的熱衷程度，就跟喜歡上下一個女人一樣高，彼得。」史蒂芬諾柏斯說，「不過，你剛才到底在搞什麼鬼？」

「調查凶器。」我說。

「終於啊，」史蒂芬諾柏斯說，「有我可以理解的東西了。」

「詹姆斯．葛拉格被一個大陶盤的碎片刺死。」我說，「那東西的化學成分與某個水果盆相符合，我們現在已經追蹤到一個堆滿類似東西的倉庫。」

「而你們已經確認那是摔不破帝國陶器公司的資產。」史蒂芬諾柏斯說，「這是你到目前為止的調查——等等。這其中有什麼蹊蹺嗎？」

「這取決於妳想知道多少，老大。」我打開副駕駛座車門讓她進去。

「我有什麼選擇？」她在我鑽進駕駛座時問道。

「一個是毫無意義的委婉說法，另一個是幽冥大學，」我說，「幽冥大學有點像霍格華茲——」

史蒂芬諾柏斯打斷我的話，「我讀過幾本泰瑞・普萊契[2]的小說。」

「真的嗎？」

「也不算讀過。我的同居人買了幾本精裝版，早餐時間會唸一點給我聽。」她說。

「那妳休閒時都讀什麼書？」

「我偏好奇怪又痛苦的回憶錄，」她說，「我發現，知道其他人的童年比我更悲慘，是很令人安慰的事。」

我閉上嘴——有些事你不該詢問資深警官。

「我要選有意義的委婉說法。」她終於說道。

在解釋之前，我倒車出了停車場。

「目前為止發現的所有陶器都有相同的特徵，這表示它是**特殊的**，」我說，「但這個特徵會隨著時間褪去——」我本來要說這就像放射性物質衰變的半衰期，不過這樣一來，我還得解釋什麼是半衰期。「就像一幅被留在太陽下的畫。」我說，「倉庫裡的東西不是新的，有些還非常老舊，但凶器感覺是全新的。」

「凱文・諾蘭拿過去的那幾箱盤子狀況如何？」

「幾乎都褪色了。」我說，「我懷疑凱文運送之前，它們被儲放在別的地方。」

---

2 Terry Pratchett，英國知名小說家，著有《碟形世界》系列作品。前述「幽冥大學」就是《碟形世界》裡最高的魔法學術殿堂。

「儲放在哪裡？」史蒂芬諾柏斯問，「還有，是誰在管理這些東西？」

「得有人鑽進地底下去查個究竟。」我說。

會是誰要去呢？可以猜三次。

17 貝斯沃特站

根據庫瑪巡佐的說法，地底調查的第一守則是：將同一時間實際進入地底的人數減到最少。這樣一來，如果事情出了差錯，搜救人員要挖出的屍體比較少。這代表進去的人將包括我——由於我的**特殊專長**——以及庫瑪，因為他是地底調查經驗豐富的老手。我問他這些經驗都是從哪來的。

「我在空閒時會去做洞穴探索。」他說，「主要是去約克郡和達特穆爾，但今年我在梅加拉亞邦待了一個月。」這是印度東北部的一個邦，對洞穴探險者而言基本上是未經開發的處女地——既危險又令人興奮。

由於倫敦地鐵在大雪後才剛恢復正常行駛，他們肯定不願意在我們探索時關閉環線。因此，我們得等到凌晨一點地鐵正式關閉後才能進入。庫瑪建議我休息一下再來討論該準備哪些裝備。

於是，萊斯莉留下來監視那棟不存在的房子，我回到浮麗樓吃飯睡覺。我在晚上八點起床，洗了個熱水澡，帶托比去羅素廣場散步。天氣冷冽，夜空十分晴朗，若非倫敦長期以來的光害，我相信我應該看得到星星。我答應庫瑪十點左右回到貝斯沃特碰面，所以等托比標誌完牠的地盤之後，我便回去準備裝備。當我穿越中庭時，茉莉突然從陰影中出現，我嚇得跳了起來。我總是被嚇到跳腳，這似乎帶給茉莉無止盡的樂趣。

「妳可以別再這樣做嗎？」我說。

茉莉面無表情地看著我，拿出一個大旅行袋。我認出這是萊斯莉的。我接過它，並確實承諾一定會交到萊斯莉手中。我設法抗拒翻找袋子的衝動，一想到茉莉是不是正躲在暗處看自己，便更加強化了我的意志力。

令我驚訝的是，納丁格爾正在車庫的捷豹旁等著。

「我會載你過去。」他說。他穿著厚重的深藍色西裝、相配的麻花毛衣，以及正式的純棕色綁帶鞋。他的克龍比大衣掛在車子的後座。

「你今晚負責監督嗎？」在我們坐進車裡後，我問。

納丁格爾發動捷豹，讓引擎稍微暖一下。「我想我會讓萊斯莉休息一段時間。」他說。「瓦立醫生不想讓她太過勞累。」

我常忘記納丁格爾是個多麼棒的司機，特別是駕駛這輛捷豹。他在車陣中穿梭，如同一頭老虎在叢林間悠遊，至少我是如此想像。就我所知，這種大搖大擺穿越森林的感覺，就像羅威納犬出現在貴賓狗秀一樣。

趁他開車的時候，我將今晚行動的複雜細節全都告訴他。

「我和庫瑪會穿過洞口降到底下，與他的巡邏員會合，看我們是否能追蹤到蔬菜的去向。」

「庫瑪和我，」納丁格爾說，「不是『我和庫瑪』。」納丁格爾偶爾會試圖糾正我的文法。英語文法的規則很大程度上是一種人為的創造，對語意的表達幾乎或甚至沒有影響，我認為這是個相當具有說服力且精闢的論點，不過納丁格爾卻充耳不聞。

「庫瑪和我，」我說，為了讓他開心，「會下到地底，那時候萊斯莉和兩名凶案小組的成員會待在鐵軌上，以防萬一。」

「以防什麼？」納丁格爾問。「你預期會找到什麼？」

「我不知道，流浪漢、山怪、多愁善感的獾——你說呢？」

「不會是山怪，」納丁格爾說，「他們比較喜歡待在河岸，特別是被石頭或磚塊遮蔽的地方。」

「所以才會有山怪躲在橋下的故事。」我說。

「正是如此。」納丁格爾說。「據我所知，地道裡沒住什麼**不尋常**的生物，下水道也沒有。雖然始終謠傳有一群遊民跟一幫挖掘工人被困在地底，變成了食人族。」

「那是電影情節。」我說。

「《生肉》，」納丁格爾說，令我感到意外，「唐納・普利森斯主演。別看起來那麼震驚，彼得。只因為我從來不曾有過電視，並不代表我從來沒去過電影院。」

事實上，我一直認為他始終拿著一小本玄學詩集坐在圖書館裡，直到總監來電透過蝙蝠電話找他，請求他加入行動。出現超自然活動，納丁格爾——前往捷豹待命。

「大衛・連的電影——可以。」我說。「低成本的英國恐怖片——不行。」

「是在浮麗樓附近的路口拍的，」他說，「我很好奇。」

「還有其他沒被拍成電影的謠言嗎？」我問。

「我的一個叫華特的老同學曾經試圖說服我，任何系統，像是地下鐵或電話線路，都可能像河川或其他神聖地點，以同樣的方式發展出地域守護神。」當我們離開賀羅路時，納丁格爾停等了一下，通過一個交通打結的路段。

「他說的是對的嗎？」我問。

「我不確定。」納丁格爾說，「從頭到尾我能聽懂的不超過一成。不過他這個人真的絕頂聰明，所以我至少願意接受這個可能性。當然，假如有個蘇格蘭人自我介紹說他是電話之神，我會傾向接受他的說法。」

「為什麼是蘇格蘭人？」

「因為發明電話的亞歷山大·格拉漢·貝爾是蘇格蘭人。」納丁格爾說，他今晚顯然特別愛開玩笑。

我們行經貝斯沃特廣場奇怪的單行道系統，開上皇后路，今年這裡懸掛了不少聖誕燈飾。許多商店開得比較晚，街道上擠滿購物的人。天候顯然將聖誕節前的買氣凝聚成狂熱的購物慌。

「你安排好時間買禮物了嗎？」納丁格爾問。

「已經挑選了。」我說。「準備好我母親的。」——一個裝滿現金的信封，因為我母親絕對不是聖誕禮物**心意最重要**的那一派。「我還找到一張狀況完美的一九九五年原版易立·基爾的黑膠唱片給我父親。」

「噢，哈索爾？」納丁格爾問，令我刮目相看。我們正在談論的可是一些非常冷門的西岸爵士樂。我讚美他對爵士樂的知識非常淵博。替萊斯莉買禮物是件苦差事，最後我選了一件厚實的麻花毛衣，像丹麥電視節目裡瀕臨精神崩潰的偵探會穿的那種。納丁格爾沒問我買了什麼給他，我也沒問他買了什麼給我。

夜晚寧靜又寒冷，我們在假房子外停車，剛好成為方便換裝與待命的地方。庫瑪幫我帶了一套潛水防寒衣，整體是明亮的橘色，從頭到腳都有黃色的反光片。氯丁橡膠材質比我想像中的更薄、更不貼身，稱不上是什麼時尚的造型。

「我不希望我們會弄得那麼溼，除非最後進入了溝渠。」庫瑪說。「要穿得夠寬鬆才容易活動——你絕對不想讓自己熱過頭。」他拿給我一雙靴子，看起來像馬汀靴和威靈頓靴的私生子，但出乎意料好穿。我們在每個人開始稱它為「暗門房」的地方換裝，洞口先蓋住了，以防我跳來跳去試圖穿上靴子的時候跌進去。

「我們要穿警用背心嗎？」我問。

「你期待在下面找到什麼？」庫瑪問。

「老實說，我不知道。」我說。

警用背心是特別為倫敦警察廳開發的，能抵抗戳刺及子彈——注意重點字是「抗」而不是「防」。我還是制服警察的時候穿過兩年，去年我擺脫了這個習慣。不過在緊張時刻，穿警用背心是一種慰藉，所以我還是穿了。

我們的頭盔和工作服同樣是能見度高的橘色，並支援最先進的ＬＥＤ頭燈。我們分配了剩下的必需用品，庫瑪帶繩子和救難工具，我帶急救箱、急救食品和飲用水。

「該死，」我說，「這比鎮暴訓練還棘手。」

我們換裝時，一直在隔壁房間等待的萊斯莉走了進來。

「納丁格爾想知道你們何時出發？」她說。

「我們在等巡邏員。」庫瑪說，打開洞口探頭進去瞧。

「只有我們兩個要下去嗎？」我問。

庫瑪站起身來。

「其實今晚下面會非常擁擠，」他說，「倫敦交通局將每個願意加班的工人都派下去了。明天是聖誕節前最後一個一整天的採購日，也是這週第一個全面營運日——情況會很嚴苛。」

「你的工程師，」我說，「他們是鐵錚錚的漢子嗎？」

「是硬漢中的硬漢。」他說。

「很好，」我說，「那麼，我們知道需要尋求幫助時該往哪裡跑了。」

打開的洞口內突然閃現來自手電筒的耀眼光束，接著是一聲尖銳的牧羊人口哨。

「應該是巡邏員。」庫瑪說，然後往下朝著黑暗大喊——「大衛。在上面這裡。」

當庫瑪和巡邏員互喊時，萊斯莉去請納丁格爾過來。我們的想法是，他負責留意地面上的世界，並準備好緊急救援，或者更有可能的是，如果我們在很遠的地方要回到地面，他可以來接我們。

「那麼，我們可以放下梯子了。」我說。

「如果那是梯子的話。」萊斯莉說。

我趴在地板上，把頭探進洞口尋找操作折疊梯的黃銅把手，一束光線從底部照在我臉上。

「你可能要往後退一點。」我朝下喊，燈光後退了。當我正要接近把手的時候，萊斯莉在我耳邊說話。

「你確定這樣安全嗎？」她問。

我發現她趴在我旁邊，也把頭伸進洞口。

「什麼意思？」我問。

「我們不知道它怎麼運作，」萊斯莉說，看著把手，「它可能會轉一圈，直接削到你的手臂。」

和萊斯莉一同在查令十字警局實習時，我就學會了聆聽她的建議——特別是在矮人、表演女孩和毛皮大衣的事情之後。

「好吧，」我說，「我改用繩子。」然後起身尋找。

納丁格爾揮手要我讓到一邊，默默地低語了些什麼。我感覺到形式開始排列，我認為是第四級咒語，帶著簡潔的風格和忽然扭轉的力量，我開始認出那是納丁格爾的**標記**。我聽見砰地然後噹啷一聲，我猜是拉桿自己打開的聲響，接著是樓梯展開和下降時出奇安靜卻又特別長久的金屬碰撞聲。

「或者我們可以這麼做。」我說。

「那是魔法嗎？」庫瑪問。

「大家可以繼續了。」納丁格爾說。

我小心翼翼踩在階梯上，感覺它輕輕地在腳下晃動。確認它沒有崩塌垮掉，我便一路爬到最下方。最後一階懸在鐵道上方三十公分處，我認為這是種安全措施，防止在鐵軌運作時遭到電擊。看見我安全落地後，其他人也跟著下來。庫瑪向我們介紹一位雀躍的威爾斯老頭，名叫大衛．蘭博——是名巡邏員。他的工作是每天晚上沿線檢查是否有故障的地方。

「我負責檢查這一帶六年了，」他說，「我先前一直想知道這些鐵製品的用途是什麼。」

「你從來沒想過要問嗎？」我問。

「嗯，沒有。」他說。「這不是倫敦交通局的設備，你看，它並不像。我在下面要擔心的事情已經夠多了。」

我們一走出假房子下方，岔路的底部就是漆黑一片。在東邊五十幾公尺處是貝斯沃特站的燈光，一群穿著高能見度外套的男人正把重型裝備搬運到軌道上。

我們知道這裡一定有一扇祕密之門。就算有人趁著夜晚運送陶器，他們仍然能在一天的中午、當車輛還在運行時，將新鮮的農產品帶走。你不能期待鐵軌上超過五分鐘沒有火車，也不能期待車輛的窗戶變小，因為你不想被駕駛看見。由於方圓五十公尺內都沒有任何明顯的入口，我們不得不討論關於隱藏式入口的可能性。

「這裡一定有扇祕密之門。」我說，「這就是為什麼每支隊伍都需要一名飛賊。」

「你從來沒說你玩過《龍與地下城》，」萊斯莉在我解釋完我的推理之後說。我很想告訴她我當時十三歲，而且玩的是《克蘇魯的呼喚》；不過我從慘痛的經驗中學到，這樣的發言通常只會使事情變得更糟。

「你不必施放觀察技嗎？」在我沿著岔路裡布滿灰塵的磚牆慢慢走時，她問道。

「妳對遊戲的了解多到很可疑。」我說。

「好吧，」萊斯莉說，「我的老家布萊特靈西不完全是艾塞克斯海岸的娛樂大本營。」

我感覺到一些東西，停下來以手指沿磚塊的方向追蹤。手指碰到的表面是砂礫般的觸感，接著突然出現──窯爐滾燙的砂礫氣味，還有窸窸窣窣的喃喃低語，幾乎快要聽不見。就算是**感應殘遺**它也相當微弱，我懷疑自己在今年夏天之前根本感知不到，但經過練習後我已經有了進步。

「找到了。」我說。

我檢查位置。就在岔路的北邊，假房子面對的那條路底下──藏在陰影中，避開附近任何能俯瞰鐵路的建築。就在距離延長梯底部不到五公尺遠的地方。

我伸長警棍敲擊牆壁。它不是空心的，但聲音和其他地方顯然不太一樣。為了加強堅固度，岔路的牆面建成拱型的壁龕，對外界來說就像是被磚塊填滿的窗戶。隱藏一扇門最簡單的方式，我認為就是將它做成與壁龕相同的大小尺寸。在電影裡，你推動一塊假磚頭就可以把門打開。我挑了一塊方便碰到、在腰部高度位置的磚頭，推了它一把，只是想快點把剛才的蠢念頭拋開。

磚塊平滑地往內滑動，發出喀噠一聲，門砰地打開了。

「媽的。」萊斯莉說。「一扇祕密之門。」

門平衡得很好，一定是上了油並維護過，當我拉動它時很容易就打開了，雖然真的很重。門的背面是鋼製的，這解釋了為何那麼重，密集的陶瓷鑲板——我不知道這是如何做到的——嵌在門的正面作為偽裝。

「說『朋友』即可進入[1]。」庫瑪說。

我走進去看著四周。這是一條磚砌的通道，寬度足夠讓兩個人通過，拱形的天花板也有充足的高度，我得伸長手才能碰到。通道與岔路的兩個行進方向平行，右邊往貝斯沃特，左邊往諾丁丘。往左邊的路上我發現一根被壓扁的豆芽。

「他們往那裡去了。」我說。空氣很寧靜，感覺十分單調，像煮開不只一次的水。

「你跟著掉落的麵包屑走，」納丁格爾說，「我帶大衛從這裡往反方向快速搜索，看看這條隧道延伸到多遠。」

「你覺得會遠到貝克街嗎？」萊斯莉問。

「那就可以解釋詹姆斯．葛拉格如何能到得了那裡。」納丁格爾說。

巡邏員大衛看起來一臉懷疑，「這樣需要經過帕丁頓站，那是個有開放式月臺的大站。」他說。

「無論如何還是值得一看，」納丁格爾說，「或許隧道從帕丁頓站底下通過。」

「那我怎麼辦？」萊斯莉問。

「妳可以看守祕密之門，並充當通訊傳遞官。」納丁格爾說，「如果妳聽到尖叫聲的話，可以來救我們。」

「很好。」萊斯莉毫無熱情地說。

於是我和庫瑪沿著通道前進，萊斯莉瞪著我的背。當我們前進時我不禁在想，我們的隊伍還缺少了一名惡棍和一名教士。

1 Speak friend and enter。《魔戒》經典臺詞。

星期五

18 諾丁丘門站

我的第一個念頭是，有多少人可以一天只靠五、六盒蔬菜維生？我的第二個念頭是，我們沿著一條直線道走了五百公尺左右，這條路要去商店區可是該死的遠。我第三個隨之而來的念頭是，假設這些人都是吃素的，他們要從哪裡獲得蛋白質呢？蘑菇、老鼠、偶爾迷路的通勤者？食人肉的挖掘工人——真是太感謝你了，納丁格爾督察長。

「你認為這通道是什麼時候建造的？」庫瑪問。

「和岔路同時間挖掘的。」我說。「看到那些磚塊鋪設的方式了嗎？那種風格被稱為英國式砌法。這與鐵道隧道壁的做法相符，用的也是同一種倫敦磚。可能是在當地製造的。」

「他們在亨頓教你這些事？」庫瑪問。

「我進亨頓之前受過的教育，」我說，「我原本想受訓成為一名建築師。」

「但是你被警察工作的魅力吸引，」庫瑪說，「更不用說可以領高薪，又受到同年齡人的尊敬。」

「是因為建築這條路行不通。」

「怎麼說？」

「我發現我不會畫畫。」我說。

「噢。」庫瑪說。「我不知道那仍是必要條件。現在不是什麼都用電腦了。」

「你還是需要繪圖技能才行。」我說。「前面是不是有個彎道？」

通道在前方往左彎。庫瑪查看地圖。

「我們一定是跟著鐵道的曲線前進。關於同時期建造的推論，我想你是對的。」他說。「這一定是承包商興建的。」

這很合理。如果你正在挖一條九公尺寬的通道穿過倫敦的心臟地帶，你可能會順便增建一條邊隧道。它可以有各種用途，一條安全通道或公共管道。不過在這種情況下，為什麼不做得更寬？或者如果只是想隱藏，為什麼不蓋成一列柱廊？

「我們應該查看原來的設計圖。」我說。

「我看過。」庫瑪說。「絕對沒有祕密的通道。」

當我們繞過彎道夠遠之後，開始看不見身後的通道，因此我們停下腳步。我拿著手電筒往後方但願是萊斯莉站著看守的地方閃了閃，用空波呼叫她。

「我還在這裡。」她說，我看見她朝我們揮舞手電筒的閃光。

我告訴她，我們很快就會失去聯繫。空波可以在地下鐵使用，但只有在中繼中心的範圍內才有效，而且隧道比數位無線電還要早一個半世紀出現。

萊斯莉告訴我們，納丁格爾在貝斯沃特站的另一邊冒出頭，表示詹姆斯．葛拉格利用這些通道抵達貝克街站的可能性越來越高。她建議我們尋找任何他曾經在我們這一區出沒的線索。

「謝謝。」我說。「我從來沒想到這一點哩。」

「注意安全。」她說，然後結束通話。

當庫瑪發現階梯時，我正想著我們最後是否會一路走到諾丁丘。這是一道旋轉樓梯，圍繞著一根細長的鑄鐵軸，絕對是維多利亞晚期的產物——有誰會花那麼多工夫在某個不會有人看見的東西上？根本無法判斷階梯往下延伸了多遠，雖然我聞到一股排泄物和漂白水的強烈臭味從下面飄上來。

「這就是下水道。」庫瑪說。「錯不了。」

在階梯入口之後，通道繼續往左邊彎去。

「下樓梯還是繼續往前走？」我問。

「我們可以分開走。」庫瑪說，聲音中的熱情比我希望的還多。

在頭燈的光線照射下，樓梯遠方的通道地板似乎比我們剛剛走過的部分看起來更淺。我蹲下來仔細瞧瞧。遠處肯定有比較多的灰塵，似乎較少受到打擾。我承認調查上並沒有什麼進展，但這是我們所掌握的全部線索了，我不想要分開走。

我向庫瑪解釋我的推理，他拗折一根螢光棒標記這個地方，並且在他的地圖上做了記號。

「往下走吧。」他說。

我們慢慢往下走，邊走邊數轉了幾次。轉過三次彎之後，在我們面前的是通往某道門的平臺——樓梯則繼續往下延伸。當我往門內一看，屎與漂白水的臭味濃烈到令我作嘔。這個空間比掃具櫃大不了多少，大部分的地板都被一個打開的升降口給占據了。我捏住鼻子、用嘴巴呼吸，然後往下窺探。我在下面認出一條巴澤爾傑特蓋的下水道，完整的蛋形橫切面以及堅固的英國式砌法紅磚內層為其特徵。最寬的地方超過一公尺，裡頭裝了四分之一滿、看起來像水但聞起來臭到不行的液體。

「告訴我，他們不是從這裡運送食物的。」我說。

「肯定違反英國食品標準局的規定。」庫瑪說，「我們不能下去那裡。我沒有取得進入下水道的資格。」

「我以為你都到偏僻又荒涼的地方探索以前沒有人去過的洞窟。」我說。

「那些洞窟沒有一個像倫敦的下水道系統一樣危險，」他說，「或是一樣臭。」

我檢查了升降口。它看起來是鑄鐵做的，和岔路的那扇門一樣同屬於維多利亞晚期，下方也有相同的陶瓷偽裝。

「這顯然是為了關上而設計的。」我來回擺動升降口幾次，證明它不是生鏽到關不上。「有人讓它打開著，可能是因為行動很匆忙，我認為我們應該要查個清楚。」

「我曾經聽過關於你的傳言。」庫瑪說。

「都是些胡說八道吧。」

「都說得太保守了。」庫瑪說，但我不會順他的意問那些傳言是什麼。

「我們下去快速看一眼，要是沒找到任何東西就回來。」

「我聞到玫瑰花的香味了。」庫瑪說。

我父親說，俄羅斯人有一句諺語：**一個人可以習慣被吊著，如果他吊得夠久的話**。不幸的是，吊著的感覺是真實的，但倫敦下水道的氣味卻是不真實的、真正難以用言語形容的。比如說，它是那種會跟著你回家的氣味，在你家門外徘徊不去，還會試著駭進你的語音信箱。庫瑪和我最後在我們的鼻孔裡塞了衛生紙，而且同意假如我們不得不再下來一次，就算採取更激烈的手段也情有可原——像是切掉鼻子。

因為這意見是我提的，我得走第一個。這個我們稱之為水的液體非常冰冷且深及膝蓋，就從我的長筒靴頂部像瀑布似地滿出來。後來我從一名管道清潔工身上學到——那些以維護下水道謀生的人——只有白痴進入下水道時，才會穿著及腰防水長靴以外的任何東西。我辯稱那天晚上還有很多白痴也在地底下。

天花板的高度剛好讓我可以挺直身體，雖然我的頭盔頂部會擦過磚塊。我往上游推進，水流強勁得出奇，庫瑪在我身後噗通一聲踩進水中。

「噢，天啊！」他說。

「是的，我知道。」我說。「水很冷。」

「那是因為這是融雪。」庫瑪說。「這就是我們穿潛水防寒衣的原因。」

我聽見前方傳來水的潑濺聲，我將頭燈指往那個方向。

「前面有人。」我說。

「把你的燈熄滅。」庫瑪說。於是我照做了，他也跟著熄燈。

周遭完全變黑。我開始意識到髒兮兮的水繞著我的膝蓋轉，從我們身後某處傳來時有時無的水聲，以及令人生厭的吸啜聲。

「我覺得他們聽見我們的行動了。」我輕聲說。

「或者這裡根本沒有人。」庫瑪也輕聲回話。

我們等待著，此時寒氣正滲入我們的雙腿。我沒有幽閉恐懼症。只是我的想像力無法讓我忘記頭上的東西到底有多重。當我注意到呼吸時，也開始想到好像吸不進足夠的氧氣。

前方傳來潑濺聲。距離很難判斷，但我認為不到十公尺。

我盡可能逆著水流快速往前跑，摸索著把頭燈打開。燈亮起來的時候，我看見前方有一抹綠色和棕色的影子。儘管燈光上下搖晃，我仍知道自己正盯著某個在我們前方試圖涉水前進的人的背部和肩膀看。他們身穿叢林迷彩裝，頭戴看起來像溜冰用的頭盔，和我的不一樣。他們不夠高，水淹到他們的大腿之上。

「停下來。」我大喊。「我們是警察。」我希望他們能停下來，因為我開始覺得疲倦了。

我們的逃犯想加速逃逸，但我的身高讓我占了上風。

「停下來。」我大喊。「否則我會做一些不愉快的事。」我想了一下我們身在何處，「甚至比我們正在做的事還不愉快。」

人影停下腳步，垂下肩膀，然後開始晃動大笑，我突然驚覺到那是誰。

雷諾茲探員轉身面對我們，她蒼白的臉上映出我們頭燈上下晃動的光暈。

「嗨，彼得。」她說，「你在這裡做什麼？」

19 蘭僕林站

「我們現在得走了，」雷諾茲探員說，「我就在他們後面。」有一些問題你必須問，即使是你不想問的時候。「在誰後面？」

「這裡有人，」她說，「不是我、也不是你們，更不是什麼水電工。」

「妳怎麼知道？」庫瑪問，「妳是誰？」

「因為他們不用手電筒就可以在底下移動。」她說，「我是聯邦調查局的特別探員金柏莉．雷諾茲。」

庫瑪伸出手，越過我的肩膀與雷諾茲的手握了握。

「我從來沒遇過聯邦調查局探員。」他說，「妳在追誰？」

「她不知道。」我說。

「如果我們現在不跟上去，就會失去他的蹤影。」雷諾茲說，「無論那是誰。」

所以我們繼續追，只因為——據說——他們快跑掉了。這就是警察辦案的方式，即便是特別探員也一樣。我明確表示，追捕行動結束後一定要有所解釋。

「像是妳追到這裡來的原因。」我說。

「待會再說。」雷諾茲咬著牙，嘩啦嘩啦走在前面。

雖然是說「追」，但是當你浸在深及膝蓋的冰水中，前進速度實在有限，更別提該死的有多累人了。看到雷諾茲在我前面掙扎跋涉的樣子，我們說服她跟在我後面抓住我的腰帶，讓我可以半拖著她前進。我們上氣不接下氣，無法交談，來到幾百公尺甚至更遠的一個急彎時，我不得不叫暫停。

「他媽的。」我說。「我們追不上他們的。」

雷諾茲皺起臉，可是她累到無法反駁。

繞過急彎之後的下水道，建造的寬度變成先前的兩倍。在牆上一半高度的地方有幾個潮溼的磚砌孔洞，時不時往我們腳邊噴出液體。下方的一個孔洞甚至堆著一坨噁心的黃白色物體。

「請告訴我這不是我想的那種東西。」雷諾茲虛弱地說。

「妳覺得這是什麼？」我問。

「我認為是煮東西用的油脂。」雷諾茲說。

「就是那種東西。」我說。「妳身在倫敦知名的油脂洞穴裡——一個熱門觀光景點。聞起來有點像烤肉店，對吧？」

「既然我們跟丟了聯邦調查局的頭號目標，」庫瑪說，「要繼續往前還是打道回府？」

「妳確定妳看到了某個人嗎？」我問雷諾茲。

「我很確定。」她說。

「至少讓我們看看這裡通往何處。」我說。「我之後不想再回到這裡了。」

「但願如此。」雷諾茲說。

我們往前推進，真的是往前推，沿著逐漸變窄的下水道，直到我得彎著腰行走。我開始懷疑水位正在上升——隨著管道的尺寸變化，這實在很難判斷。老實說，我覺得我們那用錯地方的男子氣概正在慢慢流逝，等我們到達某個下水道匯流處時，已經準備好各種藉口了。一條岔路是直直往前，第二條則往右轉彎，兩條都同樣狹窄局促，充滿了屎尿。

就像給彼得．葛蘭特的最後誘惑，左邊牆上有條不到一公尺寬的溝槽，包括一道往上的樓梯。

「雖然我喜歡站在及膝的屎堆裡，」庫瑪說，「但繼續在這裡待下去不是個很好的想法。」

「為什麼？」我問。

「因為水位正在上升。」他說。「事實上，身為這裡最資深的警官，我想我會堅持撤退。」他盯著我們，顯然認為我們其中一個人會反對。

「你以『水位正在上升』這點說服我們了。」我說。

我們擠進狹窄的樓梯，爬到一塊平臺上，我發現那裡有一道比它靠著的維多利亞時期磚牆還現代很多的樓梯，上方兩公尺處應該是人孔蓋的底部。

「快聽。」雷諾茲說。「你們聽到了嗎？」

人孔蓋傳來打鼓般的敲擊聲。我想是下雨，滂沱大雨。還有湍急的水流聲，雖然微弱但聽得很清楚，從平臺的另一個角落傳來。我轉過頭，頭燈照亮了地板上一個陰暗的長方形開口——一座垂直工作井的頂部。

庫瑪抓住梯子，「希望它沒被焊死。」他說。

我走到地板上的開口往下看。

在那裡，不到一公尺深的地方，有個年輕男子正盯著我。他掛在往下延伸進黑暗井中的梯子上。他必須暫停動作，希望我們不會低頭往下看。在頭燈的光線下，我只是匆匆瞥見一張罩在黑色連帽衫下、有著大眼睛的蒼白臉孔，然後他放開梯子往下墜落。

不，不是往下墜落，而是沿著工作井往下滑，手和腳卡住兩旁的井壁以減緩下降的速度。他逃離時我聽見一種噪音，像是房間內充滿了低聲交談的耳語，並感覺到一股想像中的熱力爆炸開來，彷彿我走進了炙熱的陽光之下。

「喂。」我大喊，爬下階梯。我必須這麼做。我感覺到的是**感應殘跡**，還有那傢伙所做的事，用手減緩下墜速度卻沒被摩擦力燒傷，一定是用了魔法。

我聽見庫瑪叫我的名字。

「他在下面。」我大叫，試著一次跳過好幾階，接著在最後一公尺往下一躍。落地的力道讓累積在我靴子裡的水潑進了我的鼠蹊——幸好水是暖的。

這裡是另一條低矮的狹窄走廊。我看見遠處那端有人影移動，於是跟了上去。空氣中充滿湍急的水流聲。按一般人也懂得的常識，我緊急煞車，防止那傢伙拿著武器躲在轉角攻擊我。走廊擴大成圓弧頂的隧道。在右邊，水沿著堰堤溢流而下；在左邊，我看見我追的那傢伙在低矮的天花板下彎著身子，水淹到他的臀部——正盡可能快速地涉水離去。

我跳進水中，跟在他身後，水流掃過我的腳，讓我往後一摔。某種只能稱之為高度稀釋的糞便的東西淹過我的臉，我迅速將自己往上撐，頭撞到天花板。要不是戴著頭盔，我可能會害死我自己。

我掙扎向前，隱約注意到身後有潑濺聲，我希望是庫瑪或雷諾茲。前方，黑色連帽衫男子正朝另一個岔路口前進。他回頭瞥了一眼，一看見我便突然轉身舉起他的右手。一道光閃過，一股痛苦而尖銳的反擊力，某種東西劃過我的耳朵。

菜鳥與經驗豐富的士兵最大的不同是，直到你實際上被人開槍射擊了一、兩次，你的大腦仍無法了解到底發生了什麼事。你會遲疑，通常就只有那一刻，不過那一刻就是最關鍵的。我是和鼻涕一樣綠的菜鳥，幸好特別探員雷諾茲不是。

一隻手抓住我的工作服後面，猛地將我拉倒。同時，一道明亮的閃光從我右邊穿過，伴隨響亮的爆炸聲，就像在耳邊被厚重的電話簿摑了一巴掌。

我往後倒——同時吶喊著。接著又出現三道閃光、三聲巨響，幸好這次聲音被水掩蓋了。我嘩啦嘩啦掙扎著坐起身，然後僵住。

雷諾茲單膝跪在我身邊，雙肩挺直，雙手以專業的姿勢抓著一把黑色半自動手槍，瞄準前方的下水道。庫瑪蹲在我的身後，他的手努力壓著我的肩膀，以免我跳起來成為目標。

「妳他媽的在幹什麼？」我問雷諾茲。

「回擊。」她冷靜地說。

她的手槍槍管下方有那種小小黑色的燈，我順著光束看向前方約八公尺或更遠的岔路口。我記得第一道閃光和巨響。

「妳打到誰了嗎？」我問。

「沒辦法判斷。」她說。

「要是妳射中某個人的話，妳知道會惹上多大的麻煩嗎？」我問。

「不用感謝我。」她說。

「我們不能在這裡逗留。」庫瑪說，「往前還是往後？」

「要是特別探員在這裡打中某人，我們不能把傷者留在這裡流血身亡。」我說，「所以，往前走。」庫瑪和雷諾茲顯然不同意我的說法，「最遠只到岔路口。」

「我可以回擊嗎？」雷諾茲問。

「除非妳先發出警告。」我說。

「她要說什麼？」庫瑪問。「站住，完全未經授權就攜帶武器的外國市民，放下你的武器，雙手舉到空中？」

「只要大叫『ＦＢＩ，別動』就好。」我說，「幸運的話可以混淆他們。」

沒有人移動腳步。

「我先走。」我說。

我不是徹底瘋了。一方面，我認為我們神祕的連帽衫男還留在此地的唯一原因是或許他中彈了。另一方面，我深吸一口氣，在心裡默唸**氣盾咒**——只是為了安全起見。

不過還是要非常小心謹慎地前進——而且我走在最前面，我得補充說明這點。

我們攀附前進的小下水道與另一條較大的下水道呈斜角交會。從那黃褐色的磚體結構以及相較清新的氣味判斷，我猜這是後來才加蓋的，可能是防範淹水的疏洪道，從流過其中的水量來看，它很稱職地做著該做的事。

「安全無虞。」雷諾茲說，做了第二次三百六十度全面檢查，以防萬一。

上游的疏洪道十分筆直，一望無際；下游則是陡峭的階梯式堰堤，陡降高度超過三公尺。

「我想他朝那裡去了。」雷諾茲指著堰堤底部的滾滾白瀑說。

「不是妳沒打中他，」我說，「就是他受傷逃跑了。」

「那裡有一道通行梯。」庫瑪抱著希望說。梯子安裝在比堰堤更短的凹槽中。

「我們今晚找不到他的。」我說。「可以打道回府了。」我看著雷諾茲，「妳跟我們一起走，好聊聊為什麼妳會出現在這裡。」

「我要回旅館。」雷諾茲說。

「我們和基特里奇，二選一。」我說。

「對我來說都一樣。」她說。

「小朋友們，」庫瑪說，「我們要走了。」他將腳放在梯子上作為強調。

「你能答應給我熱毛巾嗎？」雷諾茲說。

「請盡量使用。」我說。

「好吧。」她說，然後她看著我的肩膀後方。在她張嘴大喊之前，我已經從她臉上看見她的反應和成形的想法——**在你後面！**

我用最快的速度在水中轉身，心裡搜尋著**形式**，即時豎起氣盾。

斯登衝鋒槍是英國設計的代表作之一，就像汽車品牌 Mini 或地鐵路線圖一樣，都代表了一個時代。它是一種配置十分獨特的衝鋒槍，從側邊安裝彈匣和管狀槍托。二次世界大戰初期，秉持著廉價與輕巧的理念所設計——所謂輕巧，就是朝敵人的大略位置射出一堆小口徑的手槍子彈。當我和納丁格爾在軍械庫裡發現兩把生鏽的樣品時，正如他對我解釋的，從一介步兵的角度來說，真的沒有什麼個人火力過於強大的說法。

那傢伙不知道是從小下水道的什麼地方冒了出來，以和雷諾茲相同的跪姿開火。我的目光全都集中在那把槍上，只對同樣蒼白的臉孔、大眼睛和帶著驚恐與決心的樣子有印象。

那把斯登衝鋒槍一個彈匣有三十二發子彈，早期的型號只能選全自動射擊。功能粗糙，準度不是太理想——可能因此讓我保住一命。

閃光和聲響讓我眼瞎耳聾，接著一記重搥撞擊我的胸膛，一次、兩次、第三次。我跌跌撞撞地往後退，試著專注在咒語上，但心中有一部分正大叫著我已經死了。

之後燈光熄滅，我往後跌下堰堤。

我連翻帶滾，手肘、屁股和大腿都撞到堰堤的臺階，臉部朝下擦過下水道底部粗糙的磚塊。我撐起身體，頭抬出水面喘氣。我試著逆流站起，才剛起身不久，就有個跟人差不多大的東西撞上我，一起摔入水中。

一隻手臂從腋下抓住我，以救生員經典的救人姿勢將我抬高——我聽見耳邊傳來惱怒的悶哼聲。

「雷諾茲？」我喘著氣。

「安靜。」她嘶聲低語。

她說的沒錯。斯登衝鋒槍先生可能還站在堰堤頂，也有可能跳了下來——這並不表示我聽到了他的動靜。雷諾茲讓我們兩個一同隨著水流漂浮——最好能藉此拉開我們和槍手之間的距離。

「我不認為他正跟著我們。」庫瑪在我耳邊說。

「耶穌基督啊。」我設法壓抑聲音，只發出憤慨的嘶聲。

「死而復生的人可不是我。」他說。

「可以不要褻瀆神明嗎。」雷諾茲說。

我記起胸前的重擊。

「背心擋住子彈了。」我說。

庫瑪驚訝地哼了一聲——警察廳的背心應該要防刺傷**以及**子彈，但我不覺得我認識的警官中有任何人相信這件事。

「我認為我們應該安全到可以打開你的手電筒了，巡佐。」雷諾茲說。

「我很樂意。」庫瑪說。「可是它壞了。」

「你的也壞了？」雷諾茲問。「這有可能嗎？你的呢，彼得？」

我不需要檢查也知道。我問庫瑪是否還有螢光棒。

「只剩一根。」他說，拗折螢光棒，小心地用他的身體擋住黃色亮光。

「妳可以放開我了。」我告訴雷諾茲，「我能自己用兩隻腳站好。」

雷諾茲讓我站起來，我的腳抵住地面，身體得往前傾斜四十五度才不會被水流沖走。水位已經到達我的腰部。根據庫瑪的說法，這些水可能是融雪加上北倫敦集水區不尋常的豪雨匯集而成。

「我們還有多少時間？」我問。

「洞穴系統可以非常快就填滿，這個系統是特意設計成盡可能快速地裝滿水。」庫瑪說。

「我不覺得我們待在這裡是個好主意。」我說。

「你認為呢？」雷諾茲說。

雖然有個開槍的瘋子，我們仍決定離開，但可能無法逆流而上，即使我們想做也做不到。

「下流會有連接街道的出口。」庫瑪說。「我們應該先讓水流帶我們走，直到抵達出口之前。」

我看著雷諾茲，她聳聳肩。

「就這麼辦吧。」她說。

於是雷諾茲從我身後抓住我的肩膀，庫瑪則在她身後抓住了她的肩膀，數到三之後，我們都抬起了腳，讓水流將我們沖進下水道。

水位超出了中間點，比山上的溪流還要湍急。如果你想知道的話，我曾經在山間溪流划獨木舟順水而下——那是一趟校外教學，我在水底待了很長一段時間。身為最前面的那個人，我現在又做了同樣的事，只是水一點也不乾淨。在絕對的黑暗中，庫瑪的螢光棒除了讓黑暗更加鮮明、讓我們橫衝直撞幾近失控的感覺更加強烈之外，並沒有多大用處。

「噢，太好了！」我尖叫。「我們現在是雙人大雪橇隊！」

「這是小雪橇。」庫瑪喊，「而且我們本身就是雪橇。」

「你們兩個都瘋了。」雷諾茲大叫，「根本沒有三人座小雪橇這種東西。」

衝入水中時，我瞥見一片灰白色。我張嘴大叫「有光」之後，立刻後悔自己這樣做，因為稀釋的下水道汙水灌滿了我的嘴。

眼前是另一個岔路口。我看見其中一個出現樓梯的凹陷處，我往前撲——只是掃了過去，我的手指距離金屬只有幾公分遠。我的腳在水底下撞到了某樣東西，力道大得讓我翻了過去，史上第一支英美奧林匹克下水道雪橇隊就此解散。

我撞上另一個至少是垂直的、金屬製成的物體，然後有東西抓住我的腳踝。

「妳還抓著我嗎？」我喊道。

「對，」雷諾茲喘著氣，「而且庫瑪也抓著我。」

「很好。」我說，「我想，我找到了一道樓梯。」

20 荷蘭公園站

在伸手不見五指的黑暗中行動有個重點是，你做任何事都會小心翼翼，特別是第一次差點將頭撞上混凝土橫梁之後。所以當我到達階梯頂端時，我慢慢用手試探周遭——我已經穿過另一個通道口出來了，我心想。但往任何一個方向瞧都看不到光線。

我召喚出一團擬光，光線映照出一間方形混凝土房間，有著很高的天花板，遙遠的那頭隱約有一道門。

「我看得見光。」雷諾茲從下面說。

「等一下。」我說。

我將擬光以**擲離**固定在天花板上，希望雷諾茲會將它誤認為一盞燈，接著爬出通道口來到布滿砂礫的水泥地板，讓出空間給雷諾茲。

「終於。」雷諾茲說。

我伸手往下拉她一把。她顫抖著，雙手都凍僵了，爬出通道口躺在地板上喘氣。庫瑪跟在她後頭，踉蹌走了幾步，重重地坐下。

「有燈。」雷諾茲說，盯著天花板。「感謝老天。」

我們仍可聽見水流從我們下方滔滔而過。

我輕手輕腳地解開工作服，用手觸碰胸口。警用背心依然完好，不過尼龍表布上出現了三個洞，破破爛爛的，邊緣有些焦黑——就像用香菸燙出來的。有東西從我的胸口掉下來，匡地落在水泥地上。我撿起它——是一枚手槍口徑的子彈。

「真奇怪。」雷諾茲說，起身看了看。她伸出手來，我把子彈放進掌心好讓她可以更仔細地檢查。「九釐米。幾乎沒有變形。你確定子彈真的打中你嗎？」

當我觸碰背心下的瘀傷時，我瑟縮了一下。「相當確定。」我說。

「一定是先穿過了水才打到你。」她說。

我發現不告訴她子彈是因為我召喚出的魔法力場才慢下來的，會讓事情容易許多。

「我不知道燈出了什麼狀況。」庫瑪說。他把頭盔上的燈自支架上取下來，從背後旋開。

「或許這盞燈不像我們以為的那麼防水。」我說。

庫瑪低頭對著燈皺眉，但ＬＥＤ就像大多數的電子產品，無論它們故障與否，看起來都是一樣的。「以前從來沒有發生過。」他說，並對我露出狐疑的表情。

我移開視線，發現雷諾茲還在顫抖。

「妳感覺冷嗎？」我問。

「我快凍死了。」她說。「為什麼你們不會冷？」

我解釋說我們穿著潛水防寒衣。

「大使館的二手商店裡沒有這種東西。」她說，「我只能利用海軍陸戰隊的舊東西。」

我原本想問是什麼事讓她跑進下水道，可是她的臉變得非常蒼白。我對倫敦警察廳的媒體政策準則沒什麼概念，但我懷疑從公關的角度來看，一個死掉的聯邦調查局探員會比一個活生生的更令人尷尬。

「我們需要找個地方讓妳擦乾。」我說。「妳的後援在哪裡？」

「我的什麼？」她問。

「妳是美國人。」我說。「你們總是會準備後援。」

「現在是非常時期。」她說。「而且資源有限。」她說這句話的時候避開了目光。

啊，我心想。她是在演**那部**電影——主事者阻止英雄主角涉入調查，她卻不顧一切投身追查真相。

「大使館知道妳在這裡嗎？」我問。

「別擔心我。」她說。「**你的**後援在哪裡？」

「別管後援了。」庫瑪說。「我們在哪裡？」

「我們還在下水道。」我說。「我們只管找到出路就好。」

「我們有什麼選項？」雷諾茲問。

「嗯，我們有一號洞口，」庫瑪說，「廣受歡迎的疏洪下水道；或者，我們有黑暗又神祕的一道門。」他掙扎著站起來，朝陰影走去。

「我投那道門一票。」雷諾茲說。「除非它同樣會走回下水道。」

「我很懷疑。」庫瑪說，「我不是像彼得一樣的建築天才，但我相當確定這裡是地下鐵的一部分。」

我環顧四周。庫瑪是對的。這個房間採用的水泥與混凝土工法，讓我聯想到地下鐵在二十世紀中期建造的部分。維多利亞晚期使用磚頭，現代的地鐵站則是在混凝土表面刷上油漆，還有耐用的塑料外牆。

庫瑪穿過出入口。「這是往下的樓梯。」他說，「要是沒有燈光引導的話會是個難題。」

「我有緊急照明用具。」我邊說邊站起來，用腳推了推雷諾茲，「動起來吧，大兵。」

「好笑。」雷諾茲說，她勉強爬起身。

我走進那道門時，庫瑪站在一旁，我持續背對雷諾茲，製造出另一團擬光。光線照出了一道有著木製扶手和金屬中心桿的螺旋梯。

這裡絕對是倫敦地下鐵，我心想。

「你們看。」庫瑪說，「這以前是通往上面的，但被封住了。」

事實上，是用煤渣塊粗糙地砌起來而已。

「我們可以破壞它穿過去嗎？」我問。

「即便我們有工具，」庫瑪說，「也不知道工作井頂端是否仍然暢通。他們經常在老車站原址重建時把工作井封起來。

「那麼，往下走吧。」我說。

「你是怎麼弄的？」雷諾茲突然從我身後問道。

「弄什麼？」我說，開始走下臺階，加快腳步。

「那個光。」雷諾茲說。「你是怎麼弄出那個光的？」

「對啊。」庫瑪說。「你是怎麼弄的？」

「只是一個電漿球。」我說。「玩具而已。」

她轉身走回房間，我意識到她是去檢查天花板上的擬光，看看它是否長得跟我手上的一樣。我自問，為什麼就不能碰上一個愚蠢的聯邦調查局探員呢？或者，如果不愚蠢，那麼至少是個沉著守法的探員——這樣她就不可能出現在這裡了。

我繼續下樓，希望能不必做任何解釋。

「我不太確定自己喜不喜歡我們得往下走這件事。」庫瑪說。

「至少我們離開下水道了。」我說。

「你聞到自己身上的味道了嗎？」庫瑪說，「不管去哪裡，我們都帶著下水道的臭味。」

「往好處想，」我說，「誰會抱怨這點？」

「真有用的玩具。」雷諾茲說。「它有電池嗎？」

「謝謝妳提醒了我，」我撒了謊，「妳為什麼會進下水道？」

「如果我記得沒錯，」庫瑪看著她說，「妳欠我們一個解釋。」

「在我飛來倫敦之前，詹姆斯的母親給我看了他的電子郵件，」她說，「他談到參與了倫敦的地下藝術現場——『確確實實在地下』，他是這樣說的。」

「就因為這樣？」我問。「為了這個妳就爬進下水道？」

「別說笑了。」她說，「你們的人對他的靴子進行了鑑識工作。結果顯示他曾經在下水道行走過。」

「下水道是個很大的系統。」庫瑪說。

「的確。」雷諾茲說，顯然很享受目前的狀況。「但我對受害者家附近的人孔蓋進行了調查。你們知道嗎，其中一個比其他的鬆很多，邊緣有新的刮痕——我懷疑有人用鐵橇撬開過。」

「妳是想推翻查克的不在場證明，對吧？」我說。「看他是否利用下水道避開了監視器。」

「除了這件事還有別的。」雷諾茲說。「你認為這下面有多深？」

「要是以地鐵中央線來說，」庫瑪說，「可以到三十公尺深。」

「也就是一百呎。」我說。

「這可能會讓你感到很驚訝，葛蘭特警員，但我十分熟悉公制單位。」雷諾茲說。

「你們聽到了嗎？」庫瑪問。

我們停下腳步傾聽。我辨認出一個幾不可聞、有節奏感的敲擊聲，比較像是混凝土的震動而非聲響。

「鼓。」我說，然後忍不住補充，「來自深處的鼓聲[1]。」

「來自深處的鼓聲和貝斯聲。」庫瑪說。

「有人在開派對。」我說。

「既然是這樣，」雷諾茲說，「很高興我為此做了打扮。」

任何不得不在漢普斯特站或其他較深樓層地鐵站下過樓梯的人，應該都對樓梯底層很熟悉。在底部有扇漆成灰色的鋼鐵防爆門，當我和庫瑪用肩膀一推，門吱嘎打開後，大家都鬆了一口氣。

我們踏進起初以為是空曠地鐵通道的地方，一段時間後我才意識到這裡大得多了——直徑多出兩倍，幾乎和標準的隧道月臺一樣大。牆上的混凝土並沒有像平常一樣鋪上瓷磚，不過平整的水泥地面很閃亮。

「我知道我們在哪裡了。」庫瑪說。「這裡是荷蘭公園的深層防空洞。」

「你怎麼知道？」我問。

「因為這是個深層的避難所，最近的一個就是荷蘭公園。」他說。

二次世界大戰初期，當局禁止人民使用地下鐵做為防空洞，認為倫敦市民應該依靠草率建造的社區避難所，或知名的安德森庇護所，基本上那只是用瓦楞鐵板、上面鋪些泥土搭成的兔子窩。但倫敦人終究是倫敦人，禁止使用地下鐵只持續到第一次空襲警報

1 Drums in the deep，《魔戒》經典臺詞。

前，雖然首都居民沒受過什麼教育，卻一點也不愚蠢，他們快速計算了一下十公尺厚的土加上混凝土以及幾公分的堆肥彼此的阻力差距，便大量移動到地下去了。當局大為震驚，他們試圖勸導、說服，甚至直接使用武力，但倫敦市民毫不放棄。事實上，他們還開始在裡頭規畫寢具設備與流動小吃攤。

因此，在官方的反對聲浪中，空襲精神誕生了。

兩千人白白喪生之後，政府允許建造新的特建深層避難所，根據庫瑪的說法，使用了與地下鐵系統相同的技術與設備。

我知道貝爾塞斯公園和圖騰漢庭路的避難所——很難忽略那些宛如巨大強化混凝土碉堡的通風井——但我從沒聽過荷蘭公園也有一個。

「這下面曾經有個極機密的政府部門。」庫瑪說。「只是我聽說他們搬到蘇格蘭去了。」

隧道的另一端遠遠落在陰影中。我很想增強擬光，但我越來越擔心自己已經使用過多的魔法量。如果我想防止瓦立醫生所謂的超魔法衰退——我和萊斯莉稱之為花椰菜大腦症——就應該遵循經過納丁格爾背書的準則，避免連續使用魔法超過一小時。

「他們非常徹底地清空了這個地方。」我說，這裡完全空空如也。我甚至可以看見照明設備是從混凝土牆的哪裡被撬開的。貝斯的轟隆聲大了點，卻很難分辨是從哪裡傳來的。

「這裡是路口。」庫瑪說。

你可以看到另一條相似通道的圓形輪廓，在此形成一個十字路口，然後被混凝土和水泥製成的牆隔開。每邊各有四扇門，兩扇與地面等高，另外兩扇只有牆的一半、開在一樓的高度，那層地板不是被拆掉了就是從未裝上過。

門是正常尺寸，不過是鋼製的，在我們這側沒有明顯的把手。

「左邊還是右邊？」雷諾茲問。

我將耳朵貼在最靠近那扇門的冰冷金屬上——貝斯的轟隆聲大到足以讓我辨認出是哪首歌。

「〈史達林格勒坦克陷阱〉。」我說。「Various Artiz 樂團的作品。」

跳舞時我喜歡來點鼓聲和貝斯。Various Artiz 以擅長粗製濫造的口水歌聞名——他們是你沒打開廣播二臺的播放列表，所能在俱樂部現場聽到的最主流音樂了。

「別看我。」庫瑪對雷諾茲說，「我年輕時這裡都還是叢林。」

「聽起來他們講的是英文。」雷諾茲喃喃道，「但是——」

我敲敲門，搞得自己指關節發疼。

「很好，最好這樣聽得到。」雷諾茲說。她正跳上跳下地維持體溫。

我拿下我的頭盔，砰砰地用力敲門。

「我們必須讓妳脫掉衣服。」庫瑪說。

「你在開玩笑吧。」雷諾茲說。

「至少得把妳的衣服擰乾。」庫瑪說。

當雷諾茲表達在公眾場所脫衣服的不安時，我又敲了幾次門。如果有必要的話，我可以燒穿某些東西，像是腳踏車的鐵鍊或者掛鎖。根據納丁格爾的戰爭故事，他可以在十公分厚的強化鋼板上打穿一個小洞。不過他還沒教我該怎麼做。我檢查了門上的鉸鏈，想知道這裡是不是可以下手的弱點。

我決定快速行動，希望雷諾茲心煩意亂而沒有注意到。我很快地在腦中做出幾個**形式**，並試了兩次將它們排列好——**現光加炙擲離**。我對**加炙**的掌握度還不純熟，只好以**現光**強化——我真的很想離開地底。

「你在祈禱嗎？」雷諾茲問。

我意識到自己在以為無聲的情況下一直低喃著**形式**，納丁格爾將它列為我的第六項壞習慣。

「我想他是準備施展魔咒。」庫瑪說。

我提醒自己待會兒要找庫瑪談談，在雷諾茲探員問他「魔咒」究竟代表什麼意思的時候，我咬緊了牙根。

好吧，她即將看到實際示範。

我深吸一口氣，默默準備好形式。

然後門打開了，一個白人男孩探出頭，問我們是不是泰晤士自來水公司派來的人。

感謝上帝，我想。

這位上帝派來的使者沒穿上衣。一件螢光橘長袖運動衫綁在他的腰間，將鬆垮的電光藍短褲遮住了一半，一個哨子掛在他脖子上的一條繩子上，汗溼的黃棕色頭髮黏在前額。雖然有一些肌肉，但他仍然有點嬰兒肥，我想他還是個青少年。我自然而然檢查了他手中的瓶子，不是酒精只是水而已。一股溫暖潮溼的空氣從他身後飄來，伴隨著Various Artiz樂團轟隆隆的重低音節拍，想尋求證明你真的可以跳舞，直到腦子從耳朵裡流出來為止。

我考慮亮出我的警察證件，可我不想冒險讓他在我們面前把門關上。

「我們是來這裡修水管的。」我說。

「好吧。」他說。我們一個個走進去。

這是另一條雙倍寬的隧道，不過已經被改建成俱樂部，舞池上方有專業等級的高架照明設備和延伸一整面牆的吧檯。我們距離音響系統夠遠，還能正常交談，這也是為什麼我們赤裸上身的朋友聽得到敲門聲。

我們強行穿越似乎被沙發、椅子及熱吻中的情侶占滿的昏暗地區，朝舞池前進，舞池中有許多常客正在搖擺，大部分是白人，跳舞大都還能跟上節拍。很多人穿毛茸茸的保暖腳套、萊卡短褲和吊帶小背心，在紫外光下發出螢光。不過對於那些刷白熱褲和光溜溜的肚臍，我從人群中感覺到一種明確的高中迪斯可氣氛。可能因為他們沒有一個年齡大到可以投票。

「有人的父母出門度週末了。」雷諾茲說。「我覺得自己打扮得太正式了。」

當常客們發現我們不是什麼歌舞表演的演員後，人群迅速往兩旁分開。

「也許你可以在這裡找到替換的衣物。」庫瑪說。

「我不認為他們會有符合我的尺寸。」雷諾茲一本正經地說。

就算是最狂熱的常客，看到沾滿汗水的我們三個，肯定都會馬上失去熱舞的興致。

沒多久，人群一陣騷動，有兩個年輕女子穿過舞者朝我們走來。她們不是同卵雙胞胎，但她們絕對是姊妹。身材高而苗條，深色皮膚，窄臉塌鼻以及眼角泛紅的狡猾黑眼。我可以分辨她們兩人誰是誰。奧林比亞更高一些，肩膀更寬，頭髮做了編髮，奢侈地一層層披散在肩膀上。切爾西則有個長脖子，比她姊姊更窄的嘴，最顯眼的是我判斷大概要花三十六個人的工時來編織才能完成的嫁接假髮。她們穿著相同的螢光粉紅針織迷你洋裝，我知道她們的母親不會同意這種裝扮的——我緊盯她們的臉。

「你最好有個很充分的理由。」奧林比亞說，雙手抱胸。

「雷諾茲探員、庫瑪巡佐，請容我介紹康特斯溪與西邦爾河的女神。」我說，甚至還鞠了個躬。女孩們對我射出惡毒的眼神，但我認為她們欠我一次，因為那次她們讓我在泰晤士河裡載浮載沉。

「你知道我們是奧林比亞和切爾西。」切爾西說。

「雖然，」奧林比亞對庫瑪和雷諾茲說，「我們是女神，也期望被當成女神看待。」

「如果妳們想的話，我可以逮捕妳們。」我說，「我的意思是，這裡有誰的年齡大到可以買酒嗎？」

奧林比亞噘了噘唇，「好吧，琳西的男朋友史蒂夫十八歲。」她說，「這樣可以嗎？」老實說，我已經累到無法開玩笑了。我確認她們是否曾看過奇怪的白人傢伙在隧道周遭徘徊，但姊妹倆說她們沒看過。接著我問她們是否有地方可以讓我們換洗，以及提供一具可以撥通的室內電話。

切爾西笑了笑，「室內電話。」她說。「我們這裡有無線網路。」

她們有間非常棒的更衣室和狀態良好的淋浴設備，根據黃銅水龍頭和不鏽鋼的配件判斷，大概是六〇年代裝上去的。我猜這一定是庫瑪所說的祕密政府組織的遺留物。女孩們甚至設法挖出一件長袖運動衫和運動短褲給雷諾茲，她瞪著我和庫瑪看，直到我們想起應有的禮儀然後離開房間。我們發現自己在裝滿瓶裝水和巧克力棒餐盒的儲藏室裡等待——巧克力棒的大小還挺逗趣的。

我們用水洗過臉，爭執了一下火星巧克力棒與星河巧克力棒哪個好，在試過味道之後又喝了更多水。在我判斷庫瑪的血糖值已經恢復正常後，我問了他一個困難的問題。

「你被分派到這個案件，純粹只是巧合嗎？」

「什麼意思？」庫瑪問。

「我變出了一些燈光，還把你介紹給兩位河流女神——」

「青少年的河流女神。」庫瑪說。「還有，她們兩個的舉止一點也不虔誠。」

「那麼燈光呢？」我問。

「那是魔法嗎？」他問。

我遲疑了一下，「對。」我說。

「真的是魔法？」

「對。」

「操！」

「你現在才有反應？」

「嗯，我不想讓自己在美國人面前出糗。」庫瑪說。

「所以，你不是隸屬於鐵路警察版的浮麗樓？」我問。

庫瑪笑著說，英國鐵路警察的預算還有很多其他地方可以花。

「不過，這下面還是有一定數量的怪事發生，他們也習慣要我多留意。」庫瑪說。

「為什麼？」

「成長階段看了太多《X檔案》影集。」他說。「而且我也算是個城市探險家。」

「那麼，這不是你第一次到下水道來。」我說。城市探險家喜歡爬進城市祕密荒廢的角落與隱匿之處。只不過這樣的行為大多涉及非法入侵，卻也增添了吸引力。

「這是我第一次在這種地方衝浪冒險。」他說。「我來自一個工程師的家庭，因此我喜歡研究並觀察事物運作的方式。我一直自告奮勇接下怪怪的任務，到後來就變成半正式的工作了。」

於是，另一個協議產生了。

「如果你哪天遇見了泰小姐，」我說，「別跟她說這些，她會為此抓狂。」

「說到《X檔案》，」庫瑪說，往後指了指更衣室，「你認為雷諾茲探員——？」

我聳聳肩。「我該知道什麼？」我說。我正在考慮拿這句話當作我的家庭格言。

「也許我們應該問她。」庫瑪說。

「然後破壞神祕感嗎？」我說。

庫瑪想知道魔法是怎麼運作的，我告訴他我應該保守祕密。「光是說出口就已經惹上夠多麻煩了。」我說。

儘管如此，他還是問了魔法是否以元素區分——火、水、空氣和土。我說我並不這麼認為。

「所以，沒有到處踢石頭的運土術師[2]。」他說。

「沒有。」我說。「或是運火術師、運水術師、太空超人、地球超人。」或任何其他兒童卡通裡的角色。「至少我希望沒有。你在隧道裡遇過什麼樣的怪事？」

「有很多撞鬼的報告。」庫瑪說，開始在餐盒裡翻找。「沒有我們從地面軌道收到的那麼多。」

我想起艾比蓋爾的塗鴉幽靈。

「還有其他像那個帶槍械的傢伙嗎？」我問。

2 卡通《降世神通》（Avatar）裡的角色。

「一直有傳言說有人住在地下鐵裡。」他說。

「你覺得有可能嗎？」我問。

庫瑪發出了滿足的呼嚕聲，從裝著起司與洋蔥口味的洋芋片歡樂包盒子後方出現。

「我不這麼認為。」他說。「下水道是有毒的，這裡不僅有感染或罹病的風險——」

「或是溺水。」我說。

「或是溺水。」庫瑪說。「而且聚集了各種氣體，大部分是甲烷，還有其他東西。不是非常適合人類居住。」

我想起那張有著大眼睛的蒼白臉孔。或許太過蒼白了？

「如果他們不完全是人類呢？」我說。

庫瑪對我露出感到噁心的表情。「我以為自己已經習慣調查怪事了，」他說，「我其實什麼都不知道，對吧？」

「不知道什麼？」雷諾茲站在門口問。「對了，你們可以使用淋浴間了。」

我們先沖水之後才把衣服脫掉，要是你全身沾滿髒水你就該這麼做。我的胸口有一排驚人的瘀傷，我知道在接下來二十四小時會漸漸好轉和變成紫色。庫瑪向我示範如何把連身工作服扭乾，接著我們把所有仍然潮溼的裝備穿了回去——包括警用背心。特別是警用背心。

我和庫瑪一致同意，在我與這對姊妹們談話的時候，他會聯繫他的上司、我的上司、我其他的上司——也就是席沃——最後，還有萊斯莉。這就是為什麼沒有人喜歡聯合行動。

聞起來不那麼糟之後，我們走進儲藏室，才發現雷諾茲已經離開去四處探查了。我們發現她回到俱樂部與奧林比亞和切爾西說話。在我們走過去時，她將一支笨重的黑色手機交還給奧林比亞，是那種也許需要長時間待在水底的人偏好的手機。雷諾茲顯然趁我們在沖澡時與地面世界聯絡過了。是大使館的人還是參議員？她說沒有任何後援有可能是在撒謊嗎？

我查看手錶，發現時間是早上六點半。難怪我感覺如此疲倦。俱樂部裡看起來也漸趨平靜，三三兩兩的青少年聚集在隧道盡頭的椅子和沙發上，那些仍在跳舞的人有種決心將夜晚最後一絲興奮也擰乾的瘋狂特質。我注意到ＤＪ在播放音樂時已經停止說話，任何ＤＪ只要厭倦了自己的聲音，那就是真的累了。

我對上奧林比亞的眼神，點點頭請姊妹倆過來。她們甚至沒有假裝不情願的意思。看來我們的ＦＢＩ探員已經引起她們的興趣，想知道有什麼八卦。

「妳們的河流……」我說。

切爾西對我露出凶狠的表情。「我們的河流怎麼了？」她問。

「它們大多……流經地底。」我說。「對吧？」

「我們不能全都流到郊區玩樂。」切爾西說，「我們之中的某些人必須為了生存而工作。」

「雖然泰有她的計畫。」奧林比亞說。

「泰總是有計畫。」切爾西說。

「如果有人住在下水道，妳們會知道嗎？」我問。

「不能離我們的河道太遠。」奧林比亞說，「花太多時間在骯髒的地方上不是我們會做的事。」

切爾西點點頭。「妳會知道嗎？」

奧林比亞曖昧地揮了揮手，「有時候會有種癢癢的感覺，像是有個想法在妳腦袋裡，但妳又不確定那是不是自己的想法。」她說。

「我覺得那比較像是妳的腳在抽搐的時候。」切爾西說。

「妳的腳會抽搐？」奧林比亞問。「什麼時候開始的？」

「我不是說它無時無刻都在抽搐。」切爾西說。「我說的是那種不由自主地動作的感覺。」

「妳在下面這裡見過一個叫詹姆斯・葛拉格的人嗎？」我問。「美國籍，白人，二十歲出頭，藝術系學生。」

奧林比亞朝雷諾茲點點頭，「這就是她出現在這裡的原因嗎？」

「這個人很重要嗎？」切爾西問。

「謀殺案受害者。」我說。

「不是他們在貝克街站發現到的那個？」奧林比亞問。

我告訴她們是同一個人，這時我瞥了一眼，看見查克・帕莫正在管理吧檯。

「他為妳們工作多久了？」我問姊妹倆。

「誰？」奧林比亞問，看向查克。「噢，哥布林男孩嗎？」

「噢，他是哥布林嗎？」我問。「他說他是半妖精。」

「是一樣的。」切爾西說。「類似。」

「我分不清楚他們的差別。」奧林比亞說。

「對我們來說都一樣。」切爾西說。

「但他的確是在為妳們工作吧？」我問。「全職嗎？」

「別傻了。」切爾西說。「他只是這附近一個奇怪的打工仔。」

「對啊。」奧林比亞說。「如果工作內容很奇怪的話，找哥布林男孩就對了。」

我看了看，發現查克正盯著我瞧。我很想去問他一些問題，但我真的覺得自己已經在地下待得夠久了。

「我現在懶得處理妳們兩個。」我說。「但別以為我不會通知妳們的母親。」

「噢，我們怕得要命。」奧林比亞說。

「放輕鬆，魔法男孩。」切爾西說。「一切都在我們嚴格的掌握之中。」

我對她們露出嚴厲的表情——這對她們來說，一點影響也沒有——便朝庫瑪和雷諾茲走去。

顯然我們有兩個選擇：爬上長長一道螺旋梯，或者走進剛開始營業的荷蘭公園地鐵站搭電梯——應該不用比就知道會選哪一個了。我們才要走向車站的通道時，查克攔住了我。

「你在這裡做什麼？」他問。

我叫庫瑪和雷諾茲先走，我會隨後跟上。

「因為我們聽說這裡的氣氛棒透了。」我說。

「是嗎？不，嘿，聽著。」查克說，「我認為你可以去找別條地道。」

「不。」我說。「我正在找可以換穿的衣物。」

「郵政總署的舊隧道剛好從這裡經過。」他說。

我第二次聽見口哨聲。由於砰砰砰的低音重擊響，查克其實得試著大喊才能蓋過音樂，我可以聽得見簡直令人吃驚。第三次口哨聲，這不是音響製造出的聲音，我望向舞池那一頭，看見庫瑪揮手想引起我的注意。當他成功後，他指著自己的眼睛，又指了指俱樂部遙遠的另一端。我轉回查克的方向，發現他臉上露出怪異又急躁的表情。

「我得走了。」我說。

「那隧道的事怎麼辦？」

「晚點再說。」我說。

我盡可能快速擠過人群，一靠近庫瑪就大喊：「他在這裡。」

不需要問是誰。「在哪裡？」我問。

「從地鐵站的出口出去了。」庫瑪說。

混進無辜的路人裡了，我心想。

「你看得到他還帶著那把斯登衝鋒槍嗎？」我問。

庫瑪沒看見槍。

我們穿過出口，進入荷蘭公園站——以步行的速度前進，感謝老天。雷諾茲一直跟著他，我們發現她蹲在一段樓梯的底部，試著找到不讓上面的任何人發現的角度。

「他剛剛走上去了。」她低聲對我們說。

我問她是否確定他就是那個人。

「蒼白的臉、大眼睛、怪異的聳肩姿勢。」她說。「絕對是他。」

真令我刮目相看。我甚至沒注意到他的姿勢。那兩姊妹說樓梯後方有一條短走廊，然後是一扇通往車站內的防火門。我們推測，要是在他身後奔跑，他一定會聽到我們的靴子聲。因此我們用走的，一邊閒聊，希望我們聽起來像個疲倦的夜店客。在爬了兩段樓梯的過程中，我知道金柏莉．雷諾茲特別探員來自奧克拉荷馬州的伊尼德，到斯蒂爾沃特讀大學，然後去了ＦＢＩ。

庫瑪巡佐則出身豪恩斯洛自治市，在薩塞克斯大學修工程學，後來卻進入警界。

「我是個很糟的工程師，」他說，「沒什麼耐心。」

我正準備說一個關於我父親的爵士樂趣聞時，我們非常清楚地聽到前方傳來門砰地關上的聲音——於是我們加快腳步。

這是一扇普通的防火門，沉重的彈簧加壓式門板設計，好讓奧林比亞和切爾西的朋友能夠離開卻又不會讓通勤的人潮回流。我們緩慢安靜地穿過，發現我們隱身在靠近車站電梯的一個凹陷處。我們的嫌疑犯並沒有在等待上樓電梯的乘客之中，據他們說，至少已經等了好幾分鐘，時間不足以讓他提早一步上樓。

「階梯還是月臺？」庫瑪問。

「他喜歡在地底逗留。」我說。「先搜尋月臺。」

我們抓到了機會，就在我透過橫越東向月臺通道上方的格子窗看見他時。我們盡可能安靜地跑下另一段樓梯，像卡通人物般堆疊在月臺的入口。我正要鼓起勇氣看看周圍的角落時，庫瑪伸手指著對面頭頂高度的凸面鏡，

這是監視錄影畫面的時代之前的遺留物，那時站務人員和鐵路警察還必須用肉眼巡視車站。

我看見他了，鏡子裡形狀怪異的小小身影，就在月臺遠端的盡頭。

「如果他仍然持有武器，」庫瑪說，「我們永遠無法靠近他。」

我感覺到一股空氣撲到臉上，鐵道開始發出聲音。已經太遲了——列車即將進站。

21 牛津圓環站

庫瑪巡佐非常清楚一件事：列車行駛時，你最好什麼事也別做。

「要是有人在站與站之間拉下緊急停車閥，裡頭一定有乘客因心臟病發作而死，然後，」他說，「你不會想把民眾撤離到通電軌道上的，相信我。」

你當然不想進入一個可能的武裝嫌疑犯如同射擊範圍的視線內，特別是你即將成為遠端的目標時。

車廂內塞得滿滿的，這讓我很驚訝，而且不是平常的通勤乘客。有很多是帶著小孩的父母、喋喋不休的青少年團體，以及身穿高級外套、抓著購物袋或拖著購物車的年長者。今天是聖誕節前的最後一個購物日，我意識到庫瑪說的沒錯——真的不能引發任何我們無法控制的狀況。

這是一個可悲的事實，如果你不必擔心民眾會造成妨礙，當警察會容易得多。

庫瑪派出我們當中唯一看起來不像翻拍《魔鬼剋星》的雷諾茲探員走在前面，透過連接兩節車廂的骯髒窗戶窺探，並進入下一節車廂。當她示意一切安全時，我們才打開連接的車門踏過去。

地下鐵列車上沒有相連的通道，你只能打開門，跨過間隙到下一節車廂。有一小段時間，我陷入一陣氣流和黑暗之中，我發誓我聽見了颯颯的低語聲，就在車輪的撞擊聲以及灰塵和臭氧的味道之後。不是說我能辨認出那是什麼——直到現在，我仍不確定我知道那是什麼聲音。

行駛於地鐵中央線的是由八節車廂組成、名稱極具創意的一九九二型列車。我們的嫌疑犯在靠近前方的車廂，我們則靠近尾端，因此花了十二分鐘，等同於過了五個站的時間，才抵達前端。當列車駛進牛津圓環站時，我們看見嫌疑犯了，身分不明，困在前方的車廂裡。所以，他當然會選擇在這裡下車。

雷諾茲第一個看到他，回頭向我們示意，就在他走過我們所站之處，那扇開啟的車門時，我們撲向他。

擊倒他的感覺甜美無比。我抓住他的左臂，庫瑪抓住右臂，我把膝蓋抵進他的膝蓋後方，用力一壓令他倒地。我們將他翻過來面向地面，把他的手臂固定在他的身後。

他像條魚一樣扭動掙扎，很難一直壓住他。整個過程他絲毫沒有發出聲音，除了一個奇怪的嘶嘶聲，聽起來就被一隻被惹毛的貓。

我聽到人群中有人在問他媽的發生了什麼事。

「警察，」庫瑪說，「給我們一點空間。」

「你們有人帶手銬嗎？」雷諾茲問。

我看著庫瑪，庫瑪看著我。

「媽的。」庫瑪說。

「我們沒有人帶。」我說。

扭動男孩在我們的手下逐漸放棄掙扎，在連帽衫單薄的布料底下，他似乎比我想像中的更加瘦削，但他手臂上的肌肉卻像鋼纜一樣結實。

「我不敢相信你們沒帶手銬。」雷諾茲說。

「**妳**也沒帶。」我說。

「這裡不是我的管轄範圍。」雷諾茲說。

「這裡也不是我的管轄範圍。」我說。

我們都看著庫瑪。「證據，」他說，「你說我們要找的是證據，不是嫌疑犯。」我們的嫌疑犯開始晃動，並發出嘲諷的笑聲。

「還有你，別再笑了。」我告訴他，「這樣真的很不專業。」

庫瑪問我們兩個是否可以壓制住他，我說應該可以，因此他跳下月臺去尋找可以聯繫站長的求助點。

「我不認為支援抵達時妳會想留在這裡。」我對雷諾茲說。「至少不是妳還帶著槍的時候。」

她點點頭。幸好她沒有在監視攝影機前亮出配槍。我瞥了一眼月臺，庫瑪正在求助點講電話，我一定是鬆開了我的手還是什麼的——因為這時那傢伙正試圖掙脫我。我得替自己辯護一下，我不認為正常人類的手臂可以彎曲成這樣，絕對無法以某些怪異的角度扭曲，接著他以手肘重擊我的下巴。

我的頭往後一仰，他的右臂脫離了我的掌控。

我聽見一個女人的尖叫聲，雷諾茲大喊：「不許動！」

我瞄了一眼才發現，她已經不顧一切地往後退，並拔出她的配槍。

後來我才學到，受訓時有明確指示：永遠不能讓你的武器太靠近對方到足以被搶。我還被告知，美國執法人員生活中最大的恐懼是來不及拔槍就死亡的可能性。

被我壓住的那傢伙似乎沒被嚇到，他猛然跳起，用不被束縛的那隻手的手掌拍向地板，新鮮的土壤和臭氧味瞬間朝我撲來，月臺的混凝土地面在他的手掌下發出一聲轟然巨響。我確實在坑洞口周圍的塵土之中看見震波湧現，而且還衝擊到我，並波及雷諾茲與十幾個民眾。幸好列車還停在車站裡，否則就會有人要掉落在軌道上了。

但我可沒這麼幸運，雖然我還是抓住了那混蛋的一隻手臂。這是我接受訓練後才有的本能。我努力試著扯住他的手，想讓他失去平衡，也想拉住自己。不過他把手指戳進地面，扭轉了一下。

一道手指寬的裂縫橫過，月臺應聲破裂，並往上延伸到最近的牆壁。瓷磚發出牙齒碎掉般的聲響崩裂，接著地板傾斜崩落，就像有巨人用腳在一旁往下踩般下沉。混凝土裂開，當我躺著的地面墜落了足足一公尺時，我覺得我的胃都要跳出來了。我也一起掉了下去。我在月臺下看見一個陰暗的空間，在墜入黑暗之前，只來得及閃過一個念頭——他媽的，他是一名運土術師。

有好長一段時間，我以為自己陷入了昏迷，直到大腿上大面積的疼痛讓我改變了想法。一旦我注意到這裡的疼痛，身體所有部位也接二連三痛了起來，包括後腦杓一個異常抽痛的地方。我試著用手觸摸傷口，卻發現我的手肘處完全沒有足夠的空間可以彎曲手臂。而且正如大家所說，這時候幽閉恐懼症就會真的發作。

我沒出聲呼救，因為我很確定只要我開始尖叫，可能會持續一段相當長的時間。地面打開，我掉了進去。這意味著我上方可能沒有太多碎石。我認為應該可以自己挖掘出一條生路，或至少讓自己多一些呼吸的空間。

於是我扯開喉嚨呼救，正如我所推測的，聲音變成了尖叫。

塵土落進嘴裡，中斷我的叫聲。我吐出塵土，奇怪的是，這讓我冷靜了下來。

我傾聽了一會兒，希望一切的聲響能吸引一些注意。我有意識地保持呼吸緩慢，試著想起我所知道的、所有關於被活埋的相關知識。

扭動掙扎是沒什麼用的，過度換氣也毫無幫助，還可能讓你在黑暗中變得迷失方向。有記錄指出，被活埋的倖存者往地底越挖越深時，他們以為自己是往地面前進的。這真是個令人高興的想法。

然而，比起那些普通的受害者，我確實有一個主要的優勢——我可以使用魔法。

我製造出一小團擬光，飄在我的肚子上方，看了看四周。重新建立起視覺參考點後，我的內耳告訴我，我是以大約四十五度的角度腳朝下躺著——所以至少我指的是正確方向。

在我面前五公分的是一堵混凝土牆，木製形式的痕跡在牆面上清晰可見。間隙從我的腳邊往膝蓋處逐漸變窄，最終形成一個瓶頸。我緩緩移動我的腳——在這裡有比較多的空間。

硬邦邦靠在我左側的是一道看起來像壓縮過的土牆，右側則是一個被鋼筋閘門阻隔出的空隙，假使它再靠近半公尺的話，就會整齊地把我切成兩半。然後我大概可以被醃製起來，放進玻璃箱，擺在泰特現代藝術館展示。英國藝術的損失就是我的收穫，但這也表示我無法使用扭動身體這種方式逃脫。

我熄滅了擬光——它們在水底下也可以燃燒，可我不知道它們燒的是不是氧氣，決定還是小心點比較好。在重新降臨的黑暗中，我考慮著我的選擇。我可以試著用**驅動**自己挖出一條生路，不過這得一直冒著瓦礫在我上方崩塌的風險。我得假設救援行動已經展開。即使雷諾茲受了傷，庫瑪距離月臺比較遠——他知道我人在這裡。事實上，整起事件的監視錄影畫面一定也傳進了車站的中控室。我敢打賭畫面一定很壯觀，現在甚至可能已經賣給口袋最深的新聞臺了。

任何救援行動都會聚集許多穿著厚重靴子走來走去的人，彼此大吼大叫，操作著重型設備。有可能我聽見他們的聲音很久之後，他們才能聽到我的聲音。我最明智的做法就是靜靜地躺著等待救援。

周遭出奇地安靜，我可以聽見自己的心跳聲。我又開始思考在危險之中能否呼吸這件事了，因此我要自己想想別的事情，像是那個臉色蒼白的運土術師到底是誰。現在，所有我不知道的魔法知識可以裝滿整整兩座圖書館，還附有索引紙卡、參考書區，以及會在軌道上滑動的黃銅梯。但我認為，如果是在正常情況下，納丁格爾可能會提到一種在固體水泥中挖出大洞的魔法吧。

除了納丁格爾之外，唯一一個我曾遇過熟練魔法的術士是無臉男——可以抓住火球，可以使飛行中的煙囪歪斜，也可能在一次跳躍中飛越中等大小的建築物。我知道運土術師不是無臉男，身形和動作都不像。他有可能是學徒或是小鱷魚，或可能是無臉男製造的嵌合體之一嗎？

可能性很多，事實是什麼卻不得而知。

運土術師已經往東邊移動，回到西區，在牛津圓環站下車，這站距離莫洛博士脫衣舞俱樂部不到一公里。我們關閉俱樂部之後，我和納丁格爾推測無臉男新的行動基地一定離蘇活區不遠。他可能不露面，但他的嵌合體們，那些可憐的小貓女和虎男，並非不顯眼的——他們很難在不引起注意的情況下四處移動，大多數目擊者都是在那一區看到他們的。當我追在白小姐身後時，她跑到了皮卡迪利圓環，彷彿那是個安全的避風港。不過他們肯定不會搭地鐵移動，那裡有無所不在的監視器與時刻保持警覺的庫瑪巡佐。

現在我知道還有其他的隧道，祕密隧道，誰知道還有什麼，而且誰知道這些隧道到底在哪裡。或許無臉男知道，或許運土術師幫他建造了更多隧道。一個詹姆士．龐德電影中反派會蓋的那種地下祕密基地。無臉男的確有這樣的口音，真的，但他有養貓嗎？我的腦中閃過他坐在一把旋轉椅上，一個名叫雪倫的成熟貓女趴在他的膝上，正在和她最要好的女性朋友講手機。「**然後他就像：『你希望我說話嗎？』主人又說：『不，我希望妳死！』然後他就……什麼？我只是在跟翠絲聊昨晚的事。**」這想法讓我咯咯發笑，這樣很好——當你被埋在一噸重的瓦礫之下時，需要一點幽默感。

我估計那個狡猾的混帳在橫貫鐵路建設工程的掩護下，建造了他的新巢穴。為什麼不呢？這工程多年來一直在路上隨機挖洞，甚至預計要五年以上才會完工——你可以在圖騰漢庭路站附近挖一個空心的火山口，民眾也不會注意。

但我想承包商和健康與安全執行局不會沒注意到這件事，接著我想起一個涼爽的秋日夜晚，我遇到凶案小組關閉在迪恩街前端的犯罪現場。那會是葛漢．貝爾的小弟嗎？橫貫鐵路最大分包商和挖隧道的專家，他們的家族已經從事一百六十多年了。

這可能是無臉男做的嗎？為了掩蓋他的新基地。

但這樣做是沒有用的，對吧？現在我知道要從哪裡開始找你了，你這個詭異的無臉幻影。

我大聲笑了起來。這感覺真好，就算這樣做讓塵土掉進我的嘴裡。我試著把它們吐出來，但當我把頭轉到一邊時，我又開始咯咯笑了。我腦中有個小警鈴響起，我記得興奮是缺氧的危險徵兆之一。

判斷出錯也是——這可能解釋了接下來發生的事。

我召喚出第二團擬光，沿著我的混凝土棺材又看了一遍。為了盡量提高獲得空氣的機會，我想往上打一個洞，但是不能太靠近我，要是屋頂坍塌了我才不會被埋在下面。

我選擇了右側鋼筋閘門最遠處的頂部角落，並在腦中排列**驅動**的變體。**驅動**和**現光**一樣，都是納丁格爾所說的**常現咒**，意思是好幾代的牛頓巫師已經將之把玩、測試和實驗，發現了許多有趣的變體，然後傳承給他們的學徒，學徒又傳給他們的學徒。學習魔法最難的是，它不是單純的空想。你不能光憑在腦中想像就製造出無形的氣鑽。你必須塑造出正確的**驅動**變化，沿著正確的方向排列，然後盡可能快速地打開和關閉。

毫無疑問的，一定有個構造優雅的第四級咒語可以使用，只是我不知道。當你被埋在地底、快要沒有空氣的時候，也只能使用你已知的咒語。

我深吸一口氣，無法吸足該有的空氣，將我的氣鑽打進角落。它發出了令人滿意的巨大撞擊聲。我又做了一次，再一次，試著保持某種節奏。每次撞擊都噴出一堆塵土，在靜止的空氣中緩慢落下形成薄霧。在大約二十下之後，我停下來查看進度，才意識到根本沒有辦法測量它。

於是我又開始撞擊，塵土越來越厚，我的呼吸變得更短促，我的右眼後方突然遭到重擊，一切陷入了黑暗。我的臉上和背部爆出了汗水，忽然很害怕自己做了無可挽回的事。我是把自己逼到中風了嗎？還是我瞎了？或者只是我的擬光熄滅了？在一片漆黑之中實在沒辦法辨別。

我不敢再召喚另一團擬光，怕使得自己第二次中風——如果剛剛是中風的話。我靜靜地躺著，在黑暗中做著怪表情——我兩側的臉似乎都沒有任何問題。

接著我發現自己正在深呼吸，空氣聞起來更新鮮了。至少氣鑽是有用的。

我不知道自己在黑暗中躺了多久，在處理真的很要命的頭痛之前，我注意到有水匯集在靴子周遭。我稍微踢了一下，聽見潑濺聲。自從與泰晤士之母和她的女兒們往來之後，我開始對倫敦的祕密水道學深感興趣。不用多久我就清楚最近的河流是泰本河。不過水沒有味道，我認為這裡的水更可能是來自破裂的主水管。

一九四〇年，一個炸彈炸裂了水管和下水道管線，淹沒了巴勒姆地鐵站，造成六十五個人死亡。我真的不急於重現這個特別的歷史先例。

我告訴自己，這個小洞不可能很快被填滿，事實上我也沒有理由認為水位會到達淹過腳踝的高度。我發現自己就像你想像的那樣有說服力。當我聽見上方傳來聲響時，我正在考慮是否放任自己更慌張地尖叫。

這是混凝土的震動，金屬敲在石頭上的尖銳打擊聲。我張開嘴喊叫，但一陣泥土從黑暗中落下，我不得不轉過頭拚命將泥土吐出來，免得窒息。明亮的陽光像打在我臉上的拳頭般襲擊了我，有人的手指緊抓住我的肩膀。耳邊傳來一陣咒罵聲、悶哼聲和笑聲，我被猛然拉進光亮下，仰躺著被丟在地上。我像條魚一樣到處晃動，揮舞著手臂，只因為我終於可以這樣做了。

「小心點，他好像他媽的中邪了。」一個男人的聲音說。

我停止動作，側身躺著讓呼吸平緩下來。

我躺在草地上，有點令人驚喜，我可以感覺到臉頰貼著草地，新鮮草味鑽進鼻腔。上方的鳥鳴聲出奇響亮，我聽得見有人群，這不意外，也聽見牛隻的哞哞聲——這倒不在預期之中。

在眼睛適應明亮的光線後，我看見自己躺在綠油油的河岸邊。我的前方約三公尺處是被路人和牛群的腳步揚起的白色塵土薄霧。我發現是小型的牛，牠們的肩膀幾乎不比拿著長柄鞭子專業地驅策牠們前進的年輕男孩胸膛寬。小牛群後面跟著一群奇裝異服的人們，所有人的肩膀上都背著袋子，或是懷裡揣著背包。他們大多穿著黃褐色、綠色或棕色的長版束腰外衣，頭上有無邊帽或兜帽，有些人光著腿、有些人穿緊身褲。我決定停止觀察他們，專心讓自己坐起來。

距離牛津圓環最近的農場有十五公里遠——我被移到別的地方了嗎？

我試著咂咂嘴產生一些唾液——有人必須喝點東西了，而且要快。

幾公尺之外，三個穿著不甚體面的白人男子盯著我看。其中兩人裸著上身，只穿著鬆垮麻布褲，褲子被捲進了皮帶內，長度連膝蓋都不到。他們的肩膀肌肉糾結，布滿汗水，其中一人的上臂有難看的紅色鞭痕。他們頭上戴著骯髒的白色亞麻帽，兩人的鬍鬚都修剪得十分整齊。

第三個男人穿得比較好，一件翠綠色束腰外衣，脖子周遭有著精細的刺繡，手臂處露出明亮的白色亞麻汗衫，袖子捲到了手肘。他的外衣以皮帶紮起，精緻的釦子扣住一把英式古典長劍的十字形握柄，違反了一九八八年刑事審判法第一百三十九條，禁止在公共場所攜帶刀械。他的黑髮剪成騎士隨從的馬桶蓋造型，蒼白的皮膚、深藍色的眼睛——他很熟悉地看著我，彷彿我認識他的兄弟還是什麼人。

「他被燒到了嗎？」其中一個打赤膊的男人問。

「只是被太陽晒到而已。」佩劍的男人說，「他是個黑人。」

「他是基督徒嗎？」

「我認為應該是比你虔誠的基督徒。」佩劍的男人說。他朝男人身後的方向打了個手勢，「這不是你們的雇主嗎？你們不是應該要繼續工作嗎？」

兩人之中沉默的那個朝地上啐了一口，他的朋友則用下巴指了指我，「是我們把他挖出來的。」他說。

「我很確定他會感謝你們的。」男人的手滑了下來，停在劍柄上。沉默的那個男人又吐了口口水，抓住他朋友的上臂把他拉走。當我看著他們離開時，我見到兩個類似穿著的男人，也許三十歲左右，使用鐵鍬、犁耙及其他破壞工具挖掘道路旁邊的溝渠。他們看起來像是用鎖鍊拴在一起的囚犯，有個身形高大的男子穿著米色緊身褲和黃褐色束腰上衣，胳肢窩被一團汗水浸溼，腰帶上繫著劍。他沒有戴那種邪惡的鏡面太陽眼鏡的唯一理由，是因為它們還有沒被發明。

我那佩劍的年輕朋友順著我的目光看去。「小偷。」他說。

「他們偷了什麼？」我問。

「我與生俱來的權利。」他說，「而且他們還在偷。」

有幾個男人正將空心的樹幹放入溝渠中，只要用瀝青黏合後，就能形成粗糙的管道線，或者是所謂的管道。

「水。」我說，真希望能有一些水喝。

「可見你沒被太陽晒到神智不清。」男人說。

這時我認出他了，或說我看到了他和他父親與兄弟艾許的相似之處。我努力地掙扎起身，轉往道路的另一個方向看去。道路往前伸展，筆直且布滿塵土，兩側是種滿一排排綠色作物的廣闊田野。川流不息的人、車、馬和其他牲口往朦朧的橘色地平線跋涉前進，那裡聳立著聖保羅教堂巨大的哥德風尖塔。那裡是倫敦，這裡是牛津路，配劍的年輕人就是原來的泰本河，從漢普斯特丘奔流而下、讓來觀看行刑的眾人取水解渴。只不過現在被皇家特許狀改道流向倫敦，去灌溉四萬個乾渴的喉嚨。

我沒有被移動到別的地方。我是早了八百年被挖出來。

「你是泰本。」我說。

「泰本爵士。」他說。「而你是佩克沃特國宅的彼得，巫師學徒。」

「該死！」我說。「這是幻覺。」

「你確定是嗎？」

「我聽到有人朗誦喬叟的作品。」我說。「五個字裡我聽得懂一個，有一種東西叫做元音大推移——這表示每個人唸每樣東西的發音都不一樣。也就是說，我仍然被困在洞穴裡。」如果我開始唱大衛．鮑伊的〈流金年代〉，某個人只需要朝我頭上開一槍。

我低頭看著泰本和他歡樂的手下們將我「拯救」出來的溝渠。底部有個不規則的洞，只比貓門大一點而已。

「既然你確實被困住了，自己也束手無策，你在哪裡等待救援有差別嗎？」泰本問。「而且我覺得自己很真實。」

「你可能是個鬼魂，」我說，研究著溝渠，想知道我應該頭先進去還是腳先進去，「或是城市記憶裡的一種回音。」我真的得為這種現象提出更好的術語。

我跳進了溝渠。土壤很軟，是黏黏的倫敦黃土。頭先進去可能會比較快。

「或者我們可以搭船去南華克區。」泰本說。「光顧妓院、洗個熱水澡——認識一些來自法蘭德斯的辣妹。噢，拜託。」他懇求。「一定很有趣，而且我已經……」泰本沒把話說完。

「你已經怎樣？」

「我已經在這裡孤單很久了。」他說。「我想，有很長一段時間了。」

可能從你一八五〇年「死」在一波糞水之後，至少你父親是如此聲稱的。

「你現在說的就是我剛才思考的事情，」我說，「你明白我為何疑心了。」

這就是為什麼魔法甚至比量子物理學更糟。雖然兩者都大大違背常人的認知，卻從來沒有一粒希格斯玻色子出現並試圖與我談話。

「你聽見了嗎？」泰本問。

我正要開口問的時候就聽見了——從倫敦方向一路漂來的長長哀嚎聲。我不禁打了個冷顫。

「那是什麼？」我問。

哀嚎再次傳來，無語的、生氣的，充滿了憤怒與自憐自艾。

「你知道是誰。」泰本說。「是你把他困在那裡，是你把他釘在橋上的。」

我試探性地把腳踩進洞中，洞穴像有生命般令人不悅地吸住我的腳。

第三次的哀嚎幽幽傳來，在風中與路人的嘈雜聲中淡去。

「你遲早必須放那個鷹鉤鼻的混帳自由。」泰本說。

時間還早得很，我心想。

「我不想閉上眼睛死在一個洞裡。」我說，把腳下探至腳踝的深度。

「別這樣。」泰本說，跟我一起跳進溝渠，「我知道更好的辦法。」

「真的嗎？」我問，「那是什麼？」

「這個。」他說，以劍柄擊向我的側腦。

我一睜開眼便回到黑暗之中，感覺到水在我膝蓋周圍流動，我就後悔做這個決定了。裡頭很冷——如果你不活動的話，潛水衣也無法讓你保持溫暖。

我懷疑自己是否有點太衝動了。是死在陽光和溫暖的幻覺裡，還是死在寒冷黑暗的現實中比較好？是死在無知的快樂裡，還是死在知情的恐懼中比較好？假如你是倫敦人，答案應該是都不要死最好。

這時，我想出了從我決定採信幽靈的目擊證詞以來最荒謬的計畫。這是一個蠢到連波瑞克[1]都會拒絕採用的計畫。

我打算向外求援，以心電感應聯繫狗狗托比。嗯，不完全是心電感應——這是不可能的。自從茉莉將我送進倫敦的記憶走了一趟後，我就覺得所有讓鬼魂存在的**感應殘跡**顯然都彼此相連。訊息一定是從一個地點傳到另一個地點。像是一個魔法網路。否則我是如何在身體仍在浮麗樓的情況下，看見倫敦這麼多城市風景呢？我想如果我能產生一種沒有形式的**形式**，足以把魔法灌入石頭中，它就有可能創造出一個信號——一個透過石頭的記憶傳遞的引路燈，或許能被我特別敏感的狗同伴偵查到。然後牠就會像想要表達什麼似地吠叫，以牠那小短腿所能達到最快的速度狂奔來牛津圓環。在那裡，牠會走來走去、在斷垣殘壁間嗅聞，一名直覺特別準確的搜救人員會說：「等等，我覺得這隻狗好像找到了什麼。」

我不是說這是我想過最荒謬的計畫嗎？一定要托比才行，因為在萊斯莉成為學徒之後，我做的第一件事就是跑去買了一盒超感知能力卡牌，看我能否用魔法進行心電感應。於是我、萊斯莉和瓦立醫生花了一整個有趣的下午，重建六〇到七〇年代各種瘋狂的心電感應實驗，結果卻令人失望。就連我試著辨別萊斯莉正在創造的**形式**這個實驗也失敗了，雖然我可以感覺到魔法的「形狀」，也無法說出那是什麼。除了唯一成功的那次，當時我們距離不到一公尺。

這就是為什麼我討厭科學——陰性反應。

但托比已經被證明對魔法很敏感，而我始終認為我們之間有特別的羈絆。水聚集在我的肋骨周圍，我開始變得絕望了。

我深吸一口氣，在腦中創造出**形式**。就像用來創造擬光的**現光**一樣，做了一點調整，火球、纖細手榴彈，和一種非常熱的火焰，我希望可以用它燒穿鋼鐵，假使我能控制熱源往單一方向前進。就像之前的超感知能力實驗，我盡量避免告訴納丁格爾關於我的小小創新，除非我必須解釋為什麼其中一間實驗室著火了。**現光**是完美的選擇，因為這個咒語以將豐沛魔法灌入周遭環境中而聞名，而我將要做的事很酷炫但也很吵鬧。

一道微弱的藍光照亮我的混凝土棺材，現在水是半滿的。扭曲的綠色倒影在上方像漣漪般擴散。我盡可能長時間維持咒語，不過頭痛的情況越來越嚴重，**形式**也逐漸從腦中消逝。

在我的想像中，我開始聽到死者的聲音。至少我希望這只是我的想像。有很多人死在地下鐵裡，不管是由於意外、愚蠢，還是自殺。所有**地下死者**的遺願就是讓其他人上班遲到。

我聽到這些**地下死者**如同絕望憤怒的無言哭喊，就像倒楣的噴漆藝術家麥奇一樣突然被切斷了聲音。

「我不是他們的一分子！」我大喊——雖然我覺得自己只是在腦中大喊而已。

突然間，他們全都壓到我身上。所有積累的死者，因為火車事故、火災，還有布萊德福那個不想繼續在父親的炸魚薯條店工作就去當自殺炸彈客、害死一堆人的男孩。很

1　英國歷史情境喜劇《黑爵士》（Blackadder）中的小跟班，經典臺詞是「我有個絕妙的計畫」，但通常隨之而來的是把事情搞砸的蠢笨主意。

多人毫無預警地死去，有些人有時間弄清楚發生了什麼事，而哭喊得最慘的那些人甚至有時間懷抱希望，在黑暗將他們捲進石頭與隧道的混凝土記憶之前。

上升的水位是一條綑在我胸口的冰冷帶子。

我不想死，但事實是我別無選擇。

有時候，你唯一能做的只有等候、忍受和懷抱希望。

我聽見上方傳來敲擊與刮擦聲，有一段時間我認為可能是泰本爵士又跑回來找我聊天，但後來我聽見明確又美妙的氣鑽聲。

等氣鑽聲暫停時，我最後一次發出驚慌失措的尖叫聲——這次情感充沛。

塵土塞滿我的嘴巴。

然後光線射進我的眼裡，突然被一張大黑臉擋住。

「你還好吧，老兄？」那張臉問。我重新聚焦，瞥見黃色的安全帽和厚重的防火夾克。「你是彼得．葛蘭特嗎？」

我試著說是，不過喉嚨被塵土塞住了。

「想喝點水嗎？」消防員問。他沒有等我回答，便溫柔地將一根塑膠吸管放進我嘴唇之間。「剛開始喝一點就好。」他說。「很抱歉，沒有護理人員。狀況有點棘手。」

水流進我的嘴巴裡，當你渴了好幾個小時之後，水嚐起來就像生命本身的味道。我被埋了多久了？我試著問，但只是讓自己咳了起來。我只好安分地喝著美味的水。我潤潤嘴巴，將頭往後仰——消防員把吸管拿走了。我意識到他是趴在月臺的地板上，透過一個洞看著我。在他身後是一盞三腳架上的攜帶型探照燈，從後面的反射光線可以看到更多的碎石瓦礫。這讓我很困惑。我相當確定自己只墜落了一、兩公尺而已。

他們至少又花了一小時才將我挖出來。

很難形容等待救援的寧靜感，彷彿第二次出生。只是這一次你知道將來的人生要做什麼——即使只是做以前做過的那些事。

他們將我放在擔架上，接上點滴和心律監測器，給我吸冰涼的氧氣。一切都很好，直到那一刻，泰小姐俯身皺眉望著我。

「泰本。」我說。

她緩緩地微笑，「你以為是誰？」她問。「國際搜救隊？」

我沒說狗狗托比，因為我還不想交代遺願。

「妳聽到我的呼喚？」我說，查看了一下，以確保旁邊沒人聽到我們說話，「我正在用魔法呼喚。」

「我聞到你，孩子。」她說。「你在下水道裡發臭，雖然我有點想就把你丟在那裡，但你死了可能會更臭，我不想冒險。」

她彎下腰，直到嘴唇附在我的耳邊，她的呼吸中有肉豆蔻和藏紅花的香料味。「總有一天，」她低聲說，「我會要求你償還這次的人情，而你知道你的回答會是什麼，對吧？」

「是的，夫人、不是的，夫人——三個袋子裝滿了，夫人[2]。」

「只有在你擋到我的路的時候，你才會變成我的敵人，彼得。」她說。「如果你想擋我的路，你應該確定自己是不是想與我為敵。」

她直起身，在我想出一些聰明的回答之前，她就離開了。

---

2 出自英國童謠〈Baa, Baa, Black Sheep〉。

22 華倫街站

我從來不是那種告訴每個人說我很好，然後試圖爬出病床的人。我感覺糟透了，這就是你的身體在告訴你他媽的躺回去，攝取些流質，最好是靜脈注射——這就是我在做的事。

我有點驚訝他們把我送到倫敦大學學院附屬醫院，這裡不是最近的傷員中心，直到瓦立醫生出現在我的治療隔間，開始在處理我身上各式割傷、瘀傷、擦傷，以及可能的輻射暴露的住院醫生肩膀後方探頭探腦。必須稱讚一下這名住院醫生——從他的口音判斷，應該是從父母那裡繼承了隨性的自信與私校教養，他試著保持漠然的專業態度。不過六呎高的精瘦蘇格蘭人有種特別的壓迫感。他一安排好請護士來進行包紮後，就給我一個專業的微笑，並盡可能以最快的速度離開。

在白天，瓦立醫生是一位世界知名的腸胃病學家，但到了晚上，他穿上邪惡的白袍後，就成為英格蘭的首席神祕病理學專家。瓦立醫生檢驗任何出現、不論死活的怪異事物——包括我和萊斯莉。

「晚安，彼得。」他說，一邊接近我。「我本來希望你可以直到聖誕節都平安無事。」

他成了第五個朝我眼睛照光檢查瞳孔反應的人。或者他是在尋找不同的東西。

「這表示你要把我塞進核磁共振成像掃描儀嗎？」我問。

「喔，是的。」瓦立醫生津津有味地說，「對照你和萊斯莉之後，我終於發展出一些像樣的數據資料了，關於當你成為一名術士之後，你的大腦會發生什麼變化。」

「有任何我應該知道的嗎？」

「還早得很。」他說。「但我想盡快幫你安排。我今晚應該會搭火車去格拉斯哥。」

「你要回家過聖誕嗎？」

瓦立醫生站在床邊，在寫字夾板上草草寫下一些筆記，「我會回奧本過節。」

「那麼，你其他的家人不是穆斯林囉？」

瓦立醫生咯咯笑著。「噢不，」他說，「他們每個人都是教會的虔誠子女。除了每年的這個時候，都是陰沉嚴肅的人。他們慶祝聖誕節，而我為他們慶祝。再說，他們總是很高興看到我，因為我會帶鳥去赴宴。」

「火雞是你帶的？」

「當然，」瓦立醫生說，「我必須確認牠是正宗的清真火雞。」

他說的話是真的，我被送進輪椅火速送到影像部門，他們把我的頭塞進核磁共振成像掃描儀。這是一部所費不貲的機器，也有一份嚴格的待檢名單，瓦立醫生似乎能隨意地霸道插隊。當我問他這不得了的特權是從哪來的，他解釋浮麗樓透過一個成立於一八七二年的慈善組織捐了一筆錢給醫院，作為回報，他可以在非緊急的案件前插隊。

自從夏天以來，操作核磁共振成像掃描儀的技術人員就定期見到我和萊斯莉——天曉得他們以為我得了什麼病。可能是某種罕見的腦癌吧。我一定是習慣了這部機器，儘管磁圈系統發出鐵鎚敲打般的聲音，我還是在掃描中進入了夢鄉。

星期六

23 華倫街站

我在一間私人房間裡醒來，我心想，與納丁格爾中槍時安置的同一間，接著發現萊斯莉在我床邊的椅子上睡著了。她戴著面罩沒辦法睡覺，所以她是光著臉，但頭尷尬地扭曲著避開門，以確保沒有人一走進來就看見她的臉。她一隻手抓著面具，準備好我一醒來就立刻戴上。

睡眠中，她的臉看起來十分恐怖，奇怪的是卻更像一張真實的臉。我發現當我知道她沒有回頭看我時——判斷我的反應——我更容易直視她。外頭的天色是黑的，不過在這個季節可能是傍晚也可能是清晨。我考慮著不吵醒萊斯莉，以防面對她抓到我未經許可就盯著她的臉而可能會有的反應。

我躺回床上，閉起眼睛，戲劇性地呻吟，直到萊斯莉醒來。

「沒關係。」她說。「我已經戴回面罩了。」

當我必須跑向走廊底端的浴室，花了一段似乎特別長的時間尿尿，我就大概知道自己睡了多久。淋浴之後，換上一件全新、乾淨，但除此之外沒什麼不同的醫院露背病人服後，我滿懷感激地回到床上繼續睡覺。

我在陽光和麥當勞的食物香味中醒來——我的胃咕嚕咕嚕叫。

萊斯莉回來時帶著未經醫院許可的晚餐、報紙，還有令人安心的消息：庫瑪和雷諾茲都逃過一劫，只有輕微的割傷和瘀傷。

「居然還有聯邦調查局小姐。」萊斯莉說，「一切到底是怎麼回事？」

為了交換一個大麥克，以及她說會帶乾淨衣物來給我的承諾，我一五一十告訴她關於彼得．葛蘭特的地下冒險。她特別喜歡荷蘭公園的派對和我幻想自己回到十四世紀的情節。

「我打賭他很健美。」她說。「這些超自然生物都很健美。」

我幾乎害怕到不敢問。「我們上報了嗎？」

萊斯莉舉起一張小報的標題：「**地下恐怖事件**」。我指出他們漏掉了聖誕節這個角度，於是萊斯莉舉起另一份小報：「**聖誕節地鐵驚魂**」覆蓋了整個頭條。這讓我很想躺下來，用頭版蓋住自己的頭。

總監在電視上露面說明，恐怖分子並未涉及這次事件，倫敦交通局和內政部也都同意他的說法。他們強烈暗示是因為漏水破壞了月臺結構造成部分崩塌。損傷僅限於月臺，預期能及時恢復列車的運行，趕上聖誕節後的大特賣。

值得注意的是，沒有監視器錄影畫面甚至是手機相機拍下的內容。我後來發現，無論我的運土術師朋友做了什麼，方圓十公尺內的每張晶片都被他燒燬了，連攝影機和手機都退化到二十年前的狀態。

「恭喜。」萊斯莉說，「在這件事之後，沒有人會記得柯芬園大火了。」

「我的名字有上電視嗎？」我問。

「沒有，夠神奇了吧。」萊斯莉說。「因為當他們挖你出來的時候，一個身懷六甲的女人開始陣痛，並在傷患分流站內生產，幾乎就是在攝影鏡頭前。」

「我打賭那引起了大家的注意。」我說。

「更棒的是，」萊斯莉說，「她生了雙胞胎。」

這不可能是納丁格爾或其他應該安排這些事的人故意讓人分散注意力。我的意思是，你必須有一整隊的孕婦隨時待命——這太不實際了。該死，眾報社編輯一定都在埋頭苦思，試圖把「奇蹟」和「嬰兒」兩個詞都塞進他們的報紙頭條。

「我押聖誕節奇蹟雙胞胎一把。」我說。

「**聖誕雙生喜悅**。」萊斯莉說。「對大腸桿菌的恐懼一路被趕到第四版去了。」

「有人來拜訪過了嗎？」我問。席沃和史蒂芬諾柏斯不會高興的。

「納丁格爾有來過。」她說。「他希望對你大吼一聲，以一種有男子氣概且完全不像同志的方式來表達他的情感，不過你睡著了，所以他只是在旁邊晃了一下就離開了。」

「那麼，」我說，「妳那邊的行動最後結果如何？」

「不像有些人，」她說，「我把時間花在一些實際的偵查工作上。」

「總得有人去做。」我說。

萊斯莉盯著我看了好一會兒。即使她戴著面具，有時候我可以判斷得出她在想什麼，但有時候不行。

「他們都是有關係的。」萊斯莉說。「貝爾家族、葛拉格家族和諾蘭家族。想猜猜看是哪種關係嗎？」

「摔不破帝國陶器公司？」我問。

「這跟諾蘭家族沒關係。」萊斯莉說，從我床邊的一個碗裡抓了一顆蜜柑，「至少一開始沒關係，他們是後來才出現的。公司是尤金‧貝爾、派翠克‧葛拉格、馬修‧卡洛爾在一八六五年創立的——注意他們的名字。」

「還真是明顯，這些名字實在太特別了。」我說。

萊斯莉不理我。

「我和公司註冊處確認過了，」她說，「貝爾家族的事業可以追溯到帝國陶器，於五〇年代宣告破產之前，它只是大型地產、建築和工程分包的一小部分而已。馬修‧卡洛爾的兒子威廉被列為都柏林分公司的經營者——我知道你現在在想什麼，先猜猜那座窯是屬於誰的？」

「雷恩‧卡洛爾。」

「沒錯。」萊斯莉說，對我揮了揮她的筆記本。「他使用那間倉庫是免付租金的，所以要不是他有直接的家庭關係，就是貝爾只是顧念舊情。」

「或許我們應該訊問卡洛爾。」我說。

「你這麼認為？」

「妳對詹姆斯·葛拉格掌握了多少？」我問。

「你會喜歡這個的。」她說。

因為，根據萊斯莉的調查，美國參議員經營的可不是一般的部落格，他們運營的是多個超乎想像的大型商業網站，能告訴你關於他們的一切資訊。至少是參議員想讓你知道的事。

「雖然他們的內容不像搞笑貓咪照那麼多。」萊斯莉說。

但上面確實有很多關於葛拉格參議員的家庭資料，包括西恩·葛拉格在一八六四年移民美國，為了尋求一個自由、自主和有蘋果派的新生活。

「根據法庭紀錄，」萊斯莉說。「移民的另一個原因，在於逃避因涉嫌謀殺而追著他來的逮捕令。這種情形在混混、工人和其他中下階級的人之中很常見。」

「是他幹的嗎？」我問。

「這是老掉牙的故事了。」萊斯莉說。「他喝醉了，加上他是個愛爾蘭人，受害者同樣是喝醉了的愛爾蘭人。他們被認為是在吵架，但沒有人真正目擊了謀殺。屋子裡的每個人都突然被嚇到又盲又聾。雖然這可能跟他們當時喝的琴酒有關。無論如何，是他的哥哥派翠克和尤金·貝爾保他出來的，也是他們付錢讓他逃到美國去。」

他和他的後代就在那裡成了惡名昭彰的紐約政壇臺柱。萊斯莉不知道惡名昭彰的原因是什麼，只知道大家都這樣形容紐約政壇——惡名昭彰。

我們在下水道裡碰到了什麼？一種文化聚落、一個祕密組織？這必須告訴納丁格爾，但在偵緝督察長席沃派人來訊問之前，他會想要很多更「真實」的證據。

「我們需要去一般圖書室查查，」我說，「看是否有任何關於四〇年代之前的隧道資料。」

「你知道今天是平安夜吧？」萊斯莉問。

「真的嗎？」我說，「這表示妳想要禮物嗎？」

「意思是我明天要回艾塞克斯。」她說。「此外，我知道你對基本調查程序異常忽視，不過納丁格爾是小鱷魚案的高階刑偵長，席沃則是詹姆斯・葛拉格謀殺案的高階刑偵長。這意味著在你做任何事之前，至少需要和他們其中之一談談。包括下床。」

「至少幫我把筆電帶來。」我說。

「好吧。」萊斯莉說。

「還要一些葡萄。」我說。「我不敢相信我在醫院過了一夜，沒有人帶葡萄來給我。」

萊斯莉離開之後，我檢查了廢紙簍，在裡頭發現不只一個、而是兩個裝著光溜溜葡萄梗的單薄塑膠容器。然後我花了愉快的半小時策畫一系列奇怪的惡作劇好報復萊斯莉，直到納丁格爾帶著換洗衣物來病房。由於是納丁格爾，他帶來了我的馬莎百貨合身深藍色西裝，嚴格地說，這只適合穿去葬禮和開庭。

我告訴他我那關於無臉男和橫貫鐵路的理論，儘管我越講越覺得沒說服力。但納丁格爾認為這值得調查看看。

「至少，」他說，「我們必須排除這個可能性。」

我們的談話被一個年輕得驚人的專科住院醫生打斷。他有著肥短的棕色手指和伯明罕口音，為我量了血壓及抽了另一次血。我問他瓦立醫生上哪去了，他告訴我，由於我沒有任何生命危險，他前天晚上就回蘇格蘭了。

「驚人地毫髮無損。」專科住院醫生說，「但他想要你住院一晚觀察看看。你有輻射暴露的風險，所以你需要休息、輸液和保持溫暖。」

我對他說我並不打算下床，他巡視了一下就安心了。納丁格爾說我看起來的確很疲憊，他打算離開讓我一個人補眠。當我抱怨我很無聊時，他留了一份《每日郵報》給我，建議我玩填字遊戲。他的建議沒錯——十五分鐘後，我就躺在床上放棄了。

「直排第十二題，」泰本說，「欠了別人很多——六個字母。」

她站在門口，穿著棕色休閒褲和雪白的羔羊毛套頭針織衫。

「妳不等我康復之後再來討債嗎？」我問。

她走進門，一本正經地坐在我的床尾，皺著眉頭環顧房間。

「你為什麼沒有葡萄？」她問。

「我一直在問自己同樣的問題。」我說。「妳也沒有帶花來。」

「你認為有人住在下水道系統裡嗎？」她問。

「妳覺得呢？」

「我認為這是有可能的。」她說，「如果真是如此，這是個必須小心處理的問題。」

「而妳認為只有妳能勝任這份工作？」

「我是當地的女神，所以可以這麼說。」她說，「如果不是我，那還會有誰？」

我想說，一切都在我和納丁格爾的掌握之中，但在目前的情況下，我不認為她會相信我。

泰本傾身向前，對我露出誠摯的表情。

「你覺得現狀可以維持多久？」她問。「如果有人住在下水道，將他們帶進主流社會不是比較好嗎？」

「把他們納入社會福利保障，給他們一間國宅公寓，還有送他們的小孩去上學？」我問。

「也許是。」她說，「或者我們應該讓他們的現居地有所規範，給他們醫療和教育的機會。提供他們一個支持──至少讓他們能有所選擇。」

「**如果**真的有人住在下面。」我說。

「我只是想提供你這樣的想法而已。」泰本起身準備離開。

我含糊地咕噥了一聲，她便離開了。事實是，我真的有點餓了，正考慮起床尋找一些食物。這時候，我父母親出現了，帶著整整一日份的西非炒飯和熱牛肉，最棒的是裝滿一整個保冷盒、新鮮料理的炸芭蕉片。我的母親對最近爆發的大腸桿菌疫情感到十分驚慌，她對醫院的清潔標準給了很低的專業評價，決定我不應該吃醫院的食物。我是個聽話順從的兒子，盡責地讓嘴裡塞滿食物，還誠心誠意地答應無論如何，我一定會出現在喬阿姨家一起慶祝聖誕節。

吃了一公斤的米飯會讓一隻河馬變得行動遲緩，因此在父母親走後，我躺下來開始打瞌睡。

我睜開眼睛，看見查克・帕莫將手伸進我的一個特百惠保鮮盒內。

「嘿！」我說。

他停止將炸芭蕉片塞進嘴裡，對我笑了笑。

「你媽真是邪惡料理的高手。」他說。

「那是我的，你這個小偷。」我說，從他手中搶過保鮮盒。他不以為意，將目標轉移到水果上。他的長袖運動衫很乾淨，上面有著只有茉莉才能燙出的俐落摺痕。

「你在這裡幹什麼？」我問。

「我想確定你平安沒事，不然呢？」

「真感人。」我說。

「不是為了我自己，你懂的吧。不過他有點擔心。」查克說。

「他是誰？」我問。

查克停下將一瓣蜜柑送到嘴脣邊的動作，「我說了他嗎？」

「是的。」我說。「你說了。」

「至少讓我帶走炸芭蕉片可以嗎？」他問。

「不行。」我說，緊緊抓住我的特百惠保鮮盒。

「好吧，回頭見。」他說，一溜煙逃走了。

生活中總是有些你必須去做的事情，儘管事實上你知道結果會很糟、很痛苦、很羞恥，或者以上皆是。像是去看牙醫，第一次約某個人出去，在星期六晚上驅散倫巴酒吧外的單身派對，還有現在，在穿著露背病人服的情況下穿越醫院追逐嫌疑犯。

我直接朝樓梯奔去。要是查克去搭電梯，我就可以在那裡制伏他；要是他選擇走樓梯，我就能尾隨在後。當我推開厚重的防火門時，樓梯上沒有他的蹤影，當我一次跳下三個階梯、中途腳趾踢到階梯底部時，不得不暫時停下來痛得大叫。

萊斯莉說，成功追捕的關鍵在於知道嫌疑犯會往哪裡跑。即使你不知道他們最終的目的地，也應該能有根據地猜出下一個阻攔點在哪裡。就查克的狀況而言，阻攔點是醫院大廳，這是唯一的公開進出方式。所以我第一個先到那裡去。不幸的是，大廳兩端各有一個出口，加上天寒地凍的交通狀況、開始橫行的冬季流感，以及戰況激烈的購物人潮，這裡擠滿了能行走的傷患還有他們的拐杖。

如果查克夠聰明，慢慢地走、冷靜地走，他就能成功逃離。不過幸運的人是我，當他從北邊出口出去時他還在跑，我要做的只是跟隨他推開人群時惱怒的大吼聲。我氣憤地追過去時，他們甚至叫得更大聲，說我是個半裸的ＩＣ３[1]，雖然身披一襲冬羽。他們心裡有著各種錯誤的推論，然後散開來讓我通過。

我跑下醫院前方寬闊的臺階，裸露的腳跟在一小塊融冰上踉蹌了一下，我穩住腳步，往左右查看。除非你是要去醫院，這種特殊的延伸路面除了吸入廢氣之外實在不適合做任何事——這代表很容易發現查克。他在我的左手邊，還在奔跑。

我追在他身後，每跑一步我的腳就提醒我為什麼把全部的錢都花在運動鞋上。運動讓我保持溫暖，但是屁股周圍的冷風也提醒我在褲子部門花的錢太少了——還有，當我拐進圖騰漢庭路的轉角，得到挑逗性的口哨聲時也是。

查克顯然認為他已經把麻煩甩在身後了，因為他慢下來變成快走。他回頭看時我幾乎要追上他了，一看見我他又像隻野兔一樣拔腿狂奔。他跑得很快，有一件事我很確定——光著腳我是追不上他的。如果萊斯莉沒有在那一刻從森寶利超市買完東西走出來，看到了我，看到了查克，並做出閃電般的決定，他就會逃掉了。這種速度讓萊斯莉得到亨頓的畢業生投票表決，認為她最有可能在三十歲前當上總警司。

她沒有嘗試任何像晒衣繩一樣的花招，只是伸出她的腳，讓查克面朝地摔倒。她跳過去，手上還提著兩袋購買的物品**加上**我的筆電，把腳踩在他的背上——壓制住他直到我抵達。在我們之間，還吸引了一些群眾圍觀。

「警察。」我說。「都走開吧。這裡沒什麼好看的。」

---

1 警察代碼中的表示黑人之意。

「你確定嗎？」人群中有個聲音問。

「我現在要讓你站起來，查克。」萊斯莉說。「別做什麼蠢事。」

「不會的、不會的，」他說，「只是你千萬不要衝動。」

「衝動？」我說。「你剛剛讓我在圖騰漢庭路上裸奔，還敢要我想想該怎麼做？」

有兩個制服員警出現，我和萊斯莉誰也不認識，這有可能會搞砸一切。我知道如果我是他們的話，我也會逮捕自己，但是我在對話中提到了偵緝督察史蒂芬諾柏斯的名字，他們突然就十分樂意幫助了。然而，一旦你搬出了史蒂芬諾柏斯的名字，就必須照著她的規矩走，除非你想惹上麻煩。因此，我們得請凶案小組的某個人來逮捕查克。當他被匆匆帶到一間阿貝的偵訊室時，我歪歪扭扭地回到醫院找自己的衣服，替自己辦了出院手續。你要是知道這樣可以花費多久時間，一定會很驚訝。

24 斯隆廣場站

回到外部調查小組的辦公室，我很失望地發現桌上並沒有任何東西在等著我。

「你住進醫院的時候，我們把事情指派給別人了。」史蒂芬諾柏斯說。

待在凶案小組整整六天，我只完成大約兩次半的行動。這不僅在任何績效審查上都不會好看，我也懷疑參與一場與地下運土術師的超自然下水道戰鬥不可能當作一個充分的解釋。

為了避免冗長的案件登記程序，我們沒有扣押查克。但我們明確地表示，逮捕後在牢裡度過聖誕節，是「配合警方辦案」之外的唯一選項。

阿貝的偵訊室是有著溫莎藍牆壁和磨損木製鑲邊的平凡方形房間，裡頭有張傷痕累累的木桌、椅子、標準的雙卡帶錄音機，以及一臺掛在天花板上、封在不透明有機泡泡中的監視攝影機。安置在裡頭一個小時左右，查克就製造出一堆巧克力棒包裝袋和撕碎的保麗龍杯。

「妳好，美女。」我和萊斯莉進門時，他說。

「我不知道你這麼關心別人。」我說。

「有什麼可以吃的？」他問。「我餓壞了。」

我把垃圾掃進垃圾桶，在他面前拋下一個用防油紙包起、可疑的軟包裝。查克小心打開它，聞了一下，對我露出一個燦爛微笑。

「茉莉做的？」他問。

「什麼東西？」萊斯莉問。

「肉凍三明治。」他說。

「好吧。」萊斯莉說。她是個有條有理、道地的艾塞克斯女孩。她曾經花了歡樂的半小時解釋，在茉莉的「傳統」料理中經常出現哪些奇怪又神祕的動物身體部位。如果你還不知道，我也不會告訴你這是什麼肉凍。簡單地說，它的常見名稱是**頭肉凍塊**，然後就離開這個話題吧。

假如她沒戴面具的話，我很確定查克吃三明治的熱烈方式一定會讓萊斯莉看起來深感震驚。

在訊問中，有幾種使用技巧和對待方式的派別看法。席沃說，在過去，當每個人都抽菸的時候，如果你扣押香菸足夠長的時間，你的嫌疑犯會告訴你任何事，只為了交換一次吞雲吐霧。假如你想要的是一個結果，這樣就夠了。但要是你在尋找精確的情報，就需要再狡猾一點。

我們訊問前討論出的共識是，查克的問題不在於如何讓他說話，而是讓他說有意義的話。我們不認為低血糖會有幫助，但正如史蒂芬諾柏斯指出的，我們也不希望他太亢奮──於是選了肉凍三明治。

「讓我們來談談你的朋友。」我說。

「我有很多朋友。」查克說。

「讓我們來談談那個雙手很厲害的朋友。」我說。

查克給了我一個茫然的表情，但他不是在欺騙我。

「臉色蒼白。」我說。「連帽上衣，可以徒手挖混凝土。」

查克瞥了一眼在錄音機裡咻咻轉動、兩捲一模一樣的錄音帶。

「妳被允許談論這種事情嗎？」他問。

「這裡只有我們而已。」萊斯莉說。

如果真是這樣就好，我心想。很有可能納丁格爾、席沃、史蒂芬諾柏斯都在監視螢幕上觀看，還以計分卡極為詳細地評論。

「在地下派對那時，你試著阻擾我。」我說。「你不想要我跟著他。」

「看看後來發生了什麼事。」查克說。

「所以你認識他？」萊斯莉說。

「我們可能有過交集，」查克說，「做一點小生意，會寒暄一下。」

「他是誰？」萊斯莉問。

「他的名字是史蒂芬。」查克說。「這裡會剛好有火星巧克力棒嗎？」

「姓氏？」我問。

「熱巧克力？」查克問。「吃完肉凍之後，沒有比來一杯熱巧克力更棒的了。」

「姓氏？」

「他們不玩姓氏這一套。」查克說。

我想問「他們」是誰，但有時候讓接受訊問的人以為他們矇過了你一次比較好。我問史蒂芬是從哪裡來的。

「佩卡姆。」查克說。

我們問究竟是在佩卡姆的哪裡，但他說他不知道。

「你知道他拿槍做什麼嗎？」我問。

「什麼槍？」查克問。

「他用來射擊我們的槍。」我說。

有好一陣子，查克盯著我們，彷彿我們瘋了。然後他皺起眉頭。

「噢，那把槍。」他說。「你們一定是做了什麼事，因為那把槍純粹是用來自我防衛的。我的意思是，我不想讓你們認為他只是到處對任何人開槍。」

「他給你看過嗎？」

「什麼？」

「那把槍，」我說，「你看過嗎？」

查克往後靠在椅子上，隨手揮了一下。「當然。」他說。「但不讓我握住它之類的。」

「你知道是什麼樣的槍嗎？」萊斯莉問。

「就是一把槍。」查克說，用手比出手槍的形狀。「我真的不懂槍。」

「是左輪還是半自動手槍？」萊斯莉問。

「是一把格洛克手槍。」查克說。「和警察用的一樣。」

「我以為你不懂槍。」我說。

「史蒂芬說它是格洛克。」查克說。他轉向萊斯莉。「到底有沒有熱巧克力——我要死在這裡了。」

身為一個大部分沒有武裝的警察部隊，倫敦警察廳對於非法持有槍械，有許多相當嚴肅的看法。這種事多半會吸引資深官員的高度關注，他們也願意投入大量資源來解決這個問題，通常會結束在倫敦警察廳的槍支單位，也就是武裝特警隊的訪問，他們非官方的座右銘是：**槍不會殺人，我們殺持槍的人**。由於查克一定知道我們有多認真看待私有槍械這件事，那麼問題就會是——有什麼事情如此重要，讓他願意將他的朋友史蒂芬牽扯進來、被控持有槍械，只是為了掩蓋它？

特別是考慮到訊問了所有的目擊證人並搜索牛津圓環後，凶案小組相當確定，查克的好朋友「史蒂芬」下火車時身上並沒有帶槍。

「熱巧克力是嗎？」萊斯莉站起身問。

「是的，謝謝。」查克說。

萊斯莉問我是否想喝咖啡，我說好。我對著錄音機說，萊斯莉·梅警員已經離開了房間。查克咧嘴而笑。顯然他覺得自己守住祕密了——這正是我們想要他認為的。

「你的朋友史蒂？」

「史蒂芬。」查克說。「他不喜歡人家叫他史蒂。」

「你來自佩卡姆的朋友史蒂芬。」我說。「你認識他多久了？」

「從我是個孩子就認識了。」他說。

我查看自己的筆記，「那時你在聖馬克育幼院嗎？」

「當事情發生的時候，是的。」查克說。

「那是在諾丁丘。」我說，「離詹姆斯．葛拉格的家走路不到五分鐘。離佩卡姆有點遠。」

「我們都不喜歡被局限。」查克說。「有免費巴士之類的可搭。」

「所以你們以前一起鬼混。」我說。

「鬼混？」查克問，「對呀，我們以前一起鬼混。我們也經常一起找樂子，偶爾即興演奏音樂。」

「在你住的那一帶，」我說，「波特貝羅、蘭僕林嗎？」

「市集上總會有事情發生。」查克說。「史蒂芬有一點文青，他是吧——我們以前也會幫人跑腿、賣東西賺些小錢。」

「他很投入在藝術領域嗎？」我問。

「他的手很巧。」查克說。他說話的方式讓我懷疑他為什麼不想談論藝術。

「他做陶器嗎？」我問。

查克猶豫了。在他回答之前，萊斯莉端進來一個托盤的熱巧克力、咖啡和一碟餅乾。不幸的是，這部分的訊問已經被記錄下來了。所以我沒追問查克，而是在面前的便條紙上寫下筆記：**史蒂芬↓陶器？↓動機？**

萊斯莉對著錄音機表明身分，傾身向前喃喃說道：「我發誓，這間警局有最糟糕的咖啡。」我意味深長地看了查克一眼。

「真的。」我說。「真有趣。」

查克看起來小心翼翼，一臉事不關己的表情。

「你說你的朋友有槍。」我說。

「有過一把槍。」查克說。「現在他可能已經把槍給丟了。」

「他在牛津圓環的時候，身上沒有槍。」我說。

查克拿起他的熱巧克力。「就像我說的，他一定把槍給丟了。」

「不，他沒有。」萊斯莉說。「沒丟在火車上、沒丟在鐵軌上，也沒丟在荷蘭公園階梯和牛津圓環月臺之間的任何地方，我們搜過了。」

「有趣的是，」我說，「我不是被一把手槍射傷的，而是被斯登衝鋒槍射中。相信我，非常容易分辨出差異之處。」

「更不用說可以在彈道軌跡實驗室簡單區分了。」萊斯莉說。

「所以，我認為至少有兩個人。」我說，啜了一口咖啡。這**真的**糟透了。「兩個大眼睛和臉色蒼白的怪胎，我不覺得他們之中有誰來自佩卡姆。對嗎？」

「他們是兄弟。」查克說。你不得不佩服他這麼堅持。但這不重要。訊問中，一個謊言可以幾乎跟真相一樣好。這是因為所有好的謊言都包含了撒謊者以為他們能隱瞞的真相。這個真相會逐漸累積，因為比起你所編造的東西，真相更容易被記得，它仍然是前後連貫的，而謊言不是。你需要做的只是繼續以各種方式問同樣的問題，直到你能以另一種方式排序。這就是為什麼協助警方調查可以花上你一整天——如果你幸運的話。

「他們是精靈嗎？」萊斯莉問。

查克驚訝地瞥了一眼錄音機，然後看了看監視攝影機。

「你**確定**你可以談論這些事情嗎？」他問。

「他們是嗎？」我問。

「你知道，你們是唯一會說『精靈』的人，」查克說，「在那裡，我們不會叫人們精靈。如果你還想保有你的牙齒的話。」

「你說你父親是個妖精。」我說。

「嗯，他是。」查克說。

「河神都說你是半哥布林。」

「是啦，我不會跟河神唱反調，但她們不過是一群臭婆娘。」查克越說越大聲。

終於，我想，有切入點了。

「那麼，你的朋友史蒂芬是個哥布林嗎？」萊斯莉問。

「妳不應該到處叫人哥布林，除非妳了解那個詞的意思。」查克說，他的聲音又回到平常那愉悅的倫敦佬怪人腔調。不過我可以聽出隱含的惱怒。而且，他開始用手指敲桌面了。

「那我們應該叫他們什麼？」萊斯莉說。

「你們，」查克說，他指指我，又指著萊斯莉，「不應該用任何名稱叫他們——你們應該別管他們的事。」

「他們其中一個朝我開槍，」我說，「用斯登衝鋒槍。而另一個把我活埋在地底，在他媽的地底下，查克，留我在那等死。我不認為別管他們會是一個該死的選項。」

「他們只是在保護……」查克開口，然後住嘴。

「保護什麼？」我說。

「他們自己。」查克說。「你們是艾薩克．牛頓那派的人——歷史讓我們對你們的一切瞭若指掌。我們都知道，假如你格格不入的話會發生什麼事。」

所以一定是精靈，我心想。

「那麼他們在保護**誰**呢？」我問。

「自我防衛。」查克說。

明顯是在說謊。

「他的兄弟叫什麼名字？」我問。

猶豫。「馬可斯。」查克說——又一個謊言。

「他吃很多蔬菜嗎？」萊斯莉問。「諾蘭兄弟只為了兩個人就提供了一噸蔬菜。」

「他們過著積極健康的生活。」查克說。

「查克，」我說，「你以為我們到底有多笨？」

「我不知道，」查克說，「你想要我從一到十給分嗎？」

「他們是誰？」萊斯莉問。

我們看見他張開嘴巴說——他們是指誰？但萊斯莉一掌拍向桌子，「我的臉很癢，查克，」她嘶聲說，「你越快告訴我真相，我就可以越快回家，拿掉這個面罩。」

「他們是誰？」我說。

「他們只是一些人。」查克說。「你們得離他們遠遠的。」

「現在說這個太遲了。」我說。「自從你的朋友在聖誕節尖峰期間癱瘓了地鐵中央線開始就太遲了。這涉及到關閉月臺長達六個月，涉及到好幾百萬英鎊營收。如果我只是晃過去說『我們知道是誰幹的，但我們決定不去管他們』，你真的認為警方就會滿意了嗎？」

查克往前一倒，把頭壓在桌面上，充滿戲劇性的發出哀號。

「給我們一點可以往上呈報的資訊，」萊斯莉說，「那我們就能做個交易。」

「我需要一個保證。」查克說。

「你可以相信我說的話。」我說。

「我無意冒犯，彼得，」查克說，「但我不想要猴子給的承諾。我想要猴子主人給的保證——納丁格爾給的保證。」

「如果他們很**特別**，」我說，「那麼我們有機會把事情壓下來。但如果你想見我的主管，你必須先把事情告訴我。」

「他們是誰？」萊斯莉問。

根據查克的理解，他們是尤金．貝爾和派翠克．葛拉格在河岸南邊進行鐵路工程時遇到的人。

「不是在他們挖下水道的時候嗎？」我問。

「在那之前。」查克說。「他們幫忙挖了瓦平的隧道。」

這也解釋了為什麼貝爾的零包工團以挖掘而聞名。

「你說他們不是精靈。」我說。「他們是不同的嗎？」

「對。」他說。

「怎麼個不同法？」萊斯莉問。

「聽著，」查克說，「基本上有兩種不同的類型，對吧？有一種是生來就不同。就像我、泰晤士女孩和你所說的**精靈**，但這只是因為你不知道自己他媽的在說什麼。另一種是選擇性的不同，就像你和納丁格爾。」他指著我，然後皺起眉頭，「很抱歉，基本上有三種類型，好嗎？生來就不同、選擇性不同，還有被改變成不同。」他指著萊斯莉，「像是經過一場意外什麼的。」

萊斯莉盯著他的手指，他放下來。

我只是想問他這話是什麼意思，此時萊斯莉叫查克不要離題。

「不用在意我。」她說，「這些人是生來就不同嗎？你說的是這個意思嗎？」

查克點點頭。假如瓦立醫生不曾在我不知道這些術語確切的意義時，好好坐下來幫我上了一堂關於使用生物分類的嚴肅講座，我就會在我的筆記本上寫下**亞種**。我寫下了**變種**做為代替，然後又劃掉它。瓦立醫生只要有**生來不同**就滿足了。

萊斯莉要求他大聲說出來，好讓錄音機錄下來。

「生來就不同。」查克說。「我不知道他們原本來自哪裡。葛拉格和貝爾家族在他們當挖掘工人的日子跟他們有所往來。我不知道是如何認識的——或許是這兩家人把他們給挖出來了。」

「但他們是做陶器的人，對吧？」我問。

查克又點點頭，然後萊斯莉瞪了他一眼，「對，陶器是他們做的。」他說。

「他們有名字嗎？」萊斯莉問。

「誰？」查克問。

「這些人。」她說。「他們是矮人、小精靈、地精什麼的？」

「我們稱他們為無聲之人。」查克說。

「你帶詹姆斯．葛拉格下去見他們嗎？」我問，在萊斯莉有機會問他們是否真的不會說話之前。

「我透過祕密來源聽說，他在問帝國陶器後來的事，我認為我看到了一個生意機會。」查克說。「所以我向他推薦自己。我告訴你我是他的嚮導，記得嗎——你第一次問我的時候。」

「那個水果盆是你買的嗎？」我問。

「事實上是那個雕像。」查克說。「該說我帶他去哥布林市集，他在那裡買的。」

在我確定「哥布林市集」就是移動的拿撒勒時，萊斯莉凶惡地瞪了我一眼，但我覺得納丁格爾會想知道。

「你帶他去了博維斯廣場？」我問。

「不是那裡，」查克說，「是之前的市集——他是靠自己想辦法回到博維斯廣場的市集的。他是個聰明的男孩。」他把手指探進馬克杯裡，尋找熱巧克力的渣滓。

「那個盆子呢？」我問。

「他自己發現的。」查克說。

我冒著激怒萊斯莉的風險岔開話題，拿出特別從浮麗樓帶來的水果盆。儘管隔著透明的證物袋，我將它推過桌子送到查克面前時，仍然可以感覺到**感應殘跡**。

「這是那個盆子嗎？」我問。

查克勉強看了一眼。「對。」他說。

「就是那個盆子。」我說。「並非只是一個看起來很像的？」

「對。」查克說。

「你怎麼分辨得出來？」

「我就是可以。」查克說。

「所有陶器都可以這樣辨別嗎？還是你的辨認天賦只適用於粗陶器？」

「什麼？」

「如果我從餐廳拿了一個盤子給你看，」我說，「一星期之後，你能夠從一整堆的盤子之中挑出它來嗎？」

一整堆的盤子，我心想。天知道席沃會怎麼看。

「你瘋了，」查克說，「這是由無聲之人做的，不是中國的工廠生產的。」他說得很慢，想確定我能理解。「所以每一個都是不同的，就像每個人的長相都不一樣——這就是我能分辨它們的原因。」

我想知道查克，不管他是半妖精、半哥布林、半什麼都好，察覺**感應殘跡**的方式與我、萊斯莉和納丁格爾是否有所不同。如果他是上述的非人物種，那他會有不同的反應也很合理，或許沒那麼強烈。我做了另一個筆記，打算之後再研究，因為我知道萊斯莉想回到偵查工作上。

「繼續。」她說，直接打斷對話。「於是你帶著詹姆斯·葛拉格穿越下水道去見這些『無聲之人』？」

查克對她微笑。「妳知道，妳可以拿掉面罩——我們不會介意的，對吧？彼得？」

我預期萊斯莉不是不理會查克就是打他一巴掌，但她反而轉向我，給了我一個詢問的眼神。

「妳不必徵求我的同意。」我說，卻有一半希望她能戴著面罩。

她看著查克，他歪著頭對她微笑。

「如果你停止耍我們，」萊斯莉緩緩地說，「我就拿掉面罩。」

「好。」他毫不猶豫地說。

萊斯莉解開面罩，讓它滑下來。她的臉一如往常恐怖，汗水閃閃發亮。我愣了一會兒，才想到要遞幾張衛生紙給萊斯莉。當她擦拭臉龐時，我意識到查克正盯著我看——雙眼瞇起。

「面罩拿掉了。」我說。「輪到你了。」

「詹姆斯．葛拉格和七個小矮人。」萊斯莉說。

「我有說他們很矮嗎？」查克問。

我們兩個只是盯著他看，直到他繼續說下去。查克告訴我們，詹姆斯固執的程度，似乎只有美國人和雙層玻璃窗的推銷員才比得上。無論查克說了什麼、做了什麼，包括從房子裡衝出來一路跑到有賣酒執照的商店裡，詹姆斯還是不肯放棄。

「於是我們就湊了一些裝備，跑到兔子洞裡。」查克說。

一個有著恐怖氣味的兔子洞。我要查克在一張列印出來的Google地圖上，指出他們進入下水道那個確切的人孔蓋。令人震驚的是，它就位於距離詹姆斯．葛拉格家的路上五十公尺處。我想知道是否與雷諾茲探員找到的是同一個。

我們拿靴子給查克看，他說了不少放屁似的廢話。他同意，是的，它們是詹姆斯的靴子，或者至少看起來像是詹姆斯為了進入下水道而買的靴子。我的意思是，它們也有可能是別人的，不是嗎？這不像是他花了很多注意力在詹姆斯的靴子上——這樣就太奇怪了，對不對？

「除非你十分迷戀靴子。」查克說。「什麼樣的人都有。」

我抗拒著以我的額頭撞桌子的衝動。

最後，萊斯莉以各式各樣微妙的言語威脅讓查克明白，她正忍耐拿**查克的**頭去撞桌子的衝動。我們終於進展到他究竟是在哪裡將詹姆斯．葛拉格介紹給無聲之人。

「不是說他們真的被叫做無聲之人。」查克說。

「我們懂這些雙關語。」我很快地說。

不只是查克不確定他們怎麼稱呼自己，也不確定他們住在哪裡。「我知道如何從地下過去那裡。」我們再次拿出地圖時，他說，「但是對應地面上的確切位置，我一點概念也沒有，你知道的。」他最多只能確定是在諾丁丘的某處。

我懷疑自己知道確切的地方，但我沒有說出來。

他們並不是住在下水道裡，查克想澄清這點，他們居住在自己的隧道中，乾燥又舒適。但他無法說出隧道看起來像什麼樣子。「因為他們喜歡黑暗。」

詹姆斯一開始就愛上那裡了。「他一直提到牆壁如何如何。」查克說。

「他們呢？」我問。

「詹姆斯喜歡他們的感覺。」查克說。「無聲之人也喜歡他——志同道合的精神夥伴之類的。那是他們第一次讓我通過門廳——因為我是史蒂芬的朋友。」

「他的名字真的是史蒂芬。」萊斯莉說。

「我相信是。」查克說。「我沒有亂編。史蒂芬、喬治、亨利：他們都取像這樣的名字。他們沒戴平頂帽和牙套還真令人驚訝。」

他們不常外出，史蒂芬有點例外，根據查克的說法，喜歡往外跑的人不會住地底。

「那麼，詹姆斯在找什麼？」萊斯莉問。

「我不知道。」查克說，「某些藝術方面的東西，或者可能是一個女孩。你知道他們是怎麼說的。一旦你與精靈扯上關係，就會捨不得離開。」

他知道一些事——我可以從他一直試圖分散我們的注意力這點判斷出來。

「於是他就這樣走進去，把你留在外面？」萊斯莉問。

「留在門廳。」查克說。

「你一定多少知道他在做什麼。」她說。

「即使我為他們做了每件事，我還是只能進入門廳。」他雙臂交叉在胸前，「我不被允許再往裡頭去。」

「但他們讓詹姆斯進去。」萊斯莉說。「這讓你感到生氣嗎？」

「對。」查克說。「我得說的確是。」

因為詹姆斯得到了所有的擁抱、盛宴和喜悅的歡呼，他們並不在意查克親自救了史蒂芬很多次，或是處理了一些地面上的問題，因為查克不是貝爾家族或葛拉格家族的後人。查克沒被設宴款待——不是說他們真的有能力設宴。「就算是，」查克說，「表達一點感謝也好。」這驗證了一個教科書上的例子：在你被警察訊問的時候，為什麼盡可能說越少越好——直到他給了我們一個犯案動機，他的怨恨，我和萊斯莉幾乎要把查克當成嫌疑犯了。

現在，我跟萊斯莉互看了一眼——我可以看得出她也不相信是查克幹的。直到我移開視線才意識到，我從她裸露的臉上讀出了表情，卻沒被她臉變成的樣子所影響。

「葛漢．貝爾有被設宴款待嗎？」我問。「雷恩．卡洛爾呢？」

「雷恩．卡洛爾是誰？」查克問。

「知名的藝術家。」我說。「詹姆斯是他的粉絲。」

「不認識他，抱歉。」他說。「我沒辦法認識每個人。但如果他的確是卡洛爾一族的話，他們也會讓他進去。」

「那葛漢．貝爾呢？」我問。「他是總裁。」

「他以前會去拜訪。」查克說。「不過他的兄弟一直待在那裡。他瘋狂地熱愛挖掘——真的滿悲傷的，他就這樣死掉。史蒂芬說他們再也沒看見葛漢．貝爾了。」

「他們那裡有多少人？」萊斯莉問。

「不知道。」查克說。

「十個、二十個，還是兩百個？」

「超過二十個，」查克說，「至少有好幾個家庭。」

「家庭。」萊斯莉說。「天啊。」

「他們已經獨自存活了好幾百年，」查克說，「我敢打賭，你們的上司甚至不知道他們的存在。而現在呢？你們要帶一群人衝到下面？當你們發現他們的孩子沒有去上學，是不是要打給社福單位，指控他們逃學，未經許可就生活在地底？」

他瞪了我一眼。

「你不知道該怎麼辦——對吧？」

他說對了，我不知道我該怎麼辦，但那就是神為什麼創造資深長官的原因。

也不是說他們就知道該怎麼辦。

「你知道這些人的存在嗎？」席沃問納丁格爾。

我們在凶案調查的白板前召開會議，上面布滿了剛剛與案情變得完全不相干的人的作息狀況、筆記及照片。

「不知道。」納丁格爾說。

「這也許不是我該說的話，但我覺得這似乎疏忽過頭了。」席沃說，「湯瑪斯，你看，今年到現在為止，我與潘趣先生交了個朋友，幫忙燒燬了柯芬園，而米麗安這裡不得不處理有肉食性陰道的女人以及真正的貓人，現在我還得面對可能有一整個他媽的村莊的鼴鼠人、配備著他媽的斯登衝鋒槍生活在諾丁丘下。

「雖然我已再三被指示，在涉及**不尋常**及**特殊**情況時要尊重你們的專業知識，我仍有權利對於你們在這方面承擔責任的方式表達一定程度的不滿。」

「這的確是太不幸了——」納丁格爾開口。

「這不止是他媽的不幸，」席沃說，他的聲音很輕，「這是不專業。」

由於我非常了解納丁格爾，能辨認出他頭部的細微動作是什麼意思，才看出他瑟縮了一下。

「你說的當然沒錯。」他說。「我為此疏失道歉。」

史蒂芬諾柏斯對我露出一個搞什麼的表情，但我只是像她一樣驚訝。甚至連席沃看起來也很懷疑。

「在我接管浮麗樓之前，」納丁格爾說，「我很少在倫敦看到『行動』。我大多數的時間都待在國外。當我們失去了大部分的——」他一時語塞，「那些處理這類事情的同事都已經不在崗位上了。我完全有可能在文獻中找到關於這群人的記載，但就像你一樣，最近其他事分散了我的注意力，以至於太晚察覺。」

席沃瞇起了他的眼睛。「我們想盡快到下面去，」他說，「在那群混蛋挖洞之前。」他忖度了一下自己剛才說的話。「在他們挖得更深之前。」

「我建議我們等到聖誕節之後。」納丁格爾說。

「如果只是因為考量到加班費。」史蒂芬諾柏斯說，「你知道武裝特警隊和地區支援組將忙著過濾可能的目標清單，一直到新年過後。假如我們想要尋求支援，他們一定會要我們付錢，而我不認為我們應該單槍匹馬下去地底。」

「至少能讓我們在今天下午訊問葛漢．貝爾嗎？」席沃說。「如果他媽的不會太麻煩的話。」

「還有雷恩．卡洛爾，那個藝術家。」我說。「我們需要知道他是否接觸過無聲之人。」

「他媽的無聲之人。」席沃說，搖了搖頭。「我們節後特賣日的第一件事，就是把其他可用的人都召回來——他們應該因為聖誕晚餐而又爽又肥。然後，等每個人都從宿醉中清醒，我們就可以去地底探險了。」

「我會和泰晤士自來水公司談談。」納丁格爾說。

「你會嗎？」席沃說。「那真是太好了。」

史蒂芬諾柏斯嘆口氣，意味深長地看了我一眼。

「要喝咖啡嗎？」我說。

「如果你方便的話，彼得。」史蒂芬諾柏斯說。

阿貝的自助餐廳並不算太糟，雖然收銀機周圍的金蔥彩帶和展示的巧克力盒、穀片棒及小包餅乾纏在一起，努力想營造出歡樂的節慶氛圍。我不會再犯第二次同樣的錯誤——我選了茶而不是咖啡。

當收銀機後面的剛果裔女人在結帳時，我注意到金蔥彩帶掛得離熱食區太近，偶爾會浸入那鍋俄羅斯酸奶牛肉裡。正是這種對食品衛生的關注程度，解釋了為什麼倫敦警察廳的人會請這麼多天病假無法上班——還有，太常接觸狗與民眾也是原因之一。

他們不知道大家都在擔心大腸桿菌嗎，我心想。

然後我小心翼翼地放下托盤，轉身奔出餐廳，三步併作兩步地跑回調查辦公室。

顯然，我沒辦法付錢買飲料了。

「我們現在就必須下去地底，」我說，「在他媽的凱文・諾蘭設法殺掉他們大部分的人之前。」

25 蘭僕林站

看著席沃行動本身就是一種教育。儘管他是七〇年代易怒的上司，使用鶴嘴鋤柄，酒量勝你一籌，經常我他媽的、你他媽的，外表看起來是個老派的警察，然而打官腔地說，他的動作算是十分敏捷。

我們要和武裝特警隊一起行動，倫敦警察廳的武裝部隊，以他們作為後援。我知道納丁格爾比較想用柯福瑞和他歡樂的前傘兵團隊，但這仍是凶案小組的調查行動，而且席沃對於違法的替代軍敢死隊的看法很保守。此外，他藉由暗示案件可能與恐怖分子有關，設法爭取到了一支暫時沒勤務的特遣隊。缺點是必須通知基特里奇偵查佐，因為他是在職的反恐指揮科官員。

我們全都聚集在西邦爾公園路的西側，查克說這裡是最接近下水道的入口。天色很黑，當我們踏出車輛時，最後殘餘的髒雪在我們的十一號靴子下嘎吱作響。

「該死。」史蒂芬諾柏斯說，她在一處結冰的地面滑了一下。席沃抓住她的手肘幫她站穩。「還好我沒穿高跟鞋。」她說。

「你要跟我們一起下去嗎，長官？」我問席沃。

「別傻了。」席沃說，「我他媽的太資深了，不適合下去那裡。這完全是警員、巡佐和瘋子的任務。我們會為你們燒壺熱茶。」

納丁格爾穿著牡蠣白的Burberry風衣站在路燈柱下，使他看起來像老電影中走出來的人物。他只差一根菸、一頂帽子，還有一段與郊區主婦註定以失敗收場的愛情。萊斯莉待在Sprinter廂型車裡監視著查克，一邊享用裝在保溫瓶裡的咖啡和圈圈餅隨手包。我沒有同樣奢侈的待遇，因為這一切都是我出的主意。

基特里奇加入了我們，原來他是個穿著海軍藍三件式西裝的高瘦男子，而且臉很臭——雖然這也許只是平安夜還必須出來工作的反應。他在鈕釦洞上別了一小枝槲寄生，我忽然想念起在北方六百公里外的瓦立醫生，想像著他祖先的蹲式花崗石小屋，與他的家人一起坐在熊熊爐火前，用一杯理論上不算好東西的威士忌舉杯慶祝。

基特里奇朝我皺眉，然後轉向納丁格爾。「我們有個問題。」他說。

「那個美國人？」納丁格爾問。

「她看到太多事了。」他說。

「那你知道她應該要好好被照顧。」席沃說。

「真好笑。」基特里奇說。

「誰會在乎那個美國佬知道什麼？」席沃問。「他們才不會管這些他媽的巫毒狗屁。他們為什麼要管？」

「我聽到的解釋不是這樣。」基特里奇說，「有些事我們只能讓自己人知道。」

「那麼，我建議帶年輕的美國朋友跟我們一起去。」納丁格爾說。

「你瘋了嗎？」基特里奇問。「天知道那個聯邦調查局探員會對這整件事做何感想。她看到的還不夠多嗎？」

「我的想法剛好相反。」納丁格爾說。「我不認為她看得夠多。她現在在哪裡？」

基特里奇往街上揮了揮手。「在轉角那邊。」他說，「坐在一輛紅色 Skoda Fabia 轎車裡，是她從大使館第二商務處大使隨員太太的保母那借來的。」

「你確定嗎，先生？」我問基特里奇。

「自從他們把你由地底挖出來之後，我就派了一整個團隊看著她。」他說。

「為時已晚。」納丁格爾說。

「你少來，」基特里奇說，「這都是例行公事，直到你插手介入。」

「在你出生之前，我就已經開始看守祕密了。」納丁格爾說。「這一次，你只需要相信我。再加上這位年輕小姐非常聰明，她不必參與也可以自己拼湊出真相。」

「至少她不會變成一名目擊證人。」基特里奇說。

「幸運的是，」納丁格爾說，「眼見不一定為憑。」他轉向我，「你為什麼不過去邀請她呢？」他說。

我轉身慢步在街道上，哼著下屬的快樂曲調。我知道無論有什麼麻煩都不會降臨在自己頭上，也不會被指責是我把事情搞砸的。

偷偷摸摸地接近雷諾茲嚇她一跳是很好，不過永遠不要去嚇一個荷槍實彈的人是一個良好的經驗法則。因此我從前面走過去，對她揮了揮手。她臉上露出懊惱的表情——

她顯然認為自己已經甩掉了看守她的人——已經夠令我滿意了。

「妳的下水道裝備還在嗎？」她爬出車子時，我問。

「在後車廂。」她說。「我們又要下去嗎？」

「妳可以不必下去。」我說。

「給我五分鐘準備好。」

雷諾茲可能只需要五分鐘準備，但我們大概花了一小時，包括漫無目的地瞎摸、綑綁物品和測試裝備。這一次，我們向泰晤士自來水公司一名壞脾氣的職員借了合適的及腰橘色防水長靴。武裝特警隊的男孩們堅持穿著他們的深藍色防彈背心和頭盔，讓他們不幸地看起來像放棄了腰部以下整體打扮的現代忍者。我穿了一件全新的警用背心，不過外頭罩了件醒目的夾克。我打算採用和平外交的手段避免再次遭到槍擊，如果失敗的話，我會確保自己躲在有槍的傢伙後方。查克說我們最好不要帶槍，但這是武裝警察的事。當你需要他們的時候，你不會想晃來晃去等他們抵達。

這是一個好計畫，就像有史以來的所有計畫，將禁不起現實的考驗。

當我們準備好的時候，席沃發表了臨別訓誡，要我們他媽的別把事情搞得比現在更糟。然後他、史蒂芬諾柏斯和基特里奇，會溜到附近的酒吧設立一個「指揮中心」。

泰晤士自來水公司的壞脾氣職員把人孔洞打開，接著要我們自己來。

納丁格爾首先下去，接著是武裝特警隊的警官。我跟著他們，查克在我後面，萊斯莉與雷諾茲壓陣。我跳下梯子的那一刻就認出我們在哪裡。這是在我們被拿著斯登衝鋒槍的不知名攻擊者開槍、將我們逼上狹板道並摔下堰堤、前往奧林比亞與切爾西的地下派對路上，之前經過的同一個路口。那時這裡是一道湍急的水流，這次只是潮溼而已，而且莫名地香，至少以倫敦下水道的標準來說是如此。

庫瑪在等我們。

「你就是無法置身事外。」我說。

「下面比較溫暖。」他說。「我很驚訝你還會下來。」

我自己也很驚訝。老實說，我並不想下來人孔洞，可是一旦逼自己做了之後，我就沒事了。加上周圍都是我信任的人也有點幫助。正如《王者之劍》的名言：**那些殺不死我們的，就是殺不死我們。**

「現在往哪裡走？」我問查克。

他指指前方，在我認知中是北肯辛頓輔助排水道的方向，天花板太低，無法直立行走。可以理解武裝特警隊的傢伙們，對於要朝一條又直又長的下水道前進的興奮之情，他們想等到防彈盾牌送來之後再出發，但納丁格爾招手要他們回來。

「我們先去勘查。」他說，示意我和查克跟著他。我們跟著納丁格爾走進下水道時，特警隊的警官們露出同情的神色。我一想到要擋在武裝警官的前面就全身不舒服，但查克好像不覺得困擾，要不是他認為不會有麻煩，就是比我還信任納丁格爾。

我們前進了大約二十公尺後，查克要我們停下來。

「我們走超過了，」他說，「抱歉。」

我們退後兩公尺，查克一邊用拳頭在左邊牆壁上每隔固定的一段距離就敲一下，他忽然停下來，重複拍打同一個點。

「感覺是這裡。」他說。

我將手放在牆上他拍打的地方，有一絲打開烤爐和豬圈的感覺——因為我們身在下水道，那味道有可能來自別的地方。

納丁格爾將手放在我旁邊。

「真神奇，」他說，「我們要怎麼進去？」

「像這樣。」查克說，轉身用背抵住牆，一隻腳撐在對面牆上，然後往後推，讓一部分的牆面向後退。牆壁很光滑，我認出表面有一層和水果盆一樣的瓷漆，然後喀噠一聲悶響，查克身後的牆面固定住位置。

「不錯吧？」他說。接著往上指，在他上方是一道通往黑暗的開口，「這很像防火門，會自動關上，我往上爬的時候得有人撐住這裡。」

納丁格爾舉起手，做了個小手勢，會動的那部分牆面輕微移動了一下，然後發出喀噠聲，查克小心地移動肩膀。

「這樣也可以啦。」他說。

納丁格爾朝下水道叫喚，要剩下的人過來，留下兩名特警隊員看守岔路、另外兩名看守通道，然後他往上鑽進開口，轉身伸手將我拉上去。

查克和萊斯莉跟上來時，我四下打量，面積和市政府蓋的公有公寓客廳差不多大，雖然以公有公寓的標準來看，天花板還是嫌太低，低到要是我不注意的話，頭盔就會摩擦到。

「小心頭，親愛的。」萊斯莉爬上來時，查克告訴她。

一開始，我以為牆壁是走鑲嵌木板的維多利亞時代風格，但我很快發現那個顏色不對，太淺了。我用指關節敲敲鑲板，那是陶瓷的聲音錯不了，可是我用指尖拂過時，卻又感覺到木屑和菸草、啤酒以及威士忌混雜在一起。我望向納丁格爾，他也摸著牆，發現我在看他之後點點頭。空氣凝滯，充滿霉味又乾燥。

「我們得繼續前進。」他說。庫瑪、雷諾茲以及最後兩名特警隊員加入我們之後，這裡已經有點太過擁擠。只有一個出口，用假陶瓷木頭框著的一道門。

由於我們是規矩的警察，所以讓特警隊員走前面，不管怎麼樣，如果你堅持要擋在他們和任何潛在目標中間的話，實在沒道理帶他們來。

門通往一條長長的走廊，這次牆面不是用假木頭鑲板覆蓋，而是貼著髒兮兮的淡紫色壁紙。如果我還需要更多線索來判定無聲之人一點色彩概念也沒有，那麼這張壁紙就是了。每隔固定一段距離，牆上就掛著看起來像是空畫框的物體，納丁格爾一隻手搭著一名特警隊員的肩膀說話。

「迅速又安靜，小伙子。」他說。

我們出發了。你想像任何穿著重達半噸各式裝備的人涉水前進能有多安靜，我們就有多安靜，穿上了安全小祕訣——防水衣褲——我們就無法低調前進。走廊終點是一個T型岔口，我們停下腳步。

「現在往哪邊？」納丁格爾問查克。

「我不知道。」他說，「上次來的時候沒有岔口。」

「我真希望你沒這麼說。」萊斯莉說。

我想到了桌遊《宇宙荒舟》，但有些事你不會在別的警察面前大聲說出口。

納丁格爾沒有猶豫，他朝兩名特警隊員比了個手勢，他們便一人往左、一人往右，納丁格爾跟著其中一人，我跟著另一人。

一聲槍響傳出，在密閉隔間裡格外響亮。我猛地往後退到牆角邊，納丁格爾大喊：「別開槍！」

接下來是很長一段時間的靜默，我趁這時站起身來。

「我想這是示警。」納丁格爾說，「彼得，請帕莫先生到前面好嗎？」

查克用力搖頭，萊斯莉將手放在他背上，慢慢將他推向前，直到他將頭探出轉角。

「可以麻煩你告訴他們，我們沒有敵意嗎？」納丁格爾說。

「你覺得有人栽在這句話上頭過嗎？」查克問。

「我不希望他們栽在任何東西上，帕莫先生。」納丁格爾說，「我們得達成一些協議，不然恐怕事情會變得很棘手。」

「是什麼讓你覺得他們會有興趣達成協議？」查克問。

「要是他們真的有意，早就把我們射死了。」納丁格爾說。

左邊的特警隊警官清清喉嚨說：「通常我們的目標是盡快減緩衝突的緊張情勢，長官，」他說，「僵持得越久，行動失敗的機率越高。」他顯然很想趕快回頭撤退，所以這番發言頗令人印象深刻。

「我了解了。」納丁格爾說。

「看著老天的份上說句話，查克，」我說，「平常不是很難要你閉上嘴嗎？」

查克嘆氣，移動身體往前，從納丁格爾的肩膀上方探頭出去。

「喲！」他喊道，「『十噸』在嗎？這邊有個人想跟他說話。」

他屏息，我聽到一個聲音，從黑暗中飄出來的耳語。

「你們聽到了嗎？」萊斯莉問。

查克噓她，「我試著在聽。」他說，然後越過納丁格爾的肩膀大喊：「你最後說啥？」

萊斯莉翻了翻白眼，但保持安靜——我還是分辨不出任何字詞。

「他說，納丁格爾和士兵們要留在外面，不過他們願意跟混種說話。」他看著我，「順帶一提，那是指你。」

「為什麼是我？」我問。

「不知道。」查克說，「可能只是因為他們對你的評價不高。」

「你絕對不能一個人去。」納丁格爾說。

這點我完全同意。

混種，我想，好久沒聽到這個說法了，自從母親和一九五〇年代在牙買加長大、將政治正確視為事不關己的朵莉絲姨婆漸行漸遠後，就沒再聽到了。如果這些人還這麼老派，我心想，那他們在別的方面可能也很老派。

「告訴他們，我們帶了一名護士來，」我說，「好確保每個人都很健康。」

「你在想什麼，彼得？」納丁格爾問。

我轉頭招呼和庫瑪一起待在後方的雷諾茲探員過來點。

「妳東西都帶著嗎？」我問。

她有一會兒看起來很疑惑，然後點點頭。

萊斯莉戳戳我的手臂，「別想丟下我。」她說。

「兩名護士。」我告訴查克。

為了維持他們在黑暗中的視覺，我們避免將手電筒光線往特警隊員和納丁格爾身上照，雖然他半隱身在黑影中，我還是看得出他不喜歡讓女人去冒險。

「長官，」我說，「必須這麼做。」

納丁格爾嘆氣，對查克點點頭，他大叫說想帶兩名護士去見他們。我聽不懂對方的回覆，但他們交換了幾句話之後，查克鬆了一口氣，說他們願意和我們談談。

「和我談的是誰？」我問。

「十噸。」查克說，「也可能是十噸的女兒。」

「真有趣。」我說。

「可別胡搞些什麼。」查克說。

「為什麼我會想跟十噸的女兒胡搞？」

「想都別想就對了。」查克說。

「不能跟十噸的女兒胡搞瞎搞，」我說，「了解。」

「這是在演哪齣啊？」萊斯莉問。

「我一點概念都沒有。」我說，但我想我可能有一點。

「如果要走的話，那還不如馬上動身。」查克說，他大喊說我們要過去了，然後走到左邊的特警隊員前方。我跟上去時，納丁格爾要我小心一點。

「我的計畫是這樣沒錯。」我告訴他。

「有計畫嗎？」雷諾茲問。

「幫幫忙好嗎。」萊斯莉說。

我們加入查克，我將手電筒往地道前方照，我好像看到遠處有一張張蒼白的臉孔。

「你的燈往下比較好——照你跟前就好了。」查克說。

「為什麼要這樣？」萊斯莉問。

「他們的眼睛很敏感。」他說。

身為警察，隨時隨地讓人覺得你比旁邊的普羅大眾知道得更多是很重要的一件事，要讓人這麼覺得的最好方式，就是實際上真的比旁人所了解的知道更多，例如：我很確定我知道無聲之人的聚落在哪裡，我、萊斯莉和納丁格爾決定稱之為聚落，因為不喜歡「村子」這個字的人口統計意涵，也不是很想用「小村莊」這個字眼。

「如果是小鎮怎麼辦？」萊斯莉在任務簡報時這麼問過，「如果是城市怎麼辦？」

「只好希望不要了。」納丁格爾說。

那時，我建議如果是這樣的話，應該把整個問題交給泰本解決，但納丁格爾不怎麼感興趣。

他覺得我們至少應該搞清楚問題到底有多嚴重，再決定該怎麼處理。我沒說無聲之人已經好好生活了一百六十年，也沒造成什麼問題——至少沒影響到女王的和平。從歷史的角度看來，無聲之人的問題可比我們推測為他們居住地上方的那個城市還小得多。

倫敦是世界上第一座超級城市，北京、君士坦丁堡或羅馬也可稱得上超級城市，不過純粹以瘋狂迅速的擴張模式來看，倫敦是第一座，之後所有的大城市才一一跟進。十九世紀時都市往西邊移動，因為富人和中產階級想逃離窮人，而窮人想逃離老鼠。很多地主都是貴族階級，他們紛紛拋開了對土地的迷思，將農場土地劃分為住宅區。米德賽克斯地區一夜之間出現一整個社區，那些別墅、陽臺、小屋都需要一樣東西——磚塊。數以百萬計的磚塊。幸運的是，有人在波特貝羅路西邊那塊難以排水的空地，發現一整片品質優良的黃黏土。

製磚師傅抵達，剛被取名為陶器巷的街道兩排林立著磚窯，還有陶器工匠們搖搖晃晃的房子，真諷刺。接著，由於辛苦工作了一天，製磚後補充活力的最好方式，就是來份培根三明治。因此養豬人也搬來了。倫敦都市擴張的另一個因素是鐵路，它將鐵爪伸進鄰近鄉村，建造鐵路需要一整隊的挖洞工人，哪裡房租低就往哪裡去。他們自己私釀酒水，但警察很少管，那一帶逐漸被稱為陶窯與豬圈，尤金．貝爾和他的零包工團在發財之前就住在這裡。尤金．貝爾有個小名，也可說是他在工地時的稱號，叫做「十噸挖工」——我不覺得這只是巧合而已。

坐落在這地區心臟地帶的，是一座滿是豬糞的人工湖，當地人稱之為「海洋」。就算是維多利亞時代的人，還是有些標準的，當倫敦城市終於吞沒了這一帶，海洋就變成一座公園而不是住宅區。我懷疑在那下面、有著許多優質黃黏土的地方，就是無聲之人的村子。

他們領著我們穿越一連串的地道，都是拱型的，鋪著滑溜的石磚，看起來很像是座特別昏暗的地鐵站，只是少了照明與監視器而已。

兩個帶路的瘦巴巴白人男孩穿著愛迪達連帽T恤，看起來很眼熟，也算是令人放心。偶爾伸手指示我們方向時，我瞥見他們有著長長指頭的蒼白雙手，雖然戴著面罩型太陽眼鏡，還是瑟縮著避開我們的手電筒燈光。

其中一條走道明顯可以感覺到微風吹來，而且我發誓，我在另一條聽見了自助洗衣店烘衣機隆隆轉動的聲音——甚至有衣物柔軟精的淡淡氣味。

有件事很確定，要是他們真的是那群消失礦工的食人族後代，他們的生活至少比在電影裡演得還要好。

「他們好像放鬆很多。」萊斯莉說，其中一個戴帽的男孩揮揮手，要我們停在一道門前。

「那是因為我們在他們的地盤了。」查克說。

「地盤？」雷諾茲說。

「宅邸。」我說。

「院子？」雷諾茲面無表情時，我試著說道。

「兜帽。」查克說。

「了解。」雷諾茲說。

一個帽子男孩靠近查克，對他耳語了些什麼。

「他說我們得把手電筒關掉，」查克說，「那讓他們眼睛很痛。」

我們遲疑，心裡都想著同一件事。我感覺到萊斯莉和雷諾茲探員在原地移動，讓雙臂有可以移動的空間，雷諾茲也確認可以隨時抽出格洛克手槍。我們沒辦法控制，我們是警察——在各種情境之下的被害妄想是工作所需，他們要我們接受各種測驗等等。

「或者我們也可以回頭，」查克說，「我不介意。」

我吸了一口氣，呼出來，然後關掉頭盔上的燈。萊斯莉和查克照做了，最後雷諾茲喃喃自語說了幾句，也把燈關了。

一開始幾秒鐘我感覺還好，但忽然之間好像又回到了牛津圓環地底，我聽見自己開始喘氣，但就算我試著控制自己的呼吸，還是開始顫抖。一隻堅定的手抓住我的手臂，然後滑下握住我的手，捏了一下——我很確定是萊斯莉，我驚訝到忘了恐慌。

我們眼前的大門打開，出現一間昏暗綠光點亮的房間。萊斯莉放開我的手。

房間很寬敞，挑高圓頂的天花板掛著吊燈，不過用的不是蠟燭而是化學螢光棒，裡面都是無聲之人，像地鐵車廂內的通勤旅客。他們的體形大小各不相同——我注意到裡面沒有小孩——大多數都很纖瘦，有著蒼白的長臉和大眼睛。我至少看見兩個金頭髮的人，大部分都還是淺棕色。他們一定是個獨特的族裔，而我遲遲到現在才發現，當我將開槍射我的與我追上火車的那位視為同一人時，就犯了種族錯辨的經典錯誤。對一位受過觀察訓練的跨族裔倫敦人來說，這實在有點丟臉——我把錯怪到他們穿的那種該死帽T上。

查克預告說無聲之人想碰我們。

「碰哪裡？」萊斯莉問。

「把他們想成盲人就對了。」查克說，「他們很依賴觸覺。」

「太棒了。」萊斯莉說。

「而且你們要摸回來。」查克說，「不用真的摸遍，你知道的，輕輕滑過，帶點感情——只是為了禮貌。」

「你還有什麼想分享給我們知道的嗎？」我問。

「噢，有，」他說，「不要提高音量，這算是種失態。」他轉身走進房間。

我跟著他走進去，碰觸立即開始，不粗魯，但一點也不含蓄。我感覺到手指從我肩膀滑過，一隻手碰了我的大腿一下，拂過嘴脣的碰觸讓我想打噴嚏。

「噢，天啊。」我聽見萊斯莉在我身後說，「感覺好像又回到十五歲。」

為了表示禮貌，我經過他們的時候用手背刷過他們——似乎這樣他們就滿意了。他們聞起來就像所有人一樣，帶點汗味、食物味、一抹啤酒味還有一點點豬糞的味道。房間中央是一張狹長的維多利亞風橡木桌，是用真的木頭做的，在見過這麼多陶瓷材料之後，我幾乎可以聞到木頭的味道。

桌子另一邊，有名身穿黑色訂製西裝的男人禮貌地等著我們。西裝領子是七〇年代的翻領和花領帶，他的眼睛藏在一副飛行員太陽眼鏡後方，身上散發出的力量像是有史以來最棒的重低音音響，重擊我的胸膛。自從我親身面對河流老爹——泰晤士之父本人之後，就再也沒遇過這麼強的力量。不過，這個人散發的是榮耀、汗水、鶴嘴鋤以及蒸氣味，還有鐵鎚的敲擊聲與磚窯的炙熱溫度。

噢，狗屎，我心想，如果這不是《碟形世界》中的矮人低王，那麼我就是克里克伍德女子俱樂部的會長。一切都說得通了——除了他不是真的矮人，也沒有國王的外貌之外，而且他們做的是晚餐盤，不是劍或者有力量的戒指，但他一定是另一個地域守護神，要不然就是力量幾乎一樣強大的東西，納丁格爾一定會又驚又怒，雖然是以緊抿上嘴脣的方式來展露怒氣。

「我的名字，」那男人低聲說，「是十噸馬修，這是我的女兒伊莉莎白。」

他旁邊站著一名戴面罩型太陽眼鏡的年輕女子，淡棕色頭髮編成法式辮子，垂落一邊肩膀。她的下巴細長、小嘴、大眼睛，小小的朝天鼻幾乎撐不起墨鏡。雖然綠色燈光很昏暗，我還是看得出她特別蒼白的皮膚近乎半透明，也注意到她轉向我們的時候，查克刻意避開視線。

原來哥布林男孩愛慕公主，我想，結局不會太美好的。

十噸馬修指著我們這邊的桌子旁一張有著黃銅邊的皮革軟椅，示意我們坐下，伊莉莎白要萊斯莉和雷諾茲過去坐在她對面。我們就定位後，群眾湧過來靠在我們背後，好幾隻手放在我肩膀、背部和手臂上，撫平我的衣服，在我的螢光背心上尋找不存在的線頭，還給了我頗舒服的肩頸按摩。標準的理毛行為——瓦立醫生後來這麼告訴我，我們的靈長類夥伴很愛這麼做來增進團體凝聚力。瓦立醫生說，人類的語言也是因為相同目的而存在——不然，為什麼你要跟公車站的陌生人胡聊瞎扯，之後才想知道自己到底為何這麼做？

我坐下時，十噸抓住我的手，一把將我拖過半張桌面。他檢視我的手指和指甲，然後翻過來用長滿繭的手掌撫過我的手，他發出一聲嫌惡的哼聲後放開，我想應該是因為我的手掌太光滑了吧。桌子另一邊，伊莉莎白也對萊斯莉和雷諾茲做了相同的事，但查克被略過——我想他應該已經被歸在粗皮膚類別下面了吧。

十噸馬修往桌子這邊俯身，近到我的臉頰可以感覺到他的呼吸。「你要喝點茶嗎？」他問。

「不用了，謝謝。」我輕聲說，「我覺得時間不夠。」

這當然不是真正的原因，但是沒有人會在第一次見面時就侮辱主人，畢凱艦長[1]一定會覺得很開心。

我望向伊莉莎白、雷諾茲和萊斯莉，她們幾乎頭碰頭——我聽不見她們在說什麼。忽然間，她們全轉頭看向查克——他瑟縮了一下。

十噸對上我的眼神，「有什麼事那麼緊急，讓你來不及喝杯茶？」

「來不及喝茶。」我的頭正後方有個聲音低語道，遠一點的地方又有個聲音重複喃喃輕述，然後更遠的地方有更多聲音加入，像回音一般，**來不及喝茶**。**緊急**。

「我覺得凱文．諾蘭可能想殺你們。」我輕聲說，聽見這句話被傳遍整間房間。**凱文．諾蘭……殺你們**。

十噸試著忍住不大笑出來，嘴脣扭曲，「我覺得你誤會得很嚴重。」他輕聲說，「凱文從來沒蒞臨過，他非常害怕安靜的地方。」

誤會，**蒞臨**，**害怕**，耳語齊聲喃喃說。

「我不覺得他是故意計畫這麼做的。」我說。

故意，**計畫**，**覺得**。耳語的和鳴又響起。我願意付一大筆錢讓他們停止。

「就像他哥哥告訴我的一樣，」十噸喃喃說，「凱文連隻蒼蠅都不忍傷害。」

查克在我旁邊哼了一聲——可能是想到自己在牧者叢市集遭到的那陣毒打。

「我相信他供應你們大腸桿菌超標的食物。」我輕聲說。

群眾沒有重複這句話。我看到十噸和他女兒臉上茫然的表情，發現他們還沒理解我們講了什麼。

「上一次送來的食物就被汙染了。」我小聲說，四周的**群眾**重複**汙染**這個詞，十噸馬修看起來很驚訝。

「你確定嗎？」他問。

我有萊斯莉拍到凱文將貨板裝上箱型車照片的放大版，箱型車車身上寫著寇茲父子公司，那天早上食品標準署剛禁止這間批發商銷售食物，於是他們決定偷偷賣掉一些庫存——便宜賣。這就是為什麼凱文會買，然後塞在他的箱型車後方準備送去給無聲之人——就在我和萊斯莉眼前這麼做。

「我以學徒的身分發誓，」我說，比我原先有意的還要大聲，「更重要的是，有人吃了前天送下來的食物嗎？」

十噸往後靠，胸膛起伏著，嘴巴大張，開始發出一連串不連貫的嘶嘶聲，然後他的臉漲成粉紅色，接著他一邊發出嘶嘶聲，一邊傾身向前一掌拍在桌面上。

我畏縮了一下，掙扎著要退開還是衝上前去為他施行哈姆立克法催吐。我本來已經要站起來了，卻發現他其實是在大笑。

「我們不吃那個，」他控制住呼吸後低聲說，「我們的日常雜貨是跟猶太人買的。」

---

1 電視影集《銀河飛龍》（Star Trek）中的角色。

「哪個猶太人？」我問。

十噸伸出手碰碰女兒的手臂，好得到她的注意。

「妳說那個猶太人叫什麼名字？」他問她。

伊莉莎白對著我翻白眼，至少我覺得她是在翻白眼，戴著面罩型墨鏡實在很難看出什麼端倪。她輕聲說：「特易購。他說的是特易購。」

「你們在特易購買東西？」查克問，有點太過大聲。

「他們會送貨來。」伊莉莎白嘶聲說。

「妳之前會差我去買東西。」查克小聲說。

十噸不喜歡這樣——她對女兒皺眉，但她忽略他。

「你一直自告奮勇說要去，」她輕聲說，「像隻友善的老鼠。」

「這是怎樣？」十噸問，抓住查克的手腕，「你們背著我說話？」

「喂！」我以正常的音量說話，話語聲像直升機的下降氣流一樣在人群中擴散開來，「認真點，這很嚴重——如果不是用來吃的，那你們拿那些該死的蔬菜怎麼了？」

我看見它們之前就已經先聞到了。豬糞的氣味有種特質，沒有任何東西像豬食的味道一樣，可以停留在你鼻孔裡這麼久。

就像我說的，他們以前把這地方叫做陶窯與豬圈，我想起這件事，然後好奇十噸的祖先們是否真的下了將豬圈移往地下的決定，或者是這塊區域慢慢下沉，就像雷鳥神機隊降落在崔西島上一樣？十噸牽著我的手，帶我走過一間間圓頂房間時，我覺得答案應該是後者。房間被微弱的馬車燈光線點亮，每間都有給豬打滾的地方、飼料槽以及一隻隻白化症的豬。飼料槽中盛裝著胡亂搭配的蔬菜，就像凱文・諾蘭兩天前送來的一樣。毫不意外的，他們期望我用手去摸那坨該死的東西，十噸將我推到一頭正在泥巴中打滾的大肥母豬前，雖然我媽來自森林中的小村莊，但我不是鄉下人，不喜歡看到我的培根三明治好奇地嗅聞我的手指，但有時警察工作需要你屏住氣愛撫一隻豬。

那隻動物的肌肉在我手掌下摸起來粗糙又溫暖，和人的皮膚相似到讓人不安，我試著抓抓牠，母豬發出一聲鼓勵的悶哼。

「乖豬豬，」我輕聲對十噸說，「很有肉。」我發誓，有時候我並不知道自己是怎麼想出這些臺詞的。

大腸桿菌會透過食物鏈傳播嗎？我想得自己找答案了。我必須先想辦法找個衛生稽查員下來，他必須：第一，不會嚇死；第二，不會尖叫著跑去找媒體，或者更糟，跑去找泰晤士自來水公司。

這裡很臭，在這種密閉的地下空間，我想我們應該早就被臭味熏死了。我能辨認出在陰影中的蒼白人影，上半身沒穿衣服，正在將糞便鏟進推車中——這解釋了臭味會往哪裡去。我想起在特拉法加廣場的一場抗議活動中，曾經和一個綠色和平組織的漂亮女生聊過，她鉅細靡遺地說了很多其實我不太想知道的細節，她說豬糞完全無法當作肥料，還比較像是工廠的有毒廢棄物。無聲之人不可能把豬糞倒進泰晤士河中，此舉一定會引起泰晤士之母的關切，跑來找他們「懇談」。

「你們怎麼處理豬糞？」我問。

十皞捏捏我的前臂，我開始認出這是他表達贊同的方式，他拉著我沿著一條兩旁鑲著閃亮白色瓷磚的走廊走，「輕鬆簡單清乾淨。」我停下來碰觸瓷磚光滑的表面時，十皞說。

我們正跟著其中一名推著推車的傢伙穿越走廊，到達一間也有著同樣白色瓷磚的拱形房間，然後他打開地板上的一扇拉門，動作熟練地將豬糞倒進去。他鏗鏘一聲抓住附近一個裝滿水的桶子，朝推車和拉門邊緣傾倒，然後他打開鑲在牆上的水龍頭重新裝滿水桶，又推著推車沿走廊回去，應該是要去搬運更多屎。他離開時，我看見另一個人推著滿滿一車豬糞朝我們走來。

十皞帶我走向下一間房間時，我以為我知道接下來會看見什麼。

但是我錯了。

後來我查了數據才知道，以每一公斤體重來說，一般的豬會產生比人類超過十倍的廢物，更不用說這些豬特別大隻，製造出的豬糞更是多到爆炸。不只多到足以讓人溺斃在裡面，散發出的臭味更是人類所知的動物副產品無可匹敵的——不會讓你受鄰居歡迎。但是你可以把那些糞便丟進所謂的水平柱塞流式反應槽中處理。豬屎從一邊進去，一些品質很好的肥料會從另一邊出來，而機器上方還能搜集到沼氣，這個過程也能去掉臭味，有些農場會單純因為這個原因處理豬糞。重點是，在倫敦這麼冷的氣候中，你得拿大部分沼氣來維持適合機器運作的溫度，所以這種技術在北歐一直不太盛行，反倒是積極發展的非政府組織，像是綠色和平以及穿有皮革護肘毛呢西裝外套的中年男子愛用的簡單永續工程科技。

我原本想像的簡單很多。

但眼前是一堵十公尺高牆，滿滿一整面的黃銅管線，上頭有轉盤、刻度表和停止閥，兩名較年長的男人穿著斜紋棉布褲與白T恤，外罩皮革無袖短上衣，用面罩遮住蒼白的臉龐，操作著兩排制動桿，讓我想起老式的鐵路信號箱。裝置中央一根上升的排放管發出汽笛音，一名工程師幹練地移動到一排刻度表前，用手指在轉盤表面摸索了一下——轉盤沒有玻璃罩——然後冷靜地將兩根拉桿快速往下拉，接著將停止閥的轉輪往左轉了四分之一圈，汽笛聲停止。

我學過的工業化學已經離開我的腦袋超過七年了，但還是有留下一些基礎知識，足夠讓我認出這是裂解設備——即使它長得像儒勒．凡爾納小說中掉出來的東西。無聲之人正以工業化的規模提煉來自豬糞的碳氫化合物。

這時我才驚覺泰本錯了。

我們絕對沒辦法把無聲之人的存在公諸於世，如果健康與安全執行局沒勒令他們停止運轉的話，那麼這座天殺的精煉廠上方、倫敦最富裕社區之一的居民也會出手干涉。健康與安全執行局可能是對的，因為這裡的工安水準一定跟維多利亞時期的快樂血汗工廠差不多。

我都還沒提農場福利人士對那些豬的處境會有什麼意見，或者水務監管部門對他們和下水道系統的關聯會作何感想，又甚至教育標準局對他們兒童教育的看法——說不定根本沒受教育——還有肯辛頓和切爾西的社福或住宅機構。無聲之人會像居住在雨林中礦藏豐富地區的矮人部落一樣，迅速乾淨地被掃走，一點聲息也沒有。

「我們非常以此為榮。」十嚬小聲地說，把我忽然僵住的動作誤認為驚嘆。

「我想也是。」我輕聲回覆，然後問他這些都是為了什麼。

答案是用來燒窯用——好像我猜不到一樣。

十嚬帶我到一間工作坊，史蒂芬——我越來越能分辨他們誰是誰了——正在手拉坏，雷諾茲探員和萊斯莉在一旁觀看。帶她們過來的是伊莉莎白，萊斯莉抓住我的手臂，就像之前十嚬抓住我那樣，然後將我往下拉，直到她能在我耳邊說話。

「我們不能留在這裡，」她輕聲說，「就連納丁格爾也沒辦法再等多久，他們會衝進來的。」

而且會帶著所有他能集結到的特警隊員。

儘管光線很昏暗，萊斯莉還是能讀懂我的表情。「是啊，」她說，「你真該看看這些人窩藏的軍火庫。」

「妳們兩個先回去。」我低語。

「然後留你一個人在這裡？」她低聲怒斥。

「如果發生什麼事，」我小聲說，「妳可以回來接我。」

萊斯莉把我的頭轉過來，直直盯著我的雙眼。

「這又是你的什麼蠢花招嗎？」

「妳從十噸的女兒那邊挖到什麼嗎？」我問。

「史蒂芬是她的未婚夫，」萊斯莉輕聲說，「至少她爸是這麼認定的，但我覺得史蒂芬想離開部落。」

我瞥向史蒂芬，發現他沒戴太陽眼鏡，似乎不介意明亮的光線。是比較不敏感呢，還是沒那麼拘束？

萊斯莉解釋說，這是一段三角戀情，甚至有可能是四角，但不管怎樣，以無聲之人的標準來說都是醜聞。萊斯莉形容他們住在「珍・奧斯汀最後的地下碉堡」中，伊莉莎白被許配給史蒂芬，但因為被他忽略，愛爾蘭來的魅力十足又溫文爾雅的表兄弟反而擄獲了公主的芳心。

「雷恩・卡洛爾」我問，「顯然她喜歡藝術家型的。」

「噢，沒錯。」萊斯莉輕聲說，「不過那人來自比愛爾蘭更遙遠的地方，英俊的美國人，參議員的兒子，剛死沒多久。」

詹姆斯・葛拉格。

「他們有沒有——」

伊莉莎白太端莊了，說不出口，但萊斯莉和雷諾茲很確定他們至少熱吻過。我記得查克無法直視伊莉莎白的樣子——絕望的愛戀。這在警方的賓果表上可是大大的一個勾

——我迅速確認查克沒有趁我們分心的時候溜走，他還待在我們旁邊，仍舊盯著伊莉莎白看。

「他的手上沒有傷痕。」我輕聲說，但也有可能是他癒合得很快。

「ＤＮＡ檢驗結果出來後就知道了。」萊斯莉低語，「如果是他，雷諾茲特別探員一定會得意洋洋。」

我們確定雷諾茲沒在偷聽我們講話，她正用一種可說是驚嘆的表情盯著史蒂芬看。我看著史蒂芬正在拉的陶器，那東西散發出一種柔柔的光暈，如果你是我或萊斯莉，會覺得有點熟悉。

我出乎意料地發現，自己眼前擺著一張中了獎的大樂透。

「妳必須立刻回去找納丁格爾，」我低聲說，「查克留給我處理。」

「這是你的蠢計畫對不對？」她小聲回答。

我要她別擔心，在吃聖誕節晚餐之前一定能搞定所有事。

「給你六十分鐘。」她的鼻息讓我的耳朵癢癢的，「然後我會帶著空降特勤隊回來。」

「我半小時後就會脫身。」我小聲告訴她。

但我只花了不到二十分鐘就解決，因為我實在**太**厲害了。

聖誕日當天

26 斯隆廣場站

他是最好抓的嫌疑犯，以為自己已經逃過一劫的那種，這不只讓他們非常好抓，你還能親眼目睹他們打開門、發現你正站在門外時臉上的表情。

「雷恩・卡洛爾，」我說，「我以謀殺詹姆斯・葛拉格的罪名逮捕你。」

他很快看了我一眼，視線移到史蒂芬諾柏斯臉上，然後又望向我身後的雷諾茲——我們帶她來觀摩；接著又看著基特里奇——他來盯著雷諾茲。我看得出來有短暫的幾秒鐘，卡洛爾考慮過要逃跑，但是了解到不會成功，肩膀便垮了下來。好一個聖誕禮物。

我宣讀完警告詞，將他帶往其中一輛待命警車。我們用不著將他上銬，雷諾茲探員對此感到很驚訝，基特里奇告訴她這是倫敦警察廳的政策，除非嫌疑犯需要制伏——這樣一來，可以避免他們的雙手與手銬摩擦受傷、姿勢性窒息，以及絆倒時臉朝下直接撞擊人行道的危險。絕對不是因為我忘了帶手銬。

我們讓他在訊問室裡坐下，給他幾片平凡無奇的消化餅和一杯茶，讓他休息個五分鐘，然後我就開始偵訊了。席沃認為在他下達指令前，我們還有半小時的時間——真的是可以放輕鬆慢慢來。

我自我介紹完之後坐下，問他需不需要什麼東西。

他的臉很蒼白，病懨懨的，頭髮被汗水濡溼，眼鏡後方的藍眼睛很警戒。

「我請律師來過了嗎？」他問，「我很確定我還保有各種人權。」

我示意他已經請過了，而且他的律師應該隨時會抵達。

「不過現在，」我說，「我想我們得聊聊也許無法在法庭上見光的事。」

「具體來說是哪些事情呢？」他問，顯然已經恢復鎮靜。這樣可不行。

「無聲之人。」我說，他看起來真的一臉茫然，這令人擔心。「墨鏡、蒼白皮膚、住在下水道、養豬、製作陶器。這些你有印象嗎？」

「噢，」他說，「你說那些低語者。」

「這是你對他們的稱呼嗎？」我問，想到我們真的需要統一這見鬼的一大堆名稱。說不定得訂定一條歐盟指令，來協調全歐洲如何命名這些怪誕事物——算了，還是不要好了，搞不好弄到最後全都是法文。

「你沒注意到那些耳語嗎？」他問。

「外加毛手毛腳亂摸。」我說。

他要笑不笑地說：「那可算是一項福利。」

「你好像不是很訝異我們正在談論這件事。」我說。

「有個像是《時光機器》裡住在地底的莫洛克族，定居在倫敦西區地底，」他說，「一個維多利亞時期的地底國，人人都戴無邊帽，還有蒸氣引擎。我是個愛爾蘭人，所以不驚訝英國的安全機制連那裡也管得到。」

「如果你是安全機制的一員，就會覺得很驚訝。」我說。

他淡淡一笑。

「如果你已經知道低語者，」他說，「那麼你還想從我這裡得到什麼？」

「你應該了解，不管怎樣，自己都必須要為殺害詹姆斯．葛拉格負責吧？」我說。

「我一點也不了解。」他說，但無意識地將剛用繃帶包紮好的右手滑到桌子底下，不讓我們看見。他在泰特現代藝術館時戴著無指手套，不是為了裝腔作勢，而是為了掩人耳目。

「我們發現你手上的傷痕與凶器吻合。十二小時之內，ＤＮＡ鑑定結果就會出爐，十分鐘前你給的樣本也會和凶器上的血跡相符。」我停頓了一下，讓他把話聽進去，「我們一知道還有其他進入地下系統的入口後，就調閱了貝斯沃特和諾丁丘附近的監視器，拆穿你的不在場證明只是遲早的事。」

根據**福爾摩斯**系統資料，雷恩．卡洛爾在我遇見他的隔天就被要求提供證詞，一位叫做希邦．柏克的女人給了他不在場證明，她聲稱事發當晚她正和卡洛爾睡在一起。

「柏克小姐是否會因涉嫌共謀被起訴，」我說，「就端看這場對談的結果了。」這是個大謊言，史蒂芬諾柏斯則會試著以相同說詞威脅希邦．柏克推翻卡洛爾的不在場證明，但我們猜如果讓他以為自己是注意力焦點，反應應該會比較好。我們善用利己主義來對付你——我們可不以這點為榮。

這種試著在嫌疑犯的律師抵達前攻破他們心防的方法風險很高，基本上我甚至可以聽到席沃在隔壁房間咬牙切齒，他一定在監視器上監控著這場訊問，我懷疑史蒂芬諾柏斯也在看，納丁格爾一定也是，說不定還有雷諾茲探員。有雷諾茲的話就會有想盯著她的基特里奇，對於一場不能出現在官方紀錄上的訊問來說，觀眾也太多了。

「好低級的手法，」他說，「就連以警方的標準來看也很低級。」

「我想強調的是，雷恩，」我說，「我們已有足夠的證據定你罪，但我們想知道為什麼，所以給你一個一吐為快並滿足我們好奇心的機會。」

「你們不想把這些事公諸於世，對不對？」他問，「我想你們應該不會給我認罪協商的機會？」

「沒那麼幸運。」我說，席沃將這點說得很明白。

「如果我威脅你們要把這些事用在辯詞中呢？」他說，「在法庭上公開。到時候你們再看看要怎麼保守祕密。」

「你可以試試看。」我說，「住在下水道的奇怪小人？還養豬跟做陶器？我賭你最後會被送進布羅摩爾精神病院，吊托拉靈點滴。」

「托拉靈，」雷恩說，「那是上個世紀用的東西了，現在改用可致律和舍吲哚。」

他嘆道，「難怪你們要把事情都壓下來，」點個頭眨個眼，然後整件事好像都不存在。」

我試著不要透露出鬆了一口氣的表情。我的意思是，我們有可能可以隱瞞整件事，但是祕密陰謀的特質就是無法掩人耳目太久——我想現狀可能維持不久了。

「你一開始怎麼會想下去那裡？」我問。

「你是說去低語者那裡嗎？」他說，「喔，家族傳統，我們是正規的中產階級天主教家庭沒錯，人人都是律師或醫生，但是我們都記得曾曾祖父馬修・卡洛爾，他是農場土地的老挖手。」

就跟尤金・貝爾和葛拉格兄弟一樣，都前往英格蘭參與運河、地道與鐵路工程。

「我從小就聽過關於低語之人的故事，」雷恩說，「雖然當時我一點也不相信。」

「這是你來倫敦的原因嗎？」我問。

雷恩往後靠向椅子大笑，笑聲讓我想起十噸。「很抱歉，不是，」他說，「沒有冒犯之意，但不是每個人都夢想來倫敦。我在都柏林有一份很不錯的工作。」

「你還是來了。」我說。

「你得了解騎著凱爾特之虎是什麼感覺。」雷恩說，「我們已經被當笑柄好多年，忽然之間發達了，都柏林是一切發生的地方。一夕之間，咖啡館、畫廊、各式各樣的酒吧到處都是，人們選擇移民來愛爾蘭定居，而且不是意外落腳在這裡。」

雷恩看著我，有可能察覺到我缺乏同情心，令他感到挫敗。因為接下來他傾身向前說：「國際藝術市場有個特點是，市場的這部分被超級富翁與吸老二維生的人所掌控。」他模仿吸老二的動作很滑稽——我大笑出聲。

「但藝術的部分則是由在下我這種人來掌控的——真正的藝術家。」他說，「對我們來說，重要的是表達——」他一時語塞，揮揮手，然後放棄，「表達無法表達的東西。根本不需要問一件藝術品的涵義是什麼。你知道嗎？如果我們能用言語表達，幹嘛花那麼多時間肢解乳牛或者醃漬鯊魚？有人會覺得用肢解乳牛來消磨一下午他媽的很有趣嗎？然後讓一些笨蛋跑來問說：好有趣喔，不過這算藝術嗎？沒錯，他媽的是藝術。不然他媽的我打算拿來吃嗎？」

他啜飲一口茶，皺起眉。「天啊，我希望我叫的是伏特加。有可能給我一杯伏特加嗎？」

我搖搖頭。

「你肢解過乳牛嗎？」我問。

「只有在晚餐盤上。」雷恩說，「我不介意弄髒手，但排泄物和動物屍體我敬謝不敏。手很重要，得用來感覺你的藝術媒材。你在學校上過藝術課嗎？」

「戲劇。」

「但你一定玩過黏土，對吧？」

「我還小的時候。」我說。

「你記得用手捏黏土時，它從你指縫中擠出的感覺嗎？」他問，但並沒有停下來讓我回答，「你的人生至少碰過一次陶土吧。」

我告訴他有，記得指尖碰到陶土的滑溜感，以及將作品放進窯中加熱時的興奮感。

我沒告訴他我做的東西很少從窯中生還，通常都在燒製過程中爆炸，連帶毀了別人的作品。一陣子之後，美術老師史特普勒先生就拒絕讓我碰陶藝，這也是為何我之後選戲劇課的原因之一。

雷恩聲稱，藝術家與媒材之間的關係是藝術的原動力。「對你來說可能是一系列隨機的垃圾，」他說，「但其中一定有些什麼。我十六歲那年忽然領悟到自己想挖掘那些組合背後的意義，將我看見的世界以我僅有的天賦展現出來。你能理解嗎？」

「能，當然。」我說，在我來得及阻止自己之前就脫口而出。「我本來想當建築師。」

雷恩還真的張大嘴巴，「建築師？」他問，「後來發生了什麼事？」

「我修了相關的課程，但他們說我的繪畫技巧不夠好。」我說。

「我以為現在都是用電腦繪圖。」雷恩說。

我聳聳肩。我已經盡可能隱藏起那部分的往事，現在有十幾名警察旁聽我們的談話，我真的不想多說。

「實際情形比較複雜。」我說，「你呢？」

「噢，我嗎？」他說，「我有愛爾蘭人的好運，天時地利人和，愛爾蘭開始流行起一股值得流行的風潮時，我剛好在場。我很懂日本、中國和印度風，看到主題了沒？所有火辣又有異國風情的東西。」

在凱爾特之虎怒吼的那幾年，都柏林顯然很吃得開，愛爾蘭人獨立自主，沒人擋得了他們。「英國人不行、天主教教會不行，而我們自己當然也不會阻止自己。」雷恩說，「我就快要成功了，差那麼一點，快成為脫胎換骨的鄉下男孩。」

然後一切化為泡影。信貸緊縮、政府幫銀行擦屁股，瞬間好像什麼好事從沒發生過。「最糟糕的是，」雷恩說，「我覺得人們很開心這一切都付諸東流，『噢，好吧，』他們說，『好景不常。』然後他們又搬出老愛爾蘭，好像它是一雙破爛卻舒適的舊鞋──這些混帳。」他將空茶杯砸在桌上，「只要再兩年，我就能揚名國際──要是我知道熱潮很快就過，只要花一年時間就好。」

「你來倫敦打算大賺一筆嗎？」我問。

「你這英格蘭混帳很想這樣認為對不對？」雷恩說，但不帶敵意，「其實我想去紐約，但是就藝術上來說，你得有幾把刷子才能在不夜城混下去。所以，哈囉，倫敦我來了。我得讚美你們這座要命的城市──不管是戰爭、不景氣、和平還是怎麼樣──倫敦一直都是倫敦。」

這些都很有趣，但我深知雷恩的律師正快馬加鞭趕來，席沃也堅決表示等一切進入法律程序後，不准任何人再提起「任何怪異屎事」。凶案小組只在乎雷恩．卡洛爾已經落入法網，他們不需要知道其他事。

但是，我得知道我是不是對的──這是最後一個機會了。

「所以你透過貝爾家族聯絡？」我問。

「噢對，美裔愛爾蘭人貝爾家族，特別強調是美裔。」雷恩說，「他們把我引介給諾蘭一家，諾蘭又把我介紹給史蒂芬，然後我這麼溜進地球的腸子裡。我看著他們做水果碗，真的很普通又無聊的水果盆，放乾後就推進窯裡。」雷恩咧嘴笑著，「你知道他們用豬屁燒窯嗎？很現代，但是我們在說的可是祕密地下種族，所以除了豬屁之外我還期待有些別的東西。」他朝我搖搖一根手指。

「我曉得你已經知道接下來我要說什麼，因為我發現你看了我製作的那東西之後的反應。」他雙手抱胸，「噢，地底的人們有感覺到些什麼，但你不一樣，你認出那是什麼。」

「魔法。」我說。

「真正的魔法，」雷恩說。他跟我一樣，見過魔法運作之後就無法抗拒，一定要學會才行，所以史蒂芬開始教雷恩如何做摔不破的陶器，然後在上面留下夠多的**感應殘跡**，好讓任何有興趣的藝術愛好者能——依照雷恩的說法——「見證神性」。但他不知道要學會得花上好幾個月。

「我賭你已經知道這些了吧，對不對？」雷恩說。

史蒂芬對雷恩形容這過程就像邊工作邊在腦中唱一首歌，你一邊製作陶器，一邊在腦中唱歌，不知怎地就可以賦予陶器魔力。

「我在那下面待了好幾個月，喝茶、把玩陶土、在腦中唱歌。」雷恩說，「當藝術家就跟當鯊魚一樣，要不往前游要不就溺死，所以我叫史蒂芬按照我的指示做了那些臉，你在泰特現代藝術館看到的那些。他照做了。」

「你是怎麼賦予那些東西情緒的？」我問，「史蒂芬得到什麼報酬呢？」

「我就告訴他想想每張臉給他什麼感覺，想想我把它們從窯中拿出來、看見它們像演員一樣表情豐富時有多驚訝。」雷恩搖搖頭，「史蒂芬有拿到酬勞。」

我問他這樣不算作弊嗎？他很戲劇性地大嘆一聲，叫我不要有這些中產階級的想法。「模特兒也不是我做的啊，或者任何我找到的素材也不是自己做的。藝術的關鍵是要創造出比所有物體的組合境界更高的東西。」他輕蔑地揮揮手。我心想，你只是在騙自己罷了。

「然後，詹姆斯．葛拉格差不多在這時候出現？」我問。

「像是一股臭味一樣。」雷恩說，「你不覺得美國人很討厭嗎？不是說詹姆斯是個壞人，我從不認為他是壞人，但他帶著錢財和家人出現，我得承認——如果你愛老派藝術的話，那他是個不錯的畫家。送他回歐洲的**美好年代**，他一定在巴黎女人的腿間流連忘返。」

但詹姆斯．葛拉格非得朝陶藝發展不可，非得闖進原本專屬於雷恩的祕密世界，要是詹姆斯沒比雷恩更會在腦中唱歌，雷恩原先可以坐擁這一切的。

「不是說他一坐下就馬上學會，你知道吧，」雷恩說，「是我幫他安頓好的，教他一些要領，帶他熟悉環境。」

「他花了多久學會？」

「大概三個星期。」雷恩說，「我感覺到他在施展魔法。但你知道嗎？他唱歌的時候，我也會唱，在腦海中。忽然之間一切變得好簡單，我們一起唱歌，可以這麼說啦，我們兩人手裡都有陶土在旋轉，在那瞬間，我好像跟宇宙的織錦產生共鳴，我和著天地萬物真正的音樂唱著歌。」

這箇中奧祕恐怕是當事人才能體會了。隔天，他們兩人衝回下水道，參與盛大的開窯儀式。

「對史蒂芬來說，這只是工程的一部分。」雷恩說，「另一個普通的上班日，所以我們得等到他處理完其他陶器，才輪到燒我們的盤子。」他因為回憶而微笑，「然後它們燒好了——兩個都燒得很好。史蒂芬把其中一個還很溫暖的盤子放進我手中，我就能感覺到那個是我做的。詹姆斯和我看著對方，開始像小孩一樣大笑。」

雷恩越說越小聲，然後盯著自己的手看。他將右手翻過來，心不在焉地摸摸包紮的繃帶。

「他們拿成品往陶窯砸來測試，」雷恩頭也不抬地說，「所以我們也跟著這麼做，在那邊推來推去，你先啦不要你先啦的過程，然後小詹受夠了，拿起他的盤子往窯的邊角用力一摔，然後它發出鈴鐺一樣清脆悅耳的聲音。」雷恩抬起頭，「你應該猜得到接下來發生什麼事吧？」

我忽然意識到自己自投羅網——如果盤子在他手中破了，就能解釋他手上的傷口；如果他的律師夠機靈，也有辦法解釋DNA證據。

「你的碎成一片一片？」我問。

「不是，」雷恩說，「它裂開了。」

我發誓，我聽得見遠在監控室裡的所有人瞬間都鬆了口氣。

「從藝術的角度看來，我寧願它整個碎掉。」雷恩說，「詹姆斯看著我，眼裡的意思很清楚，噢好吧，算你倒楣囉。我的失敗讓他的成功更加甜美——美國人的天性。我回望著他，我想做的事一定都寫在我的眼神中，因為他找了個藉口離開。」雷恩繼續低頭望著他的雙手，「他跑給我追，我們迷路了，我拿盤子砸他，盤子碎了，他想逃開——我從背後刺他。這些是你想聽的嗎？」

這比我想聽的還多，但警察辦案的時候細節最重要，所以我又多待了半小時，詢問他關於那場追逐還記得什麼，以及刺殺時事情發生的先後順序。法庭不會採納這些自證之詞，但是凶案小組可以拿來與正式供詞比對檢查。

結束之後，納丁格爾要我和萊斯莉回浮麗樓睡覺。這時已經是早晨，融雪覆蓋的街道寒冷又空蕩。我們走到查令十字路時，萊斯莉將手放到我肩膀上說：「你在那裡的辦案表現很不錯——聖誕快樂。」

聖誕節接近中午時，萊斯莉的一個姊妹來浮麗樓載她回布萊特靈西，據說那邊有傳統的火雞大餐、聖誕拉炮，以及家人之間的拌嘴。納丁格爾說，雷諾茲探員被大使館一個福音教派家庭邀去作客，應該還是有火雞大餐和聖誕拉炮，只是多了些蔓越莓、少了些口角。庫瑪和查克送禮物給無聲之人來度過聖誕節，並從他們身上採集所需的醫學樣本，然後你瞧，我們那本實際上不存在的書中，又多了一筆臨時協議。

納丁格爾給我一個用銀色包裝紙細心包好的禮物，他站著等我拆開，刻意維持一副漫不經心的可疑貌。我很想假裝之後再拆，但聖誕節不該這麼殘酷。我打開禮物，發現是一只不鏽鋼歐米茄，銀黑兩色的古董錶，不用電池、自動上鍊，可以抗魔法破壞，價值比我送他的東西高出七、八十倍。我送他一支輕薄型的諾基亞手機，改裝成配備電流阻斷裝置，內建了所有我能想到的電話號碼，包括總監、市長和他的裁縫師——薩維爾街的德格與斯金納裁縫店。

我趕去喬阿姨那裡和父母會面。她其實不是我的親阿姨，我媽和她在坎比亞時一起上學，她在霍洛威路有棟大房子以及一大群孩子，都去上大學了，聖誕節時喬阿姨總愛炫耀他們。注意到我說的是「他們」嗎？誰說我都不管英語文法？不論如何，我和父母每年都會去那過聖誕節，又吃又喝直到撐破肚皮。我邀請過納丁格爾，但他說他不能留茉莉一個人過聖誕節，不過直到我癱坐在沙發上看《超時空博士》影集時，才想起他並沒有解釋到底為什麼。

節後特賣日以及其後

27 圖騰漢庭路站

我們人多勢眾一起進去。納丁格爾打頭陣，我和萊斯莉穿鎮暴裝跟在後頭，更後面是地區支援組的可靠傢伙、古歷、庫瑪，最後則是史蒂芬諾柏斯——如果出了什麼差錯，有人可以負責擦屁股。雖然納丁格爾沒說，但我懷疑在更遠的隊伍後方還跟著沒什麼特色的前傘兵團成員。我並不擔心他們，因為我已經不怎麼煩惱必須找上他們支援的任務了。

我的猜測是對的，無臉男在橫貫鐵路的掩護下重新建立基地，當你被一頓重的泥土掩埋時可以冒出什麼樣的點子實在很神奇，但個人不建議使用這種方式來靈光乍現。庫瑪和納丁格爾殘酷地打斷了葛拉漢・貝爾和其他幾個工程承包商的聖誕晚餐，交叉比對他們的計畫直到找出不尋常的地方為止。迪恩街底端一處挖掘工地只出現在其中一組計畫中。

庫瑪和納丁格爾發現這件事情時，我母親正和她的姊妹們進行傳統的聖誕節鬥嘴，通常到這時候我父親已經打起盹了，而我和其他姪子、外甥和表兄弟姊妹則魚貫進入廚房吃剩菜，並且假裝幫忙洗碗盤。從我親戚那邊是得不到任何火雞殘渣的，但今年有些很不錯的煙燻火腿，我配著法式芥末吃。很感激他們等了十二個小時才計畫突襲，吃了那麼多聖誕晚餐之後，移動速度一定很緩慢。

入口在迪恩街一間國際換匯商家的地下室。我們沒有使用破門錘，納丁格爾施展了一招魔咒，那扇加重防火門上的所有鉸鏈與連結點都從門框彈了出來，門往後慢慢倒向走廊。他鑽進去後示意要我等等——過了好一會兒，他才要我們跟上。

裡頭是直徑六公尺、深二十公尺的圓柱形工作井，上方的門被打開，裡頭一道現代金屬梯沿著內圍旋轉而下，兩旁很明智地加裝了扶手。一直以來都藏在眾目睽睽下一個不起眼的角落，在建築藍圖上標示為通往橫貫鐵路乘車月臺的緊急連通口。看在我眼裡還比較像是一座顛倒的巫師之塔，我沒把這想法說出口。還有一座開放式的電梯，工地會用的那種，沒人想走第一個——說不定是陷阱。

工作井鄰近迪恩街底端另外一座小工作井，葛拉漢．貝爾的兄弟就是在那個井底被找到。

「沒有樓板。」萊斯莉說。

「還沒架好，」我說，「可以看到準備安插承載梁的缺口。」

「他那麼見多識廣啊？」古歷問。

「他曾逮捕過一名建築師。」庫瑪說。

工作井底部，裸露的混凝土地面正中央擺著那種人們露營時會攜帶的雙人充氣床墊，整齊鋪好藍白條紋的床單與枕頭套，還有相配的被套，乾淨又平整，還細心地反摺。旁邊停著一輛空空的輪椅，而床單下躺著艾柏特．伍德維爾．詹托——無臉男的導師。他仰躺著，眼睛閉起，雙手疊在胸前，史蒂芬諾柏斯判斷他大概死了三天了——隔天從奧本趕來的瓦立醫生也確認了這點。

「自然死亡。」檢驗結果出來後他報告，「嚴重的魔法超量壞死加速了健康惡化情況。」也就是超奇術衰退的下一步。所以是魔法害他得坐輪椅。瓦立醫生解剖大腦時，特別要納丁格爾、萊斯莉和我在實驗室裡觀看——真是個恐怖的警告。納丁格爾說，瓦立醫生有新大腦可玩時總是很興奮。

但這些都是好幾天以後的事。我們等鑑識人員抵達時，萊斯莉問了一個一直困擾著我的問題：「為什麼沒有惡魔雷？如果是我的話，一定會留下邪惡的驚喜好除掉我們所有人。」

納丁格爾四下環顧，「我們這名道德有瑕疵的魔法師太小心了，不可能再回來這裡。」他說，「不管他對這個地方有什麼計畫，我懷疑你在蘇活區屋頂的勇敢之舉後，他就改變心意了。」

「他看起來沒那麼擔心。」我說。他態度很輕蔑沒錯，但並毫無擔心之情。

「正如我說的，」納丁格爾說，「小心點。我猜他吩咐護士把老艾柏特帶來這裡，然後拋棄他——算是給我們的一則訊息吧。」

「你覺得我們找得到那名護士嗎？」我問。

「她死了。」萊斯莉說，「或更糟。他不會留活口的。」

這阻止不了我們繼續追查。

28 比金丘站

比金丘機場離倫敦夠遠，因此還有田野、森林和地上的積雪。這兒曾經是英國皇家空軍基地，現在則是雷恩．卡洛爾口中掌握了藝術市場的那些人偏愛的私人噴射機降落地。參議員一個好友把私人噴射機借給他，讓他在特賣日隔天送兒子回家，雷諾茲探員要搭議員的便機。那天早上我開車去機場送她，我在顏色極其單一的離境大廳找到她，那裡的家具都是白色的，鋪著灰色地毯，桌面都是磨砂玻璃。她的套裝燙得很平整，看起來休息充足、很警醒。她說要用剩下的英鎊請我喝一杯，所以我點了杯窖藏啤酒。

「參議員在哪裡？」我坐下時問道。

「在皇家空軍的教堂裡。」她說。

「他的兒子不是——？」

「不，」雷諾茲說，啜飲著飲料，「已經好好地在飛機上了。」

「參議員還好嗎？」我問。

「抓到謀殺他兒子的人之後，應該比較好。」雷諾茲說。

「如果妳不說畫下句點的話，那我也不會說。」我說。

「你覺得他心理狀態不穩定嗎？」雷諾茲問。

「詹姆斯？」我問，「不——」

「雷恩．卡洛爾，」她說，「但詹姆斯有那本關於精神疾病的書，說不定他擔心的是雷恩，不是他自己。」

「很有可能。」我說，「但我不會告訴他爸爸，我猜他想相信自己兒子的死是可以避免的。」

雷諾茲嘆口氣。外頭有架噴射機在跑道上快速滑行，然後筆直攀升衝入天空。

「妳會告訴他多少？」我問。

「你的意思是，」雷諾茲說，「我會不會告訴他……你是怎麼說的？」

「魔法。」我說。

「你就這樣大剌剌地說『魔法』？」她問，「好像不是什麼大不了的事？」

「不然妳比較想用婉轉的說詞嗎？」我問。

「你什麼時候發現魔法真的存在？」雷諾茲問。

「去年一月。」我說。

「一月？」她尖聲重複說道，然後換回比較平常的音調，「十二個月前？」

「差不多。」我說。

「你發現魔法、鬼魂和幽靈是真的，」她說，「然後覺得沒問題？就這樣全然接受？」

「我的科學大腦幫了點忙。」我說。

「怎麼可能？」

「我親眼見過一個鬼魂，」我說，態度比當時還冷靜許多，「假裝它不存在很愚蠢。」

雷諾茲對我揮揮她手中的威士忌，「就這麼簡單？」她問。

「可能輕描淡寫了些，」我說，「但大多數人相信超自然現象。鬼魂、惡靈、來生、更高等的存在，諸如此類的。魔法這個概念並沒有妳想像中那麼突兀。」

「突兀的概念？」雷諾茲說，「你的ＦＢＩ檔案低估了你的教育程度。」

「我有ＦＢＩ檔案？」納丁格爾不會喜歡這個消息的。

「你現在有了，」雷諾茲說，然後大笑，「放輕鬆，是歸類在友善的那疊，而且會是很薄一疊。我會故意遺漏掉關於你最重要的事。」

「我超乎自然的俊美樣貌。」我說。

「別的東西。」她說，「你沒喝啤酒。」

「那妳的報告怎麼辦？」我問，灌了一口酒來掩飾焦慮之情。

她給了我一個冷靜的表情，「你明知道我不會把無聲之人寫進去，還有河神以及其他哈利波特的事。」她說。

「妳覺得長官不會相信妳是嗎？」我問。

「所以你才帶我一起去對不對？因為你知道事情越怪異，我就越不可能寫進報告裡。」雷諾茲搖搖頭，「我不知道他們相不相信魔法，但是我確定他們相信心理狀況評估。我喜歡我的工作，一點也不打算給他們低估我的理由。」

「說到這個。」我說，撈出兩個從 Asbo 和凱文・諾蘭的箱型車下方摘下的追蹤器，「我想這應該是妳的。」

「跟我無關，」雷諾茲探員說，「在友好的國家未經授權使用電子裝備跟監，這會違反當局的政策。」她咧嘴笑著，「你可以回收再利用嗎？」

「沒問題。」我說，把東西收起來。

「就當作聖誕禮物吧。」她說。

一名穿著飛行員制服的女人走向雷諾茲，通知她登機時間到了。我們把飲料喝完，我陪她走到登機門。我旅行的時候都是從大機場出發，這是第一次可以站在停機坪上為人送別。

等候著的噴射機很細長，漆成白色和銀色，近看比我預期的還要大。

「祝妳一切順利了。」我說。

「謝謝你。」她說，在我臉頰上親了一下。

我確定噴射機起飛後，才轉身走向停車場。

少了一件要煩惱的事了，我心想，搞不好下午我真的能看場比賽。

我不知道為何要在意比賽，我真的不在意，因為在那一秒鐘，我的手機剛好響起，電話那頭的女人自稱是英國交通警察的督察，問我認不認識一位艾比蓋爾・卡馬拉？問我能不能行行好，去位於坎登的英國交通警察總局一趟把她帶走？

我早已準備好迎接這種結局，但本以為還有更多時間來甜言蜜語說動納丁格爾。我說我和上司商量好之後一定會去接她，督察謝謝我，並祝我新年快樂。

29 莫寧頓新月站

我在一間偵訊室中找到正在吃漢堡王的艾比蓋爾，還讀著一本上個月的少女雜誌。交通警察在我母校下方的地道中發現她正在破壞環境，按理來說她應該被帶回家等著被起訴，但她亮出我的名字，所以交通警察局決定做做善事，或許只是想免去所有可能的文書作業。

我在她對面坐下，然後我們盯著對方看——她先開口說話。

「我正要完成那個塗鴉，」她說，「你知道的，就是鬼魂在寫的那個，霍格華茲特快車經過的那個地道。你知道的，在他被撞扁之前——」

「為什麼？」

「我想，要是他把想說的都說完了，應該就有個了結，可以安心繼續往下走了。」她說。

我沒問她覺得鬼魂會繼續往下走去哪裡。

「我想，這是很適合在聖誕節做的事。」她說。

「現在已經是節後特賣日隔一天了。」我說。

「我們跟鮑伯叔叔在渥瑟姆森林中度過聖誕節，」她說，「我拿到一件新外套——

喜歡嗎？」

外套是藍色的，百納拼接，還大了好幾號。

「我也有聖誕禮物要送妳。」我說。

「真的嗎？」她說，然後對我露出懷疑的表情，「什麼樣的禮物？」

我把東西遞給她，看著她小心翼翼地剝下透明膠帶，把包裝紙摺好，我給了她一本往上翻頁的Moleskine筆記本，看起來和大家覺得警方會用的黑色筆記本沒什麼兩樣，但其實我們不用那個。就算要用也買不起Moleskine——我們會買比較便宜的Niceday。

「我拿這個要幹嘛？」她問。

「妳要在裡面寫筆記。」我說，「任何妳注意到不尋常或者有趣的——」

「像鬼魂嗎？」

「對，像鬼魂。」我說，「只是妳不准再跑到火車軌道上，或者侵入私有財產，或者在外面待整夜，又或者以任何方式讓自己深陷任何險境。」

「我可以蹺課嗎？」她問。

「不行，妳不能蹺課。」

「我不太確定自己是不是可以理解這種安排的好處是什麼。」艾比蓋爾說。

「每個星期六妳來我在羅素廣場的辦公室，我們會讀妳的筆記，然後根據妳觀察到的事物來制定行動計畫。」我說。

「聽起來很刺激。」艾比蓋爾說。

「包括驗證妳所提供資訊的後續追蹤調查，以及聯合田野調查。」我給她一點時間想通我剛才說的話，「這樣聽起來是否比較吸引人？」

我向納丁格爾提起這件事、準備說出我的計畫時，他很是驚嚇。

「你在提議什麼？」他問，「培養女童軍嗎？」

我告訴他那實在太荒謬了，因為我們無法符合經營女童軍所需的健康與安全標準，納丁格爾說健康和安全不是重點。

「把它想成是拳擊社吧，」我說，「你知道，男孩子難免會打成一團，還不如把他們的精力導向正規的運動。艾比蓋爾一定會在外面探頭探腦，不如好好利用，至少這樣我們有辦法盯著她。」

納丁格爾無法推翻這個邏輯，但他特別強調一件事，「你不准教任何人魔法，」他說，「一來你太魯莽了，二來你還不夠格，任何從你那邊學魔法的人一定會學到很邋遢的形式，還有你覺得很有趣的那些小裝飾。我要你現在以我學徒的名義起誓，除非有我的同意，你不會擅自傳授魔法。」

所以我就發了誓。

「如果有必要的話，我會親自教艾比蓋爾形式與相關智識。」他說，然後微笑，「搞不好她會是個比妳還勤奮向學的學生。」

這時，我看著艾比蓋爾在座位中扭動，一邊忖度這個提議。

「我會有獎章嗎？」她問。

「什麼？」

「獎章，」她說，「你知道的，就是像給童軍的**火災安全**、**急救**、**籌畫派對**那些獎章。」

「籌畫派對——那是幹嘛用的？」

「你覺得呢？」

「你想要獎章嗎？」

艾比蓋爾咬著嘴唇，「還是不要好了，」她說，「那會很蠢。」

真可惜，我心想，獎章可能會很有趣，**火球能力**、**擬光**、**拉丁文**，以及永遠很受歡迎的**要人命腦溢血**。「我們達成協議了嗎？」

「一言為定。」她說。我們握握手，然後我開車載她回家。

在路上，她問能不能告訴我一件事，雖然聽起來很蠢，我要她可以安心告訴我任何事，「而且我保證不會笑，」我說，「除非真的很好笑。」

「我在學校底下的時候，」她說，「遇到一隻會說話的狐狸。」

「一隻會說話的狐狸？」

「對呀！」

我思索了一下。

「牠真的在說話嗎？」我問，「像是有字從嘴巴裡跑出來？」

「牠真的在說話，」她說，「你就相信吧！」

「真的嗎？牠說什麼？」

「告訴妳的朋友們，他們在河錯的那一邊。」

謝辭

我想謝謝倫敦警察廳的 Bob Hunter、Camilla Lawrence、Ian Lawson 和 Caroline Dunne。倫敦交通局的 Ramsey Allen 以及中央聖馬丁藝術與設計學院的 Jamie Wragg，謝謝他們的幫助與耐心。書中若有任何考證錯誤，當然都是我的責任。

【Echo】MO0051X
地底城魔法暗湧
Whispers Under Ground

作　　者❖班恩・艾倫諾維奇 Ben Aaronovitch
譯　　者❖韓宜辰、林詔伶
封面設計❖謝佳穎
排　　版❖Rubi
總 編 輯❖郭寶秀
特約編輯❖施怡年
行銷業務❖許芷瑀

發 行 人❖凃玉雲
出　　版❖馬可孛羅文化
10483台北市中山區民生東路二段141號5樓
電話：(886)2-25007696
發　　行❖英屬蓋曼群島商家庭傳媒股份有限公司城邦分公司
10483台北市中山區民生東路二段141號11樓
客服服務專線：(886)2-25007718；25007719
24小時傳真專線：(886)2-25001990；25001991
服務時間：週一至週五9:00～12:00；13:00～17:00
劃撥帳號：19863813　戶名：書虫股份有限公司
讀者服務信箱：service@readingclub.com.tw
香港發行所❖城邦（香港）出版集團有限公司
香港灣仔駱克道193號東超商業中心1樓
電話：(852)25086231　傳真：(852)25789337
E-mail：hkcite@biznetvigator.com
馬新發行所❖城邦（馬新）出版集團【Cite (M) Sdn. Bhd.(458372U)】
41, Jalan Radin Anum, Bandar Baru Seri Petaling,
57000 Kuala Lumpur, Malaysia
電話：(603)90578822　傳真：(603)90576622
E-mail：services@cite.com.my
製版印刷❖前進彩藝有限公司
二版一刷❖2021年12月
定　　價❖380元

ISBN：978-986-0767-44-5（平裝）
ISBN：9789860767483（EPUB）

城邦讀書花園
www.cite.com.tw

國家圖書館出版品預行編目（CIP）資料

地底城魔法暗湧／班恩・艾倫諾維奇（Ben Aaronovitch）作；韓宜辰，林詔伶譯. -- 二版. -- 臺北市：馬可孛羅文化出版：英屬蓋曼群島商家庭傳媒股份有限公司城邦分公司發行，2021.12
面；　公分 --（Echo；MO0051X）
譯自：Whispers under ground
ISBN 978-986-0767-44-5（平裝）

873.57　　110018040